Für Gail

Danke, dass du immer
die Erste, Zweite, Dritte … Fünfzigste bist,
die meine Geschichten liest.
Du bist einfach immer zur Stelle,
dafür danke ich dir.

Über die Autorin

Die internationale Bestsellerautorin Harley Stone liebt Tiere, Bücher, dunkle Schokolade und Rotwein. Sie ist immer für ein Abenteuer zu haben (real oder fiktiv) und wenn sie nicht gerade imaginäre Welten erschafft, verbringt sie gern Zeit mit ihrem Mann und ihren Jungs im Südwesten Washingtons.

INTERNATIONALE BESTSELLERAUTORIN

HARLEY STONE

TAP'D OUT

ROMANCE EDITION

TAP'D OUT

HARLEY STONE

Bachgasse 55, 8700 Leoben, Austria
buch@romance-edition.com
Aus dem Amerikanischen von Eva Leitold
1.Auflage
Covergestaltung: © Sturmmöwen

Redaktion & Korrektorat: Romance Edition

ISBN-Taschenbuch: 978-3-903519-20-6
ISBN-EPUB: 978-3-903519-19-0

www.romance-edition.com

PROLOG

Tap

Ich hätte ihren Hintern dort lassen sollen. Sie war nicht mein Auftrag, nicht meine Angelegenheit, und wir befanden uns im Krieg. Verluste waren oft unvermeidlich; manchmal musste man Opfer bringen. Ich wusste diese Scheiße, als wäre sie in meiner DNA verankert oder in meinem Gehirn fest verdrahtet, aber nichts davon schien eine Rolle zu spielen, als ich sie sah.

Ich hatte bereits gegen mein persönliches Überlebensprotokoll verstoßen, als ich dieses Haus betrat. Es gab Menschen, zu denen ich zurückkehren musste, Verpflichtungen, die es zu schützen galt, und wenn ich meine Nase in etwas steckte, wo sie nicht hingehörte, brachte ich all das in Gefahr.

Aber ich konnte mich nicht zwingen zu gehen.

Sie lag zusammengekauert auf dem harten Holzboden, in Fötusstellung. Die Vorderseite ihres roten Kleidchens war zerrissen und eine Brust quoll hervor. Blut tropfte von ihrem Bein und verschmierte ihren Arm. Dunkelblaue Flecken zierten ihre Haut. Ein Vorhang aus kinnlangen blonden Haaren verdeckte ihr Gesicht. Ich betrachtete ihren Brustkorb und wartete, ob er sich hob und senkte. Sie atmete noch, als ich durch den Raum schlich, im Begriff, ihre Anwesenheit zu ignorieren und mich auf meine Arbeit zu konzentrieren.

Sobald die Wanzen implantiert waren, machte ich zwei Schritte auf die Tür zu, entschlossen zu fliehen, aber ich kam nicht weit. Es war, als ob mich ein unsichtbares Seil an sie fesselte und es mir unmöglich machte, sie zu verlassen. Frustriert über mich und die Situation gab ich nach und kniete mich hin, um ihren Puls zu fühlen. Ihr Herzschlag war regelmäßig und stark. Der blonde

Vorhang aus Haaren fiel zur Seite, als sie mich ansah. Ihre Lippe war aufgeplatzt, ein Auge geschwollen und die rechte Seite ihres Kiefers zerschmettert. Aber es war die Stärke und Entschlossenheit in ihrem Ausdruck, die mir den Atem raubte und meine Füße am Boden festkleben ließen. All das Blut, all die blauen Flecken – sie hatte einiges abbekommen, aber sie war nicht gebrochen. Nicht im Geringsten.

Sie war wunderschön. Lebendig. Feurig. Der Blick aus einem hellgrünen Auge strich über meinen fast nackten Körper und musterte meinen Aufzug, bevor er auf meinen traf.

»Lass mich allein«, flehte sie.

Das war das Letzte, was ich von ihr erwartet hatte und der einzige Befehl, den ich nicht befolgen konnte.

Ich hätte ihren Hintern dort lassen sollen, aber ich tat es nicht.

1. KAPITEL

Sasha

Vier Jahre zuvor ...

Meine Mom war ungewöhnlich spät dran. Als ich in dem belebten Diner in Las Vegas saß und zusah, wie sich die Mittagsmassen lichteten, überprüfte ich mein Handy auf verpasste Anrufe. Da war nichts, also schickte ich eine kurze Nachricht, um zu fragen, wo sie blieb. Als ich das Handy zur Seite legte, tauchte sie endlich auf.

Sie eilte durch die Tür, in einem engen, grauen Kleid und hohen Absätzen. Ihr Make-up saß wie immer perfekt, und ihr langes braunes Haar war zu sanften Wellen geföhnt. Mit ihren zweiundvierzig Jahren zog sie immer noch alle Blicke auf sich, während sie sich an der Hostess vorbeidrängte und den Saal nach mir absuchte. Ich winkte ihr zu und fing ihren Blick ein.

Ihre Schultern hoben und senkten sich mit einem Seufzer der Erleichterung, als sie meinen Tisch erreichte. »Tut mir leid, dass ich zu spät bin. Ich hatte ein Meeting, das ich nicht absagen konnte.« Mom umarmte mich, dann setzte sie sich auf die andere Seite des Tisches, während sie die Speisekarte in die Hand nahm.

Ein Meeting war eine gute Ausrede für eine normale Mutter, aber meine Mutter hatte weder einen Job, der Besprechungen erforderte, noch einen Vorgesetzten, der sich mitten am Tag mit seinen Mitarbeitern traf. Verdammt, Moms Boss schlief wahrscheinlich noch. »Was für ein Meeting?«, fragte ich.

»Ach, du weißt schon. Nur eine kurze Besprechung.« Sie wich meinem Blick aus und schlug die Speisekarte auf. »Wie wohl dieser Rübensalat schmeckt? Schon mal probiert?«

Mom führte ein gefährliches Leben. Jahrelang hatte sie geglaubt, mich und meine Schwester Nadia vor ihrem Lebensstil beschützen zu können, aber ich war immer zu neugierig und aufmerksam für mein eigenes Wohl gewesen. Ich spionierte ihr nach, war fasziniert, wie skandalös sie sich jeden Abend kleidete, und von den Männern, die sie abschleppte. Ich war auch die Erste, der die Narben auf ihren Armen auffielen. Moms Beschützerinstinkt hatte sich in Luft aufgelöst, als ich sie zum ersten Mal in die Reha schleppte und ihr sagte, sie solle aufhören, mich und sich selbst zu belügen. An diesem Tag änderte sich etwas zwischen uns, und sie begann, mich als Verbündete und Erwachsene anzuerkennen und nicht mehr als Kind zu sehen, das sie vor der Wahrheit schützen musste. Wenn sie jetzt versuchte, mir auszuweichen, stimmte etwas nicht.

Ich betrachtete sie und bemerkte die Anspannung um ihren Mund, die dunklen Ringe unter ihren Augen und das leichte Zittern ihrer Hände.

Ich beugte mich über den Tisch und senkte die Stimme.

»Mom, sieh mich an.«

Sie zögerte. Dann öffneten sich ihre salbeigrünen Augen. Das leichte Zucken in ihnen ließ mir den Atem stocken.

»Scheiße. Du nimmst es schon wieder.«

Ihr Blick fiel auf die Speisekarte. »So ist es nicht, Sasha. Es ist nichts, wirklich. Es gibt eine kleine Veränderung bei der Arbeit, und ich brauchte etwas, um ... du weißt schon ... meine Ängste zu überwinden.«

Vor acht Jahren erzählte sie Nadia und mir, dass sie arbeiten gehen und Dad mehr Zeit zu Hause verbringen würde. Damit wollte sie uns vor der Wahrheit schützen, dass unser Vater an Prostatakrebs erkrankt war. Nadia und ich waren nicht dumm und wussten, dass etwas nicht stimmte. Wir hörten Mom nachts schluchzen und sahen, wie Dad immer schwächer wurde.

Mom putzte tagsüber Hotelzimmer und kellnerte nachts, aber sie verdiente nicht annähernd so viel wie Dad. Das nächste Mal setzte sie sich mit Nadia und mir zusammen, um uns mitzuteilen, dass wir unser Haus verkaufen und ein neues Abenteuer beginnen würden, was bedeutete, dass wir in eine kleine Zweizimmerwohnung in einen schäbigen Teil von Vegas zogen.

Trotz all der teuren Behandlungen und Operationen starb Dad und ließ Mom mit einem Haufen Arztrechnungen, zwei bestürzten Töchtern und einem riesigen Loch in ihrem Herzen zurück. Zwischen zwei Jobs, dem Abwehren von Inkassoanrufen und der Bewältigung ihrer Trauer griff sie zu Methamphetamin, um sich über Wasser zu halten. Bald hieß die Droge ihrer Wahl *Bitte mehr*, und sie schlitterte in eine Beziehung mit ihrem Dealer Tony, der ihr anbot, sie mit anderen Männern zu verkuppeln, damit sie genug Geld verdiente, um ihre Sucht und ihre Familie zu unterstützen. In den letzten sieben Jahren habe ich sie viermal in die Reha geschleppt und versucht, sie clean zu bekommen. Als sie das letzte Mal rückfällig wurde, hätte es sie fast umgebracht. Mich hat es fast umgebracht, sie so erschöpft und hoffnungslos zu sehen. Sie hatte mir versprochen, mit den Drogen aufzuhören. Als ich das letzte Mal von ihr hörte, war sie zu Tony gezogen, und er kümmerte sich um sie.

»Ich dachte, du wärst wieder mit Tony zusammen und hättest mit dem Scheiß aufgehört?«

Schmerz überzog Moms Gesicht und sie wandte den Blick ab. »Es war auch so und ich war clean, aber die Dinge haben sich geändert.«

Sie blieb so verdammt vage, dass ich mich auf einen Kampf vorbereitete, weil ich wusste, dass ich jedes Detail aus ihr herausquetschen musste. »Wo ist Tony?« Ich schwor mir im Stillen, wenn er derjenige war, der ihr den Stoff gegeben hatte, würde ich ihm seine schiefen Zähne einschlagen.

»Er ist weg.«

»Was meinst du mit weg? Wohin ist er gegangen?«

»Es gibt eine neue Führung in der Nachbarschaft. Eine Motorradgang, die nun die Mädchen kontrolliert. Die haben ihn aus der Stadt gejagt. Er kommt nicht mehr zurück.«

Schockiert starrte ich sie an. Tony war ein Mistkerl, aber wenigstens kümmerte er sich auf seine eigene kranke und verdrehte Art um meine Mutter. »Und jetzt ist diese Motorradgang ...« Ich sah mich um und senkte die Stimme. »Dein neuer Zuhälter?«

Sie nickte.

Nein. Inakzeptabel. Es war schon schlimm genug gewesen, als Mom für Tony an der Angel hing. Neuankömmlinge waren nicht erwünscht. »Wo ist Tony hin? Warum hat er dich nicht mitgenommen?«

Sie streichelte meine Hand und lächelte mich traurig an. »Ach, Schatz, so funktioniert das nicht. Ich bin Teil des Geschäfts.«

Mir drehte sich der Magen um, wie gut sie mit all dem zurechtzukommen schien. Sie hatte einen neuen Zuhälter und nahm wieder Drogen. Alle Fortschritte, die wir in der letzten Reha mit ihr gemacht hatten, waren dahin. »Du bist kein Geschäft, du bist ein Mensch. Du musst mit diesem Lebensstil aufhören, Mom«, flehte ich zum hundertsten Mal. »Es wird dich umbringen.«

»Du weißt nicht, was du da verlangst.«

»Doch, ich weiß es. Ich habe dich heute zum Essen eingeladen, weil ich gute Neuigkeiten habe. Ich habe die ärztliche Untersuchung bestanden und bin in die Polizeiakademie aufgenommen worden. In zwei Wochen fliege ich nach Seattle und beginne die Ausbildung. Komm mit mir. Ich kaufe dir ein Ticket und wir suchen dir eine nette kleine Wohnung, bis ich meinen Abschluss habe. Wenn du nicht allein sein willst, können wir dich auch zu Nadia und ihrer Familie nach Illinois schicken, bis ich fertig bin.«

Mom schüttelte den Kopf. »Der neue Boss ... Slick ... er ist ... anders.« Ihr Blick wanderte durch das Restaurant. »Er wird mich nicht gehen lassen, Sasha. Nicht ohne ... Konsequenzen. Darum ging es bei dem Treffen heute. Er wollte sichergehen, dass wir alle verstehen, was mit uns passiert, wenn wir versuchen zu fliehen.«

Ihr Blick verfinsterte sich und sie wandte den Blick ab.

»Was hat er gesagt? Hat er etwas getan, das dich oder eines der Mädchen verletzt hat?«

»Ich würde nie etwas tun, das dich oder deine Schwester in Gefahr bringt. Mein Platz ist hier, Schatz«, weicht sie meiner Frage aus.

»Bis er merkt, dass du weg bist, hast du die Staatsgrenze überschritten. Vielleicht sogar zwei. Mom, das ist die Chance. Als wäre es vorherbestimmt. Das Timing ist perfekt.«

Ihre Augen wirkten schwer vor Sorge, aber ein kleines bisschen Hoffnung schimmerte durch. »Ich weiß nicht.«

»Ich gehe zur Schule, um Polizistin zu werden. Ich kann dich beschützen. Lass mich.«

Ich brauchte fast eine Stunde, um sie zu überzeugen, aber es gelang. Ich zückte mein Handy und kaufte ihr ein Flugticket, damit sie nicht kneifen konnte. Dann vereinbarten wir, dass sie am Abend vor dem Abflug nach der Arbeit zu mir kommen würde.

Mom kam nicht.

Aus Sorge darüber, was ihr passiert sein konnte, brach ich meine wichtigste Regel und fuhr zu ihrer Wohnung und wünschte, ich wäre schon Polizistin. Die Tür stand weit offen. Ich schlüpfte hinein, sah mich um und fand Mom in ihrem Zimmer auf dem Boden liegend. Sie hatte einen Verband um den Arm und eine Nadel neben ihrem Körper. Ihr Brustkorb war ruhig, ihre Augen waren geöffnet. Ich fiel auf die Knie und suchte vergeblich nach einem Puls. Dann rief ich den Notarzt und begann mit der Herz-Lungen-Wiederbelebung, die ich fortsetzte, bis mich die Sanitäter von ihr wegzogen.

Der Gerichtsmediziner sagte, Mom sei an einer Überdosis gestorben, aber ich weigerte mich zu glauben, dass sie sich ihrer Sucht hingegeben hatte, wo sie so kurz davor war, aus diesem Leben auszusteigen. Ich hatte meiner Mutter versprochen, sie zu beschützen, und ich hatte versagt.

Als der Gerichtsmediziner das Laken über Moms Leiche zog und sie zurück in den Metallschrank schob, um auf den Friedhofsfahrer zu warten, schwor ich mir, nie wieder eine Mutter im Stich zu lassen.

2. KAPITEL

Sasha

Zwei Wochen zuvor …

Während ich in das tränenüberströmte Gesicht einer weiteren Mutter starrte, die ich im Stich lassen würde, drückte ein tiefes Gefühl der Hilflosigkeit auf meine Brust und drohte mich unter seinem Gewicht zu begraben. So sollte meine Arbeit nicht sein. Ich wollte eine der Guten sein, draußen auf der Straße, den Menschen helfen. Nicht Formulare sammeln und auf meinen Händen sitzen, während Mädchen verschwinden. Ich war seit dreieinhalb Jahren bei der Polizei von Seattle und schwamm immer noch im Planschbecken, während mir ständig meine Unerfahrenheit vor Augen geführt wurde.

In der ganzen Stadt verschwanden Mädchen, und bis jetzt hatte die Polizei nichts dagegen unternommen. Außer mir und ein paar untröstlichen Eltern schien das niemanden zu interessieren.

»Sie ist nicht weggelaufen«, betonte Maria Nunez von meinem Schreibtisch aus und blickte auf das Foto in ihrer Hand. »Ich weiß, dass das alle denken, aber meine Alicia ist schüchtern. Sie ist still. Sie hat nur eine Freundin und kann nirgendwo hingehen.«

Schüchtern, ruhig, einsam … so wurden alle Mädchen beschrieben, die verschwunden waren. Gemeinsam war ihnen auch die Armut und ihre Zugehörigkeit zu einer Minderheit.

Sexhändler hatten einen bestimmten Typ. Sie suchten sich Einzelgänger aus einkommensschwachen Familien. Kinder, die nicht viele Beziehungen oder Menschen hatten, denen sie sich anvertrauen konnten. »Haben Sie neue Informationen für mich, mit denen ich arbeiten kann? Ist Ihnen etwas eingefallen? Manchmal sind es die kleinsten Details, die den Unterschied ausmachen.« Alicia wurde seit fünf Tagen vermisst, und mit jeder Minute, die verstrich, schwanden unsere Chancen, sie zu finden.

»Hat ihre Freundin Martha nichts gesagt? Über den Mann auf dem Motorrad?«, fragte Frau Nunez und legte das Foto auf den Tisch, um mich anzustarren.

Ja, Martha hatte mir alles über den Mann auf dem Motorrad erzählt. Er trug ein schwarzes T-Shirt mit einer Schlange auf dem Rücken. Die Seattle Serpents waren eine gesetzlose Motorradgang, die fast unantastbar schien. Mehrere Mitglieder waren als Sexualstraftäter aktenkundig, und keiner von ihnen hatte etwas in der Nähe einer Highschool zu suchen. Martha hatte Alicia einige Tage vor ihrem Verschwinden nach der Schule mit einem dunkelhaarigen Serpent sprechen sehen. Ich besprach die neue Spur mit meinem Sergeant und er sagte mir, ich solle die Sache auf sich beruhen lassen.

»Gute Arbeit, Petrov. Ich werde Franks und Scott bitten, das zu überprüfen.«

»Franks und Scott?«, fragte ich. »Warum sollten Sie ihnen meinen Fall geben?«

»Ich gebe ihnen nicht Ihren Fall, ich überlasse ihnen nur die Überwachung. Ich schätze Ihren Enthusiasmus, aber Sie sind noch zu unerfahren und zu grün um die Kiemen, um es mit den Serpents aufzunehmen.«

Ich wollte darauf hinweisen, dass der Ausdruck grün um die Kiemen *verwendet wurde, wenn jemand krank aussah, nicht wenn er unerfahren war, aber ich hatte schon einmal den Fehler gemacht, Sergeant Wilkens zu korrigieren, was wahrscheinlich der Grund dafür war, dass ich jetzt den Schreibtisch hüten durfte, also hielt ich den Mund.*

Ich schob die Erinnerung an unser letztes Gespräch beiseite und wünschte mir, er würde herkommen und Ms Nunez erklären, welche Fortschritte Franks und Scott gemacht hatten. Oder ihr berichten, warum ich Martha nicht einmal die Fahndungsfotos zeigen durfte. Ich konnte nicht sagen, ob der Sergeant frauenfeindlich war oder ob es tatsächlich an meinem Alter und meiner Unerfahrenheit lag. Es war nicht das erste Mal, dass er mich auf die Ersatzbank schob, und ich wusste, dass es nicht das letzte Mal sein würde. Verdammt, der Mistkerl hatte mir noch nicht einmal einen Vollzeitpartner zugeteilt.

»Wir überprüfen die Informationen, die Martha uns gegeben hat«, sagte ich zu Frau Nunez und hoffte, dass es keine Lüge war. »Ich habe Alicias Foto an alle Dienststellen entlang der I–5 geschickt. Teilen Sie ihr Foto weiterhin in den sozialen Medien und bitten Sie Ihre Freunde und Familie, es Ihnen gleichzutun.«

»Es muss noch etwas anderes geben, was Sie tun können.«

Für einen Moment war Frau Nunez verschwunden, und ich blickte in das verängstigte Gesicht meiner eigenen Mutter, der ich versprach, sie zu beschützen. Ein Versprechen, das ich nicht noch einmal geben würde. »Es tut mir leid, Frau Nunez. Wir tun alles, was wir können.«

Sie brach in Tränen aus. Während ich ihr half, ihre Sachen zusammenzupacken und sie zur Tür begleitete, fraß sich die Frustration immer tiefer in mich hinein. Ich war Polizistin geworden, um Menschen zu helfen, und ich hatte es satt, nichts tun zu können.

Wütend stürmte ich wenig später in das Büro von Sergeant Willkens. Er warf einen Blick auf mein Gesicht und forderte mich auf, die Tür zu schließen und mich hinzusetzen.

Ich lehnte den Stuhl ab, den er mir anbot und ging von einer Wand zur anderen, während er etwas tippte. Als sein Blick schließlich zu mir zurückkehrte, war sein Gesicht misstrauisch und verärgert. »Was kann ich für Sie tun, Officer Petrov?«

»Haben Franks und Scott etwas über die Serpents herausgefunden?«

Er starrte mich ganze sechzig Sekunden lang an, bevor ihm ein Licht aufging. »Ah. Der Fall Nunez. Sie haben das Gelände überwacht, aber noch nichts Verdächtiges gesehen.«

Nichts Verdächtiges? Die Serpents waren Gesetzlose, keine Chorknaben. Alles, was sie taten, war verdächtig. Franks und Scott beobachteten das Gelände schon seit Tagen. Sie hätten längst etwas sehen müssen. »Ich möchte um Erlaubnis bitten, die Überwachung der Motorradgang zu übernehmen.«

Er verschränkte die Arme vor seinem dicken Bauch und lehnte sich in seinem Stuhl zurück. »Antrag abgelehnt.« Ich setzte zum Widerspruch an, doch er unterbrach mich. »Ich weiß, dass das eine persönliche Sache für Sie ist, angesichts dessen, was mit Ihrer Mutter passiert ist. Aber Sie sind jetzt eine Gesetzeshüterin, Petrov. Sie dürfen sich nicht von Ihren Gefühlen überwältigen lassen.«

Ich starrte ihn an und versuchte zu verstehen, was er gesagt hatte. Was er angedeutet hatte. Er scherte sich einen Dreck um die Zivilisten, die verschwanden, und dieser Bastard beschuldigte mich, zu emotional zu sein, um meinen Job zu machen? »Es tut mir leid, Sir, aber habe ich jemals zugelassen, dass meine Emotionen meine Arbeit behindern?«

»Dieser Fall ist ungewöhnlich. Ich möchte nicht, dass Sie einen Fehler machen.«

»Haben Sie mich deshalb auf die Ersatzbank gesetzt?«, fragte ich, immer noch nicht bereit, zu glauben, was hier vor sich ging.

»Ich erinnere mich an die Situation, bevor Sie auf die Akademie kamen. Wenn ich mich nicht täusche, haben Sie erst spät mit der Ausbildung begonnen. Wir sprachen über Ihre Mutter und ihre Überdosis und dass Sie den Verdacht hatten, dass diese Motorradgang in Vegas etwas damit zu tun haben könnte. Jetzt tätigt ein kleines Mädchen eine Aussage über einen Biker, und Sie sind bereit, sich Hals über Kopf in diesen Fall zu stürzen und deren Grundstück zu stürmen.«

Er machte sich über mich lächerlich. »Überwachung hat nichts damit zu tun, etwas zu stürmen. Ich will nur die Erlaubnis haben, diese Leute zu beobachten und Informationen zu sammeln.«

»Und ich verweigere Ihnen diese Erlaubnis. Halten Sie sich von den Serpents fern, Petrov. Das ist ein Befehl.« Er gestikulierte zur Tür. »Nun, ich bin sicher, wir haben beide zu tun.«

Ich verließ sein Büro und fühlte mich verloren, verwirrt und wütend.

Ich gab mir Mühe, mich in nächster Zeit an die Anweisungen zu halten und mich von dem Club fernzuhalten, aber die Weigerung, mich in den Fall einbringen zu dürfen, machte mir weiterhin zu schaffen. Eine weitere Vermisstenanzeige kam herein. Eine weitere Mutter starrte mich erwartungsvoll an, während ich meine Hände rang und ihre Hoffnung mit einer Lüge zerstörte.

»Wir tun, was wir können, Frau Vander.«

Aber das stimmte nicht. Ich saß tatenlos hinter meinem Schreibtisch, während weiterhin Mädchen entführt und wahrscheinlich verschleppt wurden.

Ich konnte diese Untätigkeit nicht länger ertragen. Ich dachte daran, über den Kopf des Sergeants hinweg zum Polizeichef zu gehen, aber ich hatte gehört, dass Jose Romero ein harter Brocken war, der Sergeant Wilkens selten infrage stellte. Wegen eines Neulings wie mir würde er das mit Sicherheit noch weniger tun. Also las ich mich durch die Fälle der Serpents und suchte nach Hinweisen, die auf eine mögliche Verwicklung in Menschenhandel hindeuteten. Ich fand nichts über vermisste Mädchen, aber ich entdeckte eine schockierende Anzahl von Fällen, die im Sand verliefen. Viel zu viele Menschenhändler wurden verhaftet, aber wieder freigelassen, weil Beweise und Zeugen verschwunden waren. Die wenigen Fälle, die vor Gericht landeten, wurden meist aus formalen Gründen abgewiesen.

Entweder waren wir die unfähigste Polizeistation des Landes, oder es war etwas faul in der Smaragdstadt. Bevor ich herausfinden konnte, was, rief mich Wilkens in sein Büro und verlangte meine Dienstmarke und meine Glock.

»Was? Warum?«, wollte ich wissen. »Was ist hier los?«

»Ich habe Ihnen doch gesagt, Sie sollten die Serpents in Ruhe lassen. Sie haben sich einem direkten Befehl widersetzt. Ich suspendiere Sie für zwei Wochen und Sie können froh sein, dass ich Sie dafür nicht feuere.«

Verwirrt ließ ich meine Sachen auf seinen Schreibtisch fallen. »Aber ich habe doch nur recherchiert.«

»Ich habe schon länger Hämorrhoiden als Sie Ihre Dienstmarke, und ich lasse mir von einem jungen Emporkömmling nicht sagen, wie ich meinen verdammten Job zu machen habe. Bewegen Sie Ihren Arsch aus meinem Büro, Petrov. Sofort!«

Als ich von der Polizeiwache nach Hause fuhr, gingen mir unzählige Fragen durch den Kopf, die ich alle nicht beantworten konnte. Irgendetwas ging hier vor sich, und ich war fest entschlossen, herauszufinden, was es war. Meine Möglichkeiten waren begrenzt, aber an Entschlossenheit und guten Ideen mangelte es mir nicht. Der Sergeant dachte, ich sei zu emotional, um meinen Job zu machen, also würde ich ihm zeigen, wie emotionslos ich sein konnte.

Schließlich war ich die Tochter meiner Mutter und hatte viele Tricks gelernt, indem ich ihr jahrelang zusah, wie sie ihren alten Zuhälter, Schrägstrich Freund, manipulierte, um zu bekommen, was sie wollte.

Ich fuhr nach Hause, bleichte mir die Haare und schnitt sie kurz unter dem Kinn ab. Dann öffnete ich meinen vernachlässigten Schminkkoffer und machte mich schick, bevor ich mich in den kürzesten Lederrock und das engste Tanktop zwängte, das ich finden konnte. Um neun Uhr abends ging ich auf Kneipentour und beendete den Abend im *The Serpent's Nest*, der Bar, die dem Outlaw MC gehörte und von ihm geführt wurde.

Ein einsamer Türsteher bewachte den Eingang. Die Füße schulterbreit auseinander, die Arme verschränkt, beobachtete er mich, als ich die Hüften schwang und auf ein Paar knallroter *Fuck-me*-Heels vor ihn trat. Ich erkannte den Türsteher nicht, aber der Aufnäher auf seiner Jacke mit der Aufschrift *Prospect* sagte mir, dass er meine Zeit nicht wert war.

Prospects waren im Grunde Guppys, und wenn ich Antworten wollte, musste ich mir einen der oberen Haie angeln. Wenn ich auf das Gelände wollte, um dort herauszufinden, was vor sich ging, brauchte ich jemanden, der etwas zu sagen hatte.

»Hey, Babe, ist dein schöner Arsch auf der Suche nach einer guten Zeit?«, fragte der Türsteher.

»Auf der Suche nach einem Drink. Ich habe gehört, dass Brewer heute Abend an der Bar ist, und er schenkt kräftig ein.«

Meine unverhohlene Namensnennung hatte den gewünschten Effekt; der Türsteher öffnete die Tür und das Innere beschallte uns mit lauter Rockmusik. »Ja, Brewer ist heute Abend hier«, erwiderte er.

Ich atmete noch einmal frische Luft ein, dann marschierte ich hinein, als würde ich hierhergehören. Obwohl das Rauchen in allen Lokalen Washingtons verboten war, roch die Luft nach Tabak und Gras. Ich konzentrierte mich auf die Biker, die an der Bar saßen, und stellte mich neben die Kasse, um zu sehen, mit wem ich es zu tun hatte. Einige Biker erkannte ich von ihren Fahndungsfotos wieder. Viele dieser Arschlöcher sollten für die Scheiße, die sie getan hatten, ins Gefängnis gehen, aber hier saßen sie und genossen ihre Freiheit, als wären sie unschuldige, gottesfürchtige Menschen.

Je mehr ich über den Mangel an Gerechtigkeit nachdachte, den ich erlebt hatte, seit ich meine Marke trug, desto wütender wurde ich. Ich ließ zu, dass dieser gerechte Zorn mein Rückgrat stärkte, streckte meine Brüste heraus und hob meinen Rock ein wenig an.

Während ich zu entscheiden versuchte, welcher gefährliche Verbrecher mich am ehesten auf das Gelände bringen würde, ohne dass ich als Leiche endete, beugte sich ein Körper in meinen persönlichen Bereich und forderte meine Aufmerksamkeit.

Meine lächerlichen fünfzehn Zentimeter hohen Absätze hoben mich auf eine Höhe von etwa ein Meter achtzig, was mich auf Augenhöhe mit dem Biker brachte, der mir nun gegenüberstand. Er sah rau, verwittert und schroff aus. Sein dunkles Haar, sein Bart und Schnurrbart könnten einen guten Schnitt vertragen, und er roch, als hätte er eine Woche zu lange in einer Kneipe verbracht und sich in Rauch und Alkohol gesuhlt. Aber es waren seine eisblauen Augen, die mich instinktiv einen Schritt zurücktreten ließen, als mir die Erkenntnis ins Gesicht schlug.

Ich hatte die Aufmerksamkeit von Tommy *Breaker* Pritchard erregt, dem Neffen des Gangsterbosses. Breaker wurde verdächtigt, mehr Verbrechen begangen zu haben, als das Department verfolgen konnte, und er war schon ein paar Mal angeklagt worden, aber wie bei dem Rest seiner Familie prallten alle Vorwürfe einfach ab.

Er nahm meine angespannte Haltung und meinen hastigen Rückzug mit einem raubtierhaften Grinsen zur Kenntnis. »Wer zum Teufel bist du und was machst du in meiner Bar?«, fragte er.

Ich straffte die Schultern und zwang mich, wieder in meine Rolle zu schlüpfen. »Ich? Ich hätte gerne einen Drink.« Ich ließ meinen Blick über seinen Körper gleiten, genau wie er es bei mir getan hatte, bevor ich den Abstand zwischen uns verringerte, als wäre er eine Art Magnet, der mich anzog. »Glaubst du, du kannst damit einem Mädchen helfen? Oder willst du nur dastehen und mich anstarren?«

Seine Lippen zuckten. Ich hatte gehört, dass Breaker es mochte, wenn seine Frauen eine große Klappe hatten, und sein Lächeln bestätigte meine Information. Das war gut. Ich war in den letzten zwei Wochen zweimal wegen Unverschämtheit abgemahnt worden, also war Klugscheißerei meine neue Normalität. Damit konnte ich leben.

Ich zog eine Augenbraue hoch und wartete auf seine Antwort, die nur einen Hauch von Herausforderung enthielt. Mit eisigem Blick fragte er: »Was trinkst du?«

»Rum mit Diät Cola.«

»Brewer«, rief Breaker und erregte die Aufmerksamkeit des Barkeepers. Er wiederholte meine Bestellung, bevor er mich erneut musterte. Die Hitze seines Blicks ließ meine Wangen glühen und meine Kampf- oder Fluchtreflexe aufflammen. Sich mit einem der Serpents einzulassen, war generell ein Spiel mit dem Feuer, mit Breaker Zeit zu verbringen, war wie über einem Vulkan zu baumeln. Seine Aufmerksamkeit war Geschenk und Fluch zugleich. Sie konnte mich durch die Tür bringen, aber sie konnte mich auch bei lebendigem Leib verbrennen. Doch ich wäre nicht hier, wenn ich nicht bereit wäre, dieses Risiko einzugehen. Diese Mädchen brauchten jemanden, der sich für sie einsetzte, und da der Sergeant mich auf die Ersatzbank geschoben hatte, trat ich auf die einzige Weise auf den Plan, die ich konnte.

Ich würde diesem Idioten seine Beweise besorgen und sie ihm in seinen Hämorrhoidenarsch schieben.

»Ich habe dich hier noch nie gesehen«, sagte Breaker mit tiefer, heiserer Stimme, legte seine Hand auf meine Hüfte und zog mich an sich. Die Bewegung war besitzergreifend und fordernd. Ich konnte mich losreißen, aber eigentlich war ich genau da, wo ich sein wollte.

»Das ist mein erstes Mal.« Ich deutete auf den Stempel auf meinem Handrücken. »Ich sah gerade zu, wie die Farbe im Corral trocknete, als ich ein paar Schlampen über diesen Ort reden hörte. Sie sagten, die Drinks seien stark und die Männer noch stärker.« Ich legte meinen Arm um seine Taille und rückte noch näher an ihn heran. »Klang so, als wären die Biker in diesem Laden ein Haufen Sexgötter. Ich wollte wissen, was es mit dem ganzen Trubel auf sich hat.«

Diesmal lächelte er tatsächlich. Es ließ ihn gefährlich und ein bisschen verrückt aussehen. »Du willst dich also amüsieren, was?«

Ich leckte mir über die Lippen und betrachtete ihn näher. Er sah nicht schlecht aus – hübsches Gesicht (wenn man nicht gerade in seine Furcht einflößenden Augen schaute), kantiges Kinn, Bad-Boy-Appeal – und strahlte die Art von Selbstbewusstsein und Stärke aus, die einen guten Fick versprach. Sein Brustkorb war breit, seine Arme muskulös und tätowiert. Alles in allem sah er nicht schlecht aus für einen Mörder, Dieb, Drogendealer und möglichen Sexhändler.

»Ich bin immer für einen Spaß zu haben«, sagte ich und klimperte mit meinen Wimpern.

»Das kann ein gefährlicher Ort für jemanden sein, der so aussieht wie du. Bist du sicher, dass du das willst?«

Meine Mutter schuftete jahrelang, um Essen auf den Tisch zu bringen und die Krankenhausrechnungen meines Vaters zu bezahlen. Die Ironie, dass ich mich selbst als Prostituierte anheuerte, in der Hoffnung, andere Mädchen vor dem gleichen Schicksal zu bewahren, entging mir nicht. »Ich glaube, ich kann auf mich selbst aufpassen.«

Seine hochgezogenen Augenbrauen sprachen Bände über seinen Unglauben an meine Fähigkeiten. »Wie heißt du?«

Ich überlegte, ob ich lügen sollte, verwarf den Gedanken aber sofort wieder. Mit etwas mehr Planung und etwas weniger selbstmörderischer Einstellung hätte ich einen falschen Ausweis auftreiben können. Da ich keinen gefälschten dabeihatte, konnte ich das Risiko nicht eingehen. »Sasha. Deiner?«

»Breaker«, rief der Barmann und reichte ihm einen Drink. Breaker beugte sich vor und griff nach dem Glas, bevor er es mir weitergab. Ich hatte die ganze Interaktion aus dem Augenwinkel beobachtet, um sicherzugehen, dass er nichts in mein Getränk getan hatte, aber sichergehen konnte ich damit nicht. Ich nahm einen Schluck und analysierte den Geschmack, während er über meine Zunge glitt. Ich konnte nichts anderes schmecken als Captain Morgan und Diät Cola, aber das hatte nichts zu bedeuten. Ich hoffte das Beste und hob dankend mein Glas, bevor ich einen weiteren Schluck nahm.

»Setzen wir uns«, sagte Breaker.

Ich wollte gerade darauf hinweisen, dass die Bar voll war, als er einen dünnen Typen davonjagte und seinen Platz frei machte. Breaker setzte sich auf den Barhocker und zog mich auf seinen Schoß. Ich war es nicht gewohnt, angefasst zu werden. Mein Körper verkrampfte sich, und ich musste mich zwingen, mich zu entspannen, während ich mich an Breaker lehnte, als könnte ich nicht anders.

Seine Hand ruhte auf meiner Hüfte, als er ein Gespräch mit dem Mann begann, der neben uns saß. An meinem Drink nippend, hörte ich zu, wie sie sich über eine bevorstehende Hochzeit unterhielten und über die Pläne für einen Junggesellenabschied, der wie eine Höllenparty klang. Breakers Hand wanderte zu meiner Brust, als er von den Clubhuren erzählte, die ebenfalls dort sein würden. Zwei Biker zu meiner Linken prahlten bei einem dritten Kerl über ein Mädchen, das sie im Doppelpack gevögelt hatten. Der Barkeeper servierte Drinks und plauderte mit einem anderen Biker über einen Idioten, der sich zugedröhnt hatte und sich mit einer Schlange namens Crash anlegte.

Das war der Lebensstil, gegen den ich mein ganzes Leben lang gekämpft hatte: Drogen, Missbrauch, Gewalt. Ich fragte mich wieder, warum mein Sergeant mich davon fernhalten wollte. Andererseits, da ich buchstäblich in die Höhle der Schlange gegangen war und auf dem Schoß eines dieser Bastarde saß, hatte ich mich vielleicht tatsächlich zu sehr in diese Fälle verwickeln lassen. Aber irgendjemand musste die Mädchen finden, und Willkens, Franks und Scott brachten ihren Arsch nicht in Bewegung.

Die Minuten vergingen. Biker kamen und gingen, näherten sich Breaker, als wäre er eine Art König, um dessen Gunst sie buhlten. Einer der Männer, der offensichtlich schon länger nicht mehr in der Stadt gewesen war, sagte zu Breaker, es tue ihm leid, das mit Joe zu hören. Joseph Pritchard, das jüngste Kind der Pritchards, war vor etwa einem Monat erschossen worden. Die Einzelheiten waren lückenhaft, aber die Ermittlungen waren abgeschlossen und unter Verschluss. Ich lauschte in der Hoffnung, endlich einen Hinweis darauf zu bekommen, was wirklich geschehen war.

»Danke, Bruder. Schön, dass du wieder da bist.«

»Hat jemand eine Spur zu dem Arschloch, das das getan hat?«, fragte der Neuankömmling.

»Nein. Texas will uns alle glauben machen, dass es ein Zufallstreffer zwischen Pier 62 und Pier 63 war, als ob irgendein verdammter Deal schiefgegangen wäre. Der Wichser soll mir lieber ein Grundstück am Meer in Arizona verkaufen, als mir diese Scheiße zu erzählen. Joe und Trucker haben mit diesem Hurensohn Brass gearbeitet, und seit sie tot sind, hat man nichts mehr von ihm gehört. Ich wette, er hat sie umgebracht, aber sicher nicht allein. Wir werden herausfinden, wer hinter dem Anschlag steckt, und Prez hat hoffentlich nichts zu verbergen. Dad wird ausrasten und seinen nächsten Schritt machen.«

Es war schockierend zu hören, dass ein Biker seinem Präsidenten so offen drohte, aber ich hatte Gerüchte gehört, dass sich zwischen Breakers Vater Buzz und seinem Bruder Texas ein Krieg anbahnte.

»Wenn du mich brauchst, sag Bescheid, Bruder.«

Gespräche und Rocksongs wechselten sich ab, während ich mich fragte, worauf Breaker wohl wartete. Ich hatte geplant, in die Bar zu gehen, einen Biker zu verführen und mich von ihm zum Clubhaus bringen zu lassen, aber Breaker schien sich damit zufriedenzugeben, mit mir auf seinem Schoß an der Bar zu sitzen. *Sweet Child of Mine* von *Guns N' Roses* dröhnte aus den Lautsprechern, während ich darüber nachdachte, wie viele Songs seit meiner Ankunft gespielt worden waren. Vier? Fünf? Sechs? Ich hatte langsam genippt, aber mein Glas war fast leer. Der Barkeeper stellte mir ein neues Getränk hin, aber ich war zu abgelenkt, um darauf zu reagieren. Da war eine kleine Kerbe im Holz der Bar, die meine ganze Aufmerksamkeit auf sich zog. Die Kerbe fühlte sich unter meiner Fingerspitze seltsam an. So merkwürdig, dass ich mit jedem Finger über das Holz reiben musste, zuletzt mit dem Daumen, bevor ich meine Handfläche und den Handrücken dagegen drückte.

Noch nie in meinem Leben hatte ich etwas so Cooles gefühlt.

Die unterschiedliche Textur, die Rauheit, all das war faszinierend. Fesselnd. Ich wollte meinen ganzen Körper darüber reiben, es unter jedem Zentimeter meiner Haut spüren.

Da wurde mir klar, dass doch etwas in meinem Getränk war.

Nach allem, was meine Mutter durchmachen musste, hatte ich mir geschworen, mich niemals auf Drogen einzulassen, und doch passierte es gerade. Eine Welle der Panik überkam mich, dann erinnerte ich mich an mein Training und daran, ruhig zu bleiben und mich zu konzentrieren. Ich fühlte mich nicht schwindelig, desorientiert oder schläfrig. Ich wusste, wo ich war, und erinnerte mich daran, warum. Was bedeutete, dass ich nicht betäubt war.

Denk nach, Sasha. Du weißt, was das ist.

Die Einkerbung an der Seite der Bar zog wieder meine Aufmerksamkeit auf sich. Ich strich mit dem Arm darüber, tauchte ein in das Gefühl, das die Berührung in mir auslöste.

Seltsam. Mehr. Stimuliert.

Breaker beugte sich vor, sein heißer Atem landete in meinem Nacken und verursachte eine Gänsehaut auf der überempfindlichen Haut auf meiner Schulter und meinem Arm.

»Wie geht es dir? Bist du bereit für mich?«, fragte er, ließ seine Hand unter meinen Rock gleiten und über meinen String. »Verdammt. Ja, das bist du. Deine Pussy fühlt sich an wie ein heißes Bad. Ich kann es kaum erwarten, ein Bad zu nehmen.«

Er war ekelhaft. Widerlich. Er hatte kein Recht, so mit mir zu reden. Trotzdem verursachten seine Worte noch mehr Gänsehaut und schickten eine weitere Hitzewelle in mein Inneres. Seine Finger tanzten leicht über meine empfindliche Stelle, neckten sie.

Ein Teil von mir war entsetzt. Die Bar verbarg, was er unter meinem Rock tat, aber wir waren immer noch in der Öffentlichkeit. Ich hätte nicht erregt sein dürfen, aber ich konnte nicht anders. Ich war mir nur allzu bewusst, wie seidig mein BH über meine Brustwarzen rieb und wie sich die Spitze meines Strings unter Breakers wandernden Fingern anfühlte und musste mich zwingen, mich nicht nach noch mehr Reibung zu sehnen.

Jede Berührung, jeder Lufthauch war überwältigend. Sinnlich. Euphorisch.

Die Kontrolle, die ich hatte, als ich *The Serpent's Nest* betrat, war längst verflogen. Sie hatten mich entweder mit flüssigem Ecstasy oder mit Molly betäubt, denn mein ganzer Körper vibrierte vor sexueller Energie. Schließlich gab ich nach und wölbte mein Becken gegen Breakers Hand, um den Druck zu erhöhen. Die Leute sahen zu, wie ich mich an ihm rieb, aber das war mir egal. Nur das Gefühl zählte.

»Das wirst du wollen«, sagte Brewer und stellte ein großes Glas Wasser vor mich hin.

Ich hatte gar nicht gemerkt, wie durstig ich war, aber plötzlich war Wasser alles, was ich wollte. Ich murmelte ein schnelles »Danke«, griff nach dem Glas und schluckte, bis es leer war.

»Braves Mädchen«, sagte Breaker in mein Ohr. »Wirst du auch so gierig nach meinem Schwanz sein?«

Er streichelte mich weiter durch meinen Tanga. Es fühlte sich unglaublich an, aber es reichte nicht. Ich ergriff seine Hand und drückte sie fester an mich. Seine dicken, stumpfen Finger fühlten sich so gut an, dass ich es kaum aushielt.

»Was hast du mir gegeben?«, fragte ich und lehnte mich wieder an ihn. Ich wusste, ich sollte es nicht tun, aber es war, als könnte ich ihm nicht nahe genug kommen. Er fickte mich in der Bar praktisch mit den Fingern und ich ließ es zu. Verdammt, ich spornte ihn auch noch an. Mein Körper brannte lichterloh, und nur Druck konnte den Brand löschen.

»Nur ein kleines X, um die Party in Gang zu bringen, Baby. Du warst total verklemmt und musstest dich verdammt noch mal entspannen.« Er schob meinen String zur Seite und tauchte einen Finger in meine Pussy.

Ich unterdrückte ein Stöhnen.

»Du bist so verdammt feucht. Ich wette, ich könnte dich jetzt über diese Bar beugen und dich hier vor allen Leuten ficken. Würde dir das gefallen?«

Nein. Ja. Es war falsch, aber es würde sich so richtig anfühlen. Ich drückte seine Hand an mich und schob seinen Finger tiefer in mich hinein.

»Fuck«, knurrte er. Er zog seine Hand aus meinem Schritt, saugte an seinem Finger, stand auf und schob mich nach vorne. Bevor ich protestieren konnte, warf er mich über seine Schulter und zeigte der ganzen Bar meinen Arsch.

Ein lauter Jubel ertönte, als er mich um die Bar herum, den Gang entlang und in ein Büro trug. Er schloss die Tür hinter uns, schob meinen Hintern auf den Schreibtisch und öffnete seine Hose. Diese eisblauen Augen starrten mich wieder an, während er nach seinem Schwanz griff und ihn streichelte.

»Das ist es. Fass dich an«, sagte er mit tiefer, heiserer Stimme.

Ich hatte gar nicht gemerkt, dass meine Hände meine Brüste kneteten. Ich drückte sie, dann zwickte ich in meine Brustwarzen durch den BH, warf den Kopf zurück und genoss das Kribbeln.

»Lass dich ansehen«, sagte er und holte ein Kondom aus seiner Brieftasche. »Zieh dein Shirt und den BH aus.«

Ich tat, wie mir geheißen. Die Luft küsste meine Brustwarzen und machte sie noch härter. Jeder Zentimeter meines Körpers fühlte sich sensibel, sexy und frei an. Als er das Kondom überzog, senkte er den Kopf und griff nach meinen Brüsten. Er saugte und knabberte, während er meine Hüften packte und mich nach vorne drückte, bis mein Hintern über der Kante hing. Dann schob er seinen Schwanz in mich hinein.

Der Druck und die Fülle waren zu groß.

»Deine Muschi ist so verdammt eng.«

Ich hasste mich dafür, dass ich die Reibung genoss, die er mir bot. Ich hasste Breaker – alles, wofür er und seine Familie standen, all die Scheiße, die sie angerichtet hatten. Ich sollte diejenige sein, die ihn verführte, aber er hatte das Drehbuch umgeschrieben, und jetzt wollte ich nicht, dass er aufhörte, brauchte ihn, um das Feuer in mir zu löschen. Meine Fingernägel krallten sich in seine Arme und quetschten jedes Quäntchen Lust aus ihm heraus.

Breaker hatte die Zügel in die Hand genommen, und jetzt musste ich die beste Nummer seines Lebens sein, damit er mich zu den vermissten Mädchen reiten würde.

3. KAPITEL

Tap

Heute

Ich fuhr mit dem Daumen über die goldgeprägten Buchstaben des Reisepasses und erinnerte mich im Stillen daran, dass ich Optionen hatte. Notfallpläne waren meine Spezialität. Ich hatte Jahre damit verbracht, Strategien zu entwickeln, die meinen Arsch retten und meine Spuren verwischen würden, wenn die Scheiße am Dampfen war.

Ich hatte immer mehrere Auswege.

Das kleine blaue Büchlein öffnend, blätterte ich zur Titelseite um und sah mein Bild vor mir. Der Name, der dort stand – Michael James – war einer der vielen Decknamen, die ich im Laufe der Jahre benutzt hatte. Meinen Vornamen hatte ich so tief vergraben, dass ihn nicht einmal meine eigene Mutter ausbuddeln konnte.

Ich wandte meine Aufmerksamkeit wieder der E-Mail auf dem Bildschirm meines Laptops zu.

Titus Blackoak, ein weiterer Deckname, war für einen Auftrag angefragt worden. Ich ging nirgendwo blind hin, also hatte ich meine potenzielle Kundin wie immer gründlich überprüft. Ihr Job war legitim, die Gelegenheit, die sie mir bot, einmalig.

Und das Risiko verdammt groß.

Mein Blick wanderte über die Sammlung von Abhörgeräten auf meinem Schreibtisch. So viele Möglichkeiten, die nur darauf warteten, genutzt zu werden: Kugelschreiber, USB-Sticks, Steckdosenleisten, Handywanzen. Einige hatten eine Reichweite von mehr als drei Metern, andere konnten Mobilfunkmasten anzapfen, um Daten aus der Ferne zu übermitteln. Jedes Gerät hatte das Potenzial, unbemerkt zu bleiben und uns dabei zu helfen, einer möglichen Bedrohung für unseren Club einen Schritt voraus zu sein.

Unseren Club.

Die Worte klangen besitzergreifend und sentimental, selbst in meinem Kopf. Ich war nie ein guter Teamplayer gewesen. Mein beruflicher Werdegang hatte mich zu einem Einzelkämpfer gemacht, bis ich dem *Dead Presidents* Motorcycle Club beigetreten war. Es war dumm, irgendjemandem zu vertrauen, vor allem nach der Scheiße, die ich gesehen und gehört hatte, aber meine Clubbrüder waren mir unter die Haut gegangen wie ein Ausschlag, den keine Salbe heilen konnte.

Die meisten Leute würden sagen, ich hätte Vertrauensprobleme. Aber das hat nichts mit Paranoia zu tun, wenn du auf der Abschussliste einiger Mistkerle stehst. Ich kannte mindestens ein Dutzend mörderischer Arschlöcher, die Himmel und Hölle in Bewegung setzen würden, um mich zu finden, hätten sie auch nur den Hauch einer Ahnung von meinem Aufenthaltsort.

Link, der Präsident des Clubs, hatte mir den Straßennamen *Tap* gegeben, weil ich so gut mit Abhörgeräten umgehen konnte. Ich akzeptierte es, weil ich die Wahrheit kannte: Wenn es kompliziert wurde, würde ich untertauchen und verschwinden – *tapped out.*

Schließlich musste ich auch an meine Verantwortung denken.

Diese Verantwortung hätte mich dazu bringen müssen, meinem selbst auferlegten Protokoll zu folgen, als die Seattle Serpents Links Schwester Naomi entführt hatten. Ich sollte nicht an meinem Schreibtisch sitzen und über eine Operation nachdenken, die mich – und alles, was mir wichtig war –, in Gefahr bringen könnte. Nein, es war höchste Zeit, die Stadt zu verlassen und ein neues

Leben zu beginnen. Das wäre das Klügste und Sicherste. Und doch saß ich hier, starrte auf den Bildschirm und dachte darüber nach, alles zu riskieren, um meinen Brüdern zu helfen.

Aber warum? Es war fast ein Jahr her, dass ich zu ihnen gestoßen war. Teil von etwas zu sein, das einen Zweck und eine Mission hatte, hatte in meiner Seele den Samen der Loyalität gepflanzt. Ich weigerte mich, den kleinen Scheißer zu gießen, aber er wollte einfach nicht sterben.

Begriffe wie *Bruderschaft* und *Loyalität* hätten an mir abprallen müssen. Ich lebte in einem komplizierten Minenfeld, in dem ein falscher Schritt alles zerstören konnte, was ich mir aufgebaut hatte. Das Letzte, was ich brauchte, war die Verbindungen zu stärken, die mich in Seattle festhielten, aber ich war noch nicht bereit für eine Evakuierung.

Ich legte den Pass zurück in meine Schreibtischlade und überflog noch einmal die E-Mail, bevor ich den Job annahm und mein Schicksal besiegelte.

Kein riesiger Amboss fiel auf meinen Kopf. Keine Truppe stürmte mit M16, Tränengas und Wahrheitsserum herein, um mich zu Fall zu bringen und all meine Geheimnisse zu enthüllen. Aber ich wusste, dass es eines Tages passieren würde, also musste ich vorbereitet sein.

Ich verließ mein Büro im Keller, ging nach oben in mein Zimmer und tauschte meine Jogginghose und mein T-Shirt gegen Khakihosen, Slipper, ein Polohemd und eine Brille. Damit sah ich aus wie jeder andere Nine-to-five-Typ, der sich auf den Weg ins Büro machte, um dort zu schuften.

Der Duft von gebratenem Speck lockte mich in die Küche, wo ich meine Mutter vorfand, die das Frühstück zubereitete, während sie die Nachrichten sah. Sie trug einen langen lila-goldenen Rock und eine Bluse. Ihre Haut hatte die Farbe dunkler Schokolade und ihr Teint war so perfekt wie die dichten Locken auf ihrem Kopf. Mama hat ihren Kopf immer hochgehalten, ihre Ansprüche noch etwas höher. Ihr Lächeln war echt und erhellte ihr ganzes Gesicht, während sie die gebratenen Eier auf den Teller schob. »Guten Morgen, Alex.«

Alexander Watson war meine Identität, seit wir vor fast zwei Jahren nach Seattle gezogen waren. Der Name war mir inzwischen so vertraut, dass er mir half, mich anzupassen, ohne falsch in meinen Ohren zu klingen, vor allem jetzt, da Mama ihn meistens benutzte.

»Guten Morgen, Mama«, sagte ich und beugte mich zu ihr hinunter, um sie auf die Wange zu küssen, während ich mir eine Scheibe Speck schnappte.

»Junge, mach das noch einmal und du verlierst deine Hand«, murmelte sie und reichte mir meinen Teller.

»Klar doch«, antwortete ich und stellte den Teller auf den Tresen.

Wenn ich für jedes Mal einen Dollar bekäme, wenn Mama mir drohte, mich zu verstümmeln, bräuchte ich nicht mehr zu arbeiten. Trotz all ihres Geredes war sie ein eins fünfundsechzig großer Softie.

Vor zwei Jahren stand ich mit einem einjährigen Kind vor ihrer Tür, nachdem ich gerade erfahren hatte, dass es meins war, und einer verrückten Geschichte über Leute, die nach uns suchten. Mama hatte nicht gezögert, ihren Job zu kündigen, alle Kontakte abzubrechen und mit meiner Tochter und mir durchs Land zu ziehen.

»Hast du von den College-Zulassungsbetrügereien gehört?«, fragte sie und gestikulierte wild mit ihrem Pfannenwender vor dem Fernseher herum.

Ich zuckte mit den Schultern. »Das sollte dich nicht überraschen, Mama. Die Reichen haben sich jahrelang ihren Weg durch die Regierung und die Institutionen gebahnt.«

Sie schüttelte den Kopf. »Das ist eine verdammte Schande. So viel Geld, und trotzdem können sie es sich nicht *leisten*, Aufmerksamkeit aufzubringen. Wenn es hier wirklich um ihre Kinder gehen würde, würden sie ihnen beibringen, *zuzuhören* und davon zu lernen. Die Menschen müssen endlich ihre Brieftaschen schließen und stattdessen ihre Ohren öffnen. Dann hätten wir vielleicht nicht so viele zertifizierte Hosenscheißer, die herumlaufen und glauben, sie wären etwas Besseres. Unsere Hailey wird anders sein. Das Mädchen wird lernen, wie wichtig es ist, zuzuhören und davon zu lernen.«

»Ja, Ma'am«, stimmte ich zu. Zustimmen war das Einzige, was ich bei einem ihrer Ausbrüche tun konnte.

»Das Mädchen wird sich alles selbst erarbeiten müssen.«

»Ach ja?«, fragte ich. »Also hast du ihr bereits beigebracht, ihre Spielsachen selbst aufzuheben.«

Mama senkte den Blick. »Sie ist erst drei Jahre alt. Wir können sie noch eine Weile ein Baby sein lassen.«

»Ich bin sicher, dass du mir mit drei Jahren beigebracht hast, mein Spielzeug aufräumen zu müssen.«

»Das ist etwas anderes. Du bist mein Sohn. Sie ist meine Enkeltochter. Ich musste dir beibringen, deinen faulen Hintern aus dem Bett zu bewegen und einen Beitrag zu leisten. Hailey muss mich nur anlächeln, das ist Beitrag genug.«

Ich lachte los. »Das ist einfach nur verdrehter Bullshit, das weißt du doch, oder?«

Sie zuckte mit den Schultern. »Ich bin nur ehrlich zu dir, mein Junge.«

Wie von der Diskussion herbeigerufen, rauschte mein inzwischen dreijähriger Wirbelwind in einem langen rosa Nachthemd in die Küche. Ihre Locken standen in alle Richtungen ab, und sie sah aus wie eine Miniaturausgabe von Tina Turner aus den Achtzigern. »Daddy!«, rief sie und klammerte sich wie ein Äffchen an mein Bein.

Ich bückte mich zu ihr und zog sie an mich. »Guten Morgen, mein Schatz«, sagte ich und verteilte Küsse auf ihrer Wange, bis sie kicherte und sich aus meinen Armen befreite. »Ich habe eine Überraschung für dich und Mama.«

Ihre Augen wurden fast so groß wie ihr Lächeln. »Eine Überraschung? Was ist es?«, fragte sie mit ihrer süßen Stimme.

»Ein Ausflug in den Wasserpark.«

Sie quietschte vor Vergnügen. »Du kommst auch mit?«

»Nein, Baby. Diesmal kann ich nicht. Ich muss arbeiten. Aber du und Mama, ihr werdet viel Spaß haben. Ich will alles darüber erfahren, wenn du wieder nach Hause kommst.«

»Wie viele Tage sollen wir in der Hütte bleiben?«, fragte Mama, ohne eine Miene zu verziehen.

Ich war mir nicht sicher, ob sie wirklich begriff, wie gefährlich die Menschen aus meiner Vergangenheit waren. Oder ob sie glaubte, dass ich mir das alles nur einbildete – manchmal war ich mir selbst nicht sicher –, aber sie befolgte meine Anweisungen immer sofort und ohne etwas zu hinterfragen. Seit wir in Seattle waren, hatte ich die beiden nicht mehr an einen anderen Ort geschickt, aber wir hatten ein paar Plätze in der Nähe vereinbart, wo sie sich verstecken konnten – nur für den Fall. Mama wusste auch, wo sie ein Schließfach mit den Kontaktinformationen meines Clubpräsidenten finden konnte sowie gefälschte Pässe und genug Geld, um mit Hailey unterzutauchen.

Es war ein schmaler Grat zwischen Achtsamkeit und Paranoia, auf dem ich jeden Tag balancierte.

»Ich brauche morgen Abend deine Hilfe bei einem Gesicht. Danach werde ich aufbrechen und das Wochenende über weg sein. Ich sage dir Bescheid, wenn sich meine Pläne ändern.«

Mama servierte mir das restliche Frühstück und warf mir einen scharfen Blick zu, fragte aber nicht nach Details. Ich hatte ihr einmal erklärt, je weniger sie wüsste, desto besser wäre es für sie. Ob sie mir glaubte oder mich für völlig verrückt hielt – sie ließ sich darauf ein. »Sei vorsichtig, Alex.«

»Ich bin immer vorsichtig. Vorsichtsmaßnahmen sind meine Spezialität, während ich mich durch diese Scheiße arbeite.«

»Daddy, sag nicht Scheiße«, schimpfte Hailey.

»Du hast recht. Tut mir leid, Baby, aber du solltest dieses Wort auch nicht sagen.« Ich hob sie hoch und setzte sie in den Kindersitz, der neben mir auf dem Barhocker befestigt war, während Mama zwei weitere Teller auf den Tresen stellte. »Deal?«

»Deal«, antwortete Hailey und lächelte mich aus ihren großen braunen Augen schelmisch an. »Ich werde die größte Rutsche hinunterrutschen.« Sie nahm ihre Gabel, klopfte damit auf den Tisch und sang von Rutschen, Einhörnern und Badeanzügen.

Hailey war das einzig Unschuldige in meinem Leben, und ich würde alles tun, damit das so blieb. Sie war mein Ein und Alles, der Grund, warum ich Tag für Tag weitermachte. Wenn ich ihr zusah, wie sie so unbekümmert lachte und sang, musste ich gegen den Drang ankämpfen, mit ihr aus Seattle zu verschwinden, um die *Dead Presidents* ihren eigenen Scheiß regeln zu lassen.

Tief in mir wusste ich jedoch, dass Hailey und ich nicht ewig weglaufen konnten und dass der Club unsere beste Chance war, ein sicheres Leben zu führen. Sollte mir etwas zustoßen, würde Link erst mal ordentlich wütend sein, weil ich ihm nichts von meiner Tochter erzählt hatte, aber er würde alles tun, um sie zu beschützen.

»Sei vorsichtig auf der großen Rutsche«, sagte ich, strich ihr über den Scheitel und küsste sie auf die Stirn. »Ich liebe dich mehr als alles andere auf der Welt und ich will nicht, dass du verletzt wirst.«

»Ich hab dich auch lieb, Daddy, aber ich bin schon groß. Ich tue mir nicht mehr weh.«

»Das weiß ich. Deine Grandma wird dich trotzdem auf der Rutsche begleiten, tust du das für mich? Bitte?«

Sie sah mich nachdenklich an. Dann breitete sich ein strahlendes Lächeln auf ihrem Gesicht aus und erhellte den ganzen Raum. »Okay, Daddy. Ich will dir keine Angst machen.«

»Danke, Babygirl.«

Nach dem Frühstück fuhr ich meinen unscheinbaren silbernen Toyota Camry aus der Garage und verließ mein ruhiges Viertel Bellevue in Richtung des geschäftigen Treibens in Downtown Seattle. Ich musste in den Club, aber ich fuhr nie direkt dorthin.

Ich vertraute meinen Brüdern. Zumindest so sehr, wie ich es konnte. Sie wussten dennoch nicht, wo ich wohnte oder welches Auto ich fuhr. Das würde nur passieren, wenn mich jemand außer Gefecht setzte oder einer meiner Notfallpläne griff. Mit anderen Worten: nur über meinen toten oder sterbenden Körper. Erst dann würden sie auch das mit Hailey herausfinden.

Da der Club voller neugieriger Arschlöcher war, fuhr ich zu einem Bürogebäude mit Privatgarage, parkte mein Auto und rückte meinen Parkausweis über dem Rückspiegel zurecht. Das Gebäude gehörte einer meiner Deckfirmen. Der Kauf war ein Wagnis gewesen, aber wie alle meine Nebengeschäfte zahlte es sich aus. Diversifizierung machte es für jeden schwieriger, mir auf die Spur zu kommen, also setzte ich auf mehrere Körbe und jonglierte je nach Bedarf mit ihnen.

Ich hatte lange genug für die Regierung gearbeitet, um zu wissen, wie man sie umgeht.

Mit meiner Laptoptasche in der Hand nahm ich den Aufzug zu meinem Büro im dritten Stock (hoch genug, um sicher zu sein, und niedrig genug, um unbedeutend zu wirken) und betrat den Raum, den eine zweite Scheinfirma gemietet hatte. Ich schaltete den Alarm aus und sah mich um, bevor ich das Schloss des angrenzenden Lagerraums entriegelte und eintrat.

Auf den Regalen an einer Wand standen Waffen. Es war keine vollständige Waffenkammer, eher eine Option. In den letzten drei Jahren war es ruhig gewesen, aber ich wollte mich nicht zu sehr in Sicherheit wiegen. Sollte jemand aus meiner Vergangenheit auftauchen, hatte ich in diesem Schrank genug Feuerkraft, um meine Familie und mich aus der Stadt zu bringen und meine Verfolger abzuschrecken.

Heute war ich allerdings nicht wegen der Waffen hier.

Stattdessen ging ich zu den geordneten Kleiderkästen an der gegenüberliegenden Wand. Dort tauschte ich eine Verkleidung gegen eine andere, zog meine Geschäftskleidung aus und schlüpfte in Jeans, ein schwarzes T-Shirt und Motorradstiefel.

In dem Regal an der hinteren Wand lag ein Ethernet-Kabel. Ich schloss meinen Laptop an, gab eine Reihe sicherer Passwörter ein und loggte mich in das Sicherheitssystem des Gebäudes ein. Ich überprüfte die Live-Kameras, die alle drei Ausgänge des Parkhauses überwachten, und wartete, um sicherzugehen, dass ich nicht verfolgt wurde und niemand darauf wartete, mich zu überfallen. Nachdem ich mich vergewissert hatte, nahm ich meine Brille ab, setzte Kontaktlinsen ein, packte meinen Laptop in einen Rucksack, tauschte meine Schlüssel aus, schloss ab und nahm die Treppe, die in das Parkhaus führte. Dort betrat ich einen Raum, der eigentlich für den Hausmeister gedacht war, aber an eine Drittfirma vermietet war.

Hier bewahrte ich *Valkyrie* auf.

Sie war eine halbmattschwarze 2016er-Harley-Davidson *Softtail Fat Boy Special* mit einem massiven 110-Kubik-Doppelmotor. Das Heck war verbreitert worden und ich hatte mich für zwei Bullet Blinker entschieden. Sie war das schärfste Gerät auf zwei Rädern, und ich hatte sie *Valkyrie* genannt, weil sie jedes Mal, wenn ich mein Bein über ihren Sattel schob, etwas in mir zum Leben erweckte. Meine Kutte war über den Sattel drapiert, also legte ich meinen Rucksack ab, um sie mir über die Schultern zu schieben und mein Ensemble zu vervollständigen.

Nun war ich *Tap*.

Anfangs war es nur eine weitere Rolle, die ich spielte, um das ultimative Sicherheitsnetz für meine Familie zu schaffen, aber im letzten Jahr war es zu mehr geworden.

Ich liebte es, Tap zu sein.

Schade, dass es nicht echt war.

Auf dem Weg zu Link ging ich durch den Aufenthaltsraum der alten Feuerwache, die uns als Clubzentrale diente, und fand Naomi mit einer Flasche Wasser hinter der Bar sitzend.

Sie lächelte mich an, als ich auf sie zukam. »Hey, Tap, kann ich dir was zu trinken anbieten?«

»Ich nehme eine von diesen, bitte«, sagte ich und zeigte auf ihre Flasche.

»Wasser?« Sie runzelte die Stirn. »Du weißt, dass wir Whisky hier haben, oder?«

Ich lachte. »Ja. Ich bin kein großer Trinker.«

»Kein großer? Was soll das heißen? Steckst du keine Nippel in die Flasche und nuckelst daran, wie der Rest dieser Bastarde? Oder wartest du bis nach dem Mittagessen, um deine Leber zu vergiften?«

»Ich rühre das Zeug überhaupt nicht an.«

»Nie?«

»Nein, nie. Mein Vater war Alkoholiker. Angeblich liegt das in der Familie, und ich wollte das Risiko nicht eingehen.« Die eingeübte Lüge kam mir leicht über die Lippen. Es war die gleiche

Ausrede, die ich meinen Clubbrüdern jedes Mal auftischte, wenn sie versuchten, mir den Scheiß einzuflößen. In Wahrheit war meine Nüchternheit eine Frage der Kontrolle. Ich hatte mir den Arsch aufgerissen, um sie zu erlangen, und ich wäre verdammt, wenn ich sie für eine vorübergehende Realitätsflucht aufgeben würde.

Normalerweise reagierten die Leute auf die Lüge über meinen Vater mit nichtssagenden Mitleidsfloskeln oder Geschichten über ihre eigenen Familienprobleme, aber Naomi neigte nur den Kopf zur Seite und musterte mich, während sie ein Wasser aus dem Kühlschrank holte und auf den Tresen stellte.

»Danke. Ist Link hier?«, wollte ich wissen und fühlte mich etwas unbehaglich, weil sie mich noch immer beobachtete.

»Ja, aber er ist in einer Besprechung mit den Detectives. Sie sollten bald fertig sein. Setz dich.« Sie deutete auf den Hocker vor mir.

Ich hatte keine Lust, mich mit Naomi zu unterhalten. Die wenigen Begegnungen mit ihr bisher hatten gezeigt, dass sie klug und aufmerksam war – im Grunde die letzte Person, die ich zur Einmischung in meine Angelegenheiten brauchte. Ich hatte schon genug damit zu tun, die Peilsender von Morse, dem Computerguru des Clubs, aufzuspüren und den ständigen Fragen von Wasp, dem Vizepräsidenten des Clubs, auszuweichen. Aber sie war die Schwester des Präsidenten, also setzte ich mich.

Sie nahm einen weiteren Schluck aus ihrer Flasche. »Erzähl mir von dir. Was ist deine Geschichte?«

»Meine Geschichte?«

»Ja, deine Geschichte. Du bist da, wenn Link dich braucht, aber du bleibst nie zu den Partys. Du trinkst nicht, keine der Clubhuren hat dich bisher angefasst, und niemand scheint zu wissen, was du machst oder wo du wohnst. Du bist eine Anomalie.«

Verdammt. Naomi hatte mich durchschaut. »Ich wusste nicht, dass du Interesse hast«, erwiderte ich und umspielte ihre Aufmerksamkeit mit einem Lächeln. »Ich fühle mich geschmeichelt, aber ich glaube nicht, dass das eine gute Idee ist. Eagle würde mir in den Hintern treten.«

Sie schüttelte den Kopf, aber um ihre Mundwinkel zuckte es, als würde sich die Clubprinzessin nur schwer ein Lächeln verkneifen können. »Ja, das würde er, und er macht mich mehr als glücklich. Ich bin nicht auf der Suche nach einem anderen Kerl, Tap. Ich halte meinem Bruder den Rücken frei.«

»Ach, komm schon. Wir wissen beide, dass Link auf sich selbst aufpassen kann.«

»Gib mir etwas.« Sie war wie ein Hund, der einem Knochen hinterherjagte. »Ich weiß nicht einmal, woher du deinen Namen hast. *Tap*. Das ist ungewöhnlich.«

»Nein, das ist langweilig. Als ich Link kennengelernt habe, habe ich in der *Full Moon Bar* Zapfhähne bedient – *tapped them*.« Diese Lüge war vorherzusehen gewesen.

Die Leute fragten mich immer, woher ich meinen Straßennamen hatte, und ich fand, das ging sie nichts an, also erzählte ich allen eine andere Geschichte.

Naomi lachte, sie glaubte mir keine Sekunde. »Link vertraut den Menschen. Manchmal ein bisschen zu sehr.«

Der Club bestand aus Militärveteranen. Einige waren beigetreten, weil sie an die Sache glaubten und helfen wollten. Die meisten hatten sich jedoch den *Dead Presidents* angeschlossen, weil ihre Dienstzeit ihre Realität verändert hatte und sie nicht mehr in ihr altes Leben zurückkehren konnten. Sie brauchten eine Befehlskette und jemanden, der ihnen den Arsch aufriss, wenn sie aus der Reihe tanzten. Link war erst seit ein paar Jahren Präsident, und angesichts der jüngsten Ereignisse war auch ihm klar geworden, dass er nicht jeden retten konnte. Sosehr er es auch wollte.

»Dann ist es gut, dass er Leute wie uns hat, die ihm den Rücken freihalten«, antwortete ich und versuchte, mich in seine Lage zu versetzen. »Ich arbeite abends für eine Internetsicherheitsfirma, Naomi. Ich habe eine Freundin und ein Leben außerhalb des Clubs. Ich bin nur beigetreten, weil ich schätze, was Link tut, und weil ich helfen möchte.« Die Lügen, die aus meinem Mund kamen, klangen glaubwürdig, und ich wünschte mir sehnlichst, sie wären wahr. Da ich wusste, dass ich das Gespräch weiterführen musste, um sie loszuwerden, gab ich an sie ab. »Du bist dran.«

Sie lächelte und musterte mich dabei die ganze Zeit. »Link hat mir erzählt, dass du beim Geheimdienst warst. Du weißt bestimmt schon mehr über mich als ich über dich.«

Es war allgemein bekannt, dass Naomi ein *Pedro* war, ein Hubschrauberpilot der Air Force, der auf Such- und Rettungseinsätze spezialisiert war. Eagle schwängerte sie kurz vor Ende ihrer Dienstzeit, und als ihr Vertrag auslief, kehrte sie nach Hause zurück. Sie war stark, fähig, intelligent und verdammt hartnäckig, denn *Pedro*-Jobs waren schwer zu bekommen, besonders für Frauen. Aber eines wusste ich über sie nicht. »Wie erträgst du das alles?«, fragte ich.

Sie runzelte die Stirn. »Was? Das zivile Leben?«

Kopfschüttelnd versuchte ich es noch einmal. »Du warst auf dem Höhepunkt deiner Karriere und hast ein Team geführt, das sich auf dich verlassen hat. *Pedros* haben einen Heldenkomplex, ihr müsst einspringen und allen den Arsch retten. Buchstäblich. Und doch hast du das alles aufgegeben. Jetzt sitzt du hier, arbeitslos, in einem Veteranenclub, dem du nicht beitreten kannst, weil du ohne Schwanz geboren wurdest. Wie kann man da noch zufrieden sein?«

»Zufrieden?« Sie schnaubte. Mit einem Blick nach unten rieb sie sich über ihren wachsenden Babybauch und lenkte meine Aufmerksamkeit darauf. »Ich langweile mich zu Tode. Ich bin in diesem Club aufgewachsen, habe meinem Land gedient und weiß mehr über Motorräder als die meisten anderen. Ich bin hin- und hergerissen zwischen dem Wunsch, meinen Platz einzunehmen, und der Angst, dass die Integration den Club in etwas verwandeln könnte, zu dem ich nicht mehr gehören will. Als ich im Dienst war, wusste ich immer, was ich zu tun hatte. Jetzt bin ich rastlos. Ich fühle mich schuldig, weil ich meine Crew verlassen habe, und zugleich schuldig *wegen* dieser Schuld, und frage mich, ob ich deswegen eine schlechte Mutter bin. Aber ich musste gehen. Ich hätte nicht bleiben können.«

»Warum nicht?«, fragte ich. Es gab viele Eltern im Dienst, und die Luftwaffe hätte sich ein Bein ausgerissen, um einen fähigen Piloten zu behalten.

Ihr Blick wanderte zu einer Flasche Jack Daniels und verriet ihre Sehnsucht nach einem Drink. Stattdessen nippte sie an ihrem Wasser und verzog das Gesicht. »Einer unserer letzten Einsätze ging schief. Wir wurden angegriffen und ich habe einige meiner PJler verloren, meine Rettungsanker. Einer von ihnen war ein guter Freund namens Max Stevenson. Er hatte eine Frau und einen zweijährigen Sohn, der glaubte, sein Vater wäre ein Held. Ich überbrachte die Nachricht persönlich und werde nie den Blick von Mikey vergessen, als Jamie ihm sagte, dass sein Vater nicht mehr nach Hause kommen würde.« Sie legte ihre Hand schützend auf ihren Bauch. »Du weißt, dass Link und ich ohne Mom aufgewachsen sind. Das werde ich meinem Kind nicht antun.«

Ich musste ihre Beweggründe respektieren. Vor allem in Anbetracht meiner eigenen Situation. Zweifellos würde Hailey eines Tages nach ihrer Mutter fragen, und ich würde mir etwas einfallen lassen müssen, um ihr zu antworten. Ich schob das Problem in den Hintergrund, wo es hingehörte, und hob meine Wasserflasche zum Toast. »Du wirst eine verdammt gute Mutter sein, Naomi.«

Grinsend tippte sie ihre Flasche gegen meine. »Danke, Tap. Ich glaube, das sind die ehrlichsten Worte, die du bisher zu mir gesagt hast.«

Damit hatte sie nicht unrecht. Ich sollte mir Sorgen machen, dass sie meinen Schwachsinn durchschaut hat; stattdessen erwiderte ich ihr Lächeln, trank mein verdammtes Wasser und hielt den Mund, bis die Besprechung zu Ende war.

4. KAPITEL

Sasha

Eine Woche davor …

Es war mir über den Kopf gewachsen.

Nicht sofort. Obwohl ich auf Ecstasy war und geiler als je zuvor in meinem Leben, war Breaker genau da, wo ich ihn haben wollte. Und es war ja nicht so, dass ich nichts von unserer Begegnung gehabt hätte. Ich hatte mich nie sexyer und begehrenswerter gefühlt als in dem Moment, als er mich in das Büro der Bar trug, unfähig zu warten, bis wir an einem geeigneteren Ort waren.

Ich hatte ihm einen Vorgeschmack auf mich gegeben, aber ich sorgte dafür, dass er mehr wollte. Ich neckte ihn und flirtete, was das Zeug hielt, bis er mich auf den Sitz seines Motorrads verfrachtete und mich in sein Zimmer in das schäbige alte Motel brachte, das die Serpents umzäunt und zu ihrem Quartier gemacht hatten.

Meine Verführung von Breaker verlief besser, als ich es mir je hätte vorstellen können, und ich dachte, ich hätte den Jackpot geknackt. Zum ersten Mal seit langer Zeit hatte ich das Gefühl, endlich etwas zu tun, endlich etwas bewirken zu können. Seltsam genug, dass ich dafür zuerst suspendiert werden musste.

Am nächsten Morgen fühlte ich mich dennoch beschissen. Ich wachte nackt im Breakers Bett auf und hasste mich für das, was ich getan hatte. Ich war nicht wütend, weil ich Breaker gevögelt hatte – schließlich war das Teil des Plans –, sondern weil ich es so sehr genossen hatte. Nicht nur, dass ich meine Beine für den Feind gespreizt hatte, sondern auch, dass mich jede verdorbene, sündige Sache, die er mit meinem Körper anstellte, erregt hatte.

Die Last meiner Aufgabe drückte auf meinen Schultern und drohte mich unter sich zu begraben. Was zum Teufel tat ich hier? Als Polizistin konnte ich nichts gegen die Serpents ausrichten. Was sollte ich als Zivilistin ausrichten, die sich als Hure ausgab? Was, wenn mein Verdacht gegen Sergeant Wilkens stimmte und er mich an die Serpents verraten hatte? Ich hatte mich zwar getarnt, aber würde das reichen? Die Angst erhöhte meinen Herzschlag und ich fragte mich, wie schnell ich meine Kleider finden und verschwinden könnte.

Diese Gefühle sind nicht real.

Ich tauche aus der Euphorie auf.

Diese Erkenntnis reichte aus, um meine Symptome zu katalogisieren. Müdigkeit, Depression, Angst, Verwirrung, Konzentrationsschwierigkeiten – in Gedanken kreuzte ich jedes Kästchen an.

Schrecklich.

Warum lassen sich die Menschen diesen Mist gefallen?

Ich atmete tief durch, meditierte, bis ich meine Gefühle wieder unter Kontrolle hatte, und bewertete die Situation neu. Breaker schnarchte laut neben mir. Das spärliche Morgenlicht fiel durch die Vorhänge und zeigte mir mehr von seinen schroffen Zügen. Die harten Linien in seinem Gesicht und der dichte Bart ließen ihn älter aussehen, als er es mit seinen siebenundzwanzig Jahren war. Ich war nur ein Jahr jünger, aber ich hatte immer jung für mein Alter ausgesehen, und das war wahrscheinlich der Grund, warum er sich zu mir hingezogen gefühlt hatte.

Gestern Abend hatte ich nichts über Breaker erfahren, außer dass er beim Sex gerne oben war, und ich hatte auch nichts von den verschwundenen Mädchen gehört. Ich musste ihn motivieren, mich bei sich zu behalten, bis ich herausgefunden hatte, was los war. In der Hoffnung, ihm zu gefallen und den Tag zu meinen Gunsten zu beginnen, schlang ich meine Lippen um seinen

Schwanz und weckte ihn so gut ich konnte. Er überließ mir ein paar Minuten die Kontrolle, bevor er mich am Hinterkopf packte und sich in meine Kehle drückte. Überrascht versuchte ich mich zu wehren, aber er hielt mich fest, bis mir die Augen tränten und ich zu würgen begann.

Erneut zeigte mir das Arschloch, wer hier das Sagen hatte.

Mein ganzer Körper schmerzte, aber das war ihm egal. Als er mich aufs Bett warf, war er rücksichtslos, gewalttätig, genau wie gestern Abend. Nur war ich jetzt nüchtern, und es war nichts sexy oder selbstermächtigendes daran, als er mein Gesicht in die Matratze presste, sodass mein Hintern in die Luft gehoben wurde.

Tränen stiegen mir in die Augen, aber ich weigerte mich, sie loszulassen. Ich wollte *Nein* sagen, ihm sagen, dass er von mir ablassen soll, aber die Worte kamen mir nicht über die Lippen. In der Sekunde, in der ich *Nein* sagen würde, würde es zu einer Vergewaltigung werden, und ich würde einem Abschaum wie Breaker nicht die Genugtuung geben, mich so bloßzustellen.

Außerdem war ich genau da, wo ich sein musste.

Ich erinnerte mich daran, wie es angefangen hatte, als ich *The Serpent's Nest* betreten hatte, und biss mir auf die Lippe, um die Protestschreie zu unterdrücken, die aus mir herausbrechen wollten. Indem ich mich auf Breakers Schoß setzte und den Drink annahm, den er mir reichte, hatte ich mich für das hier entschieden. Indem ich mich von ihm ins Büro tragen und auf dem Schreibtisch vögeln ließ, hatte ich ihm die Erlaubnis gegeben. Indem ich ihn mit meinen Lippen um seinen Schwanz aufweckte, hatte ich diese Sequenz eingeleitet und war gesprungen.

Aber egal, wie oft ich mich selbst belügen wollte, ich hatte nie wirklich die Kontrolle und es war nicht einvernehmlich.

Das ist Schauspielerei. Einfach spielen. Die Rolle spielen.

Ich fragte mich, ob sich meine Mutter jedes Mal so fühlte, wenn sie ihre Beine für einen Freier spreizte. Hatte sie jemals die

Kontrolle? Oder hatten sie sie ihr entrissen? Das hier war nur ein Vorgeschmack auf das, was sie hatte durchmachen müssen, und es gefiel mir kein bisschen.

Kein Wunder, dass sie anfing, Drogen zu nehmen.

Als Breaker mit meinem Körper fertig war, zog er seine Jeans wieder an und forderte mich auf, mich anzuziehen. In der Hoffnung, dass er mit mir fertig war, aber auch in der Hoffnung, dass er mich wiederkommen lassen würde, tat ich, was er mir sagte. Dann folgte ich ihm aus seinem Zimmer und durch den Gemeinschaftsbereich des Clubs. Anstatt nach draußen zu gehen, führte er mich die Treppe hinunter in den Keller.

»Wohin gehen wir?«, fragte ich, während mir ein kalter Schauder über den Rücken lief.

Er lächelte mich an. »Du wirst schon sehen.«

Und Junge, das tat ich. Wir marschierten an einem Rekruten vorbei, der Wache hielt, und in einen Keller, der zu so etwas wie Gefängniszellen umgebaut worden war, jede mit einem Waschbecken, einer Toilette und ein paar schäbigen Pritschen. In jeder Zelle waren mindestens sechs Mädchen. Ihre Kleider waren kaum mehr als Fetzen, ihre Augen hohl und ihre Gesichter ausdruckslos. Als wir näherkamen, wichen sie vor den Gitterstäben zurück und zogen sich in ihre Zellen zurück.

Ich sah in ihre Gesichter und versuchte, die verbeulten, schmutzigen Anblicke mit den Mädchen auf den Fotos der *Vermisst*-Plakate in Verbindung zu bringen. Ich würde Geld darauf wetten, dass das mausgraue Mädchen, das sich in der linken Ecke zusammengerollt hatte, Alicia Nunez war.

Weiß er, dass ich Polizistin bin?

Bin ich aufgeflogen?

Warum zeigt er mir das?

Während mein verwirrtes Gehirn versuchte, die Szene zu verarbeiten, nach Ausgängen zu suchen und sich zu fragen, wie ich die Mädchen befreien könnte, öffnete Breaker eine der Zellen und warf mich hinein. Als ich begriff, was er vorhatte, klammerte ich mich an seinen Arm und weigerte mich, loszulassen. Ich drückte mich gegen ihn, bis ich mit beiden Füßen außerhalb der Gitterstäbe stand.

Er lachte. »Was ist los, Babe? Ich habe dir gesagt, dass ich gefährlich bin, und du hast gesagt, du kommst damit klar.« Seine Lippen verzogen sich zu einem Lächeln. »Du kamst tatsächlich gut damit klar. Deine ist die beste Pussy, die ich je hatte, und ich bin noch nicht bereit, darauf zu verzichten. Ich habe noch etwas zu erledigen. Du wirst hier unten warten, bis ich wieder bereit für dich bin.«

Ich konnte nicht zulassen, dass er mich einsperrte. Gegen die Panik ankämpfend, die mir die Brust zuschnürte, versuchte ich, die Zuversicht zu finden, die ich so oft bei meiner Mutter gesehen hatte. Ich zwang mich, wieder in meine Rolle zu schlüpfen und in Breakers Lachen einzustimmen, woraufhin er mich ansah, als wäre ich verrückt. »Du machst Witze, oder?«, fragte ich.

Sein Gesichtsausdruck wurde nüchterner, als er auf die Zellen im Keller zeigte. »Sieht das für dich wie ein verdammter Witz aus?«

Ich sah mich um und überlegte mir einen Plan. »Nein, aber du auch nicht. Du bist ein kluger Mann, der das offensichtlich schon eine ganze Weile macht. Ich wette, du recherchierst deine Opfer, um sicherzugehen, dass niemand nach ihnen sucht. Du willst doch nicht, dass diese lästigen Behörden an deine Tür klopfen, nicht wahr?«

Sein Gesichtsausdruck veränderte sich zu etwas Großspurigem und Selbstbewusstem. »Du glaubst doch wohl nicht wirklich, ich würde auch nur einen Scheiß auf irgendwelche Schweine geben? Ich werfe ihnen genug Speck in ihre Ställe, damit sie ihre Nase aus meinen Angelegenheiten raushalten.«

Mein Verstand geriet ins Stottern bei dem Versuch, ihm zu folgen. Was meinte er? Was wollte er damit sagen? Dass er andere bezahlte? Ich hasste es, wenn Leute ihre Metaphern vermischten, das verwirrte mich zu Tode.

Wie dem auch sei, es war eindeutig an der Zeit, etwas zu unternehmen. Ich lockerte den Todesgriff um seinen Arm und legte meine Finger auf seine Brust. »Wir waren gestern Abend ... beschäftigt, also hast du mich wohl noch nicht überprüft. Ich bin kein junges Mädchen mit Vaterproblemen, von dem die Leute denken, dass es weggelaufen ist. Ich habe einen Bürojob in einem Architekturbüro mit einem mächtigen, gut vernetzten Chef, der sich auf mich verlässt. Und es wird ihm nicht schwerfallen, mich zu finden. Glaubst du wirklich, ich wäre so dumm, an einen Ort wie das *The Serpent's Nest* zu gehen, ohne es jemandem zu sagen?«

Er versteifte sich.

Ich fuhr mit den Fingerspitzen über sein Schlüsselbein und seine Brust und sah ihn unter meinen Wimpern hindurch an. »Ich bin in deine Bar gekommen, um mich zu amüsieren. Du hast mir gegeben, was ich wollte, und es war so gut, dass ich mehr will. Aber wenn ich in ein paar Stunden nicht zur Arbeit erscheine, wird meine Kollegin die Polizei rufen und ihnen sagen, wo ich letzte Nacht war. Und obwohl ich nicht daran zweifle, dass du mit der Polizei und ihren Fragen umgehen kannst, warum solltest du dir die Mühe machen? Das ist doch nicht nötig.« Ich beugte mich näher zu ihm und küsste seinen Adamsapfel, während meine Hand nach unten glitt, um über seine Länge zu reiben. »Wenn du eine kleine Schlampe in einem Käfig willst, hast du hier mehrere zur Auswahl. Wenn du noch eine Chance auf die beste Muschi haben willst, die du je hattest, dann lass mich durch diese Tür gehen, damit ich zurückkommen und dir noch mehr geben kann.«

»Du warst hier unten und hast alles gesehen«, sagte er. Ich konnte spüren, wie er durch seine Jeans hindurch wieder hart wurde. Der Mann war unersättlich.

»Also.« Ich zuckte mit den Schultern. »Glaubst du, ich würde einen Scheiß auf deinen kleinen Kerker geben? Oder was auch immer das ist?« An ihm reibend, fügte ich hinzu: »Es ist eigentlich ziemlich heiß.«

Seine Augen verdunkelten sich. »Ist es das?«

Nein. Es war krank und verdorben, und ich hätte seine Eier am liebsten an die Wand genagelt. Ich versuchte, meine Lüge so zu verkaufen, als hinge mein Leben davon ab – was daran lag, dass es so war – und nickte. »Ja. Warum nimmst du mich nicht mit in dein Zimmer und besorgst es mir noch eine Runde mit diesem riesigen, harten Schwanz, bevor ich zur Arbeit muss? Dann kannst du mir sagen, wann du mich wiederhaben willst.«

Ich spielte ihm den Ball zu. Gab ihm etwas von der Macht zurück, die ich ihm genommen hatte, als ich mich nicht von ihm in den Käfig werfen ließ, und hoffte, dass das ausreichen würde, um sein riesiges Ego zu besänftigen. Sein Blick wanderte zu den Gittern, hinter die er mich hatte sperren wollen, und ich betete im Stillen, dass er mir meine Nummer abkaufen würde. Wenn nicht, war ich erledigt. Ich hätte klug genug sein sollen, jemandem zu sagen, wo ich hinwollte, aber ich hatte niemanden, dem ich vertrauen konnte.

Breaker zögerte einen Moment. Dann bewegte er sich so schnell, dass er fast verschwommen wirkte. Ich fand mich zwischen seinem Körper und einer harten Betonwand eingeklemmt wieder, den Kolben einer Pistole in das weiche Fleisch unter meinem Kinn gebohrt.

»Du hältst dich wohl für besonders schlau«, spuckte er mir entgegen und bohrte die Waffe noch tiefer. Seine eisblauen Augen starrten mich mit einem Versprechen von Gewalt an, das mich erschaudern ließ. »Ich hoffe, du bist schlau genug, deinen Mund zu halten, damit ich diese verdammte Wand nicht mit deinem Hirn bemalen muss.«

»Ich werde es niemandem sagen. Ich schwöre es«, murmelte ich entsprechend eingeschüchtert.

Er hielt mich eine gefühlte Ewigkeit fest, bevor sich ein Grinsen auf seinem Gesicht ausbreitete. »Verdammt richtig, das wirst du nicht.« Er schob die Pistole in das Holster unter seiner Kutte und ließ mich los. »Ich glaube, wir werden viel Spaß zusammen haben, Sasha.«

Ich hatte so viel Spaß, wie ich ertragen konnte. Auf wackligen Füßen folgte ich Breaker aus dem Keller der Serpents und fragte mich, worauf ich mich da eingelassen hatte.

Noch immer in Tanktop und Minirock, in die ich mich gestern Abend gezwängt hatte, saß ich in meinem Auto vor meiner Wohnung, starrte auf die Windschutzscheibe und überlegte, was ich tun sollte. Seit ich vor anderthalb Stunden mit einem Uber nach Hause gefahren war, befand ich mich in dieser Situation und war einer Antwort keinen Schritt nähergekommen.

Ich hatte die verschwundenen Mädchen gefunden.

Ich versuchte immer noch zu begreifen, was ich im Keller der Serpents gesehen hatte. Die Zellen ... die Pritschen ... Nichts davon schien von Dauer zu sein.

Der Raum hatte nach Sex gerochen, was bedeutete, dass die Biker wahrscheinlich mit den armen Mädchen machten, was sie wollten, während sie darauf warteten, sie weiterzureichen oder zu verkaufen. Ich musste sie befreien, bevor sie für immer verschwanden.

In einer perfekten Welt würde ich zu meinem Sergeant gehen und ihm sagen, was ich herausgefunden hatte. Aber hier, in der Realität, war ich ihm während meiner Suspendierung in den Rücken gefallen, um genau das zu tun, wofür er mir die Marke abgenommen hatte.

Es tut mir leid, Sir. Ich weiß, Sie haben gesagt, ich solle mich von den Serpents fernhalten, aber ich habe mich wie eine Hure angezogen und bin in ihre Bar spaziert, um einen von ihnen zu vögeln. Er setzte mich unter Drogen und wir hatten verrückten Sex, bevor er mich in sein Verlies brachte und versuchte, mich in einen Käfig zu sperren.

Die Chance, dass er mir zuhörte, war wahrscheinlich genauso groß wie die, dass ich meinen Job behielt. Aber die Angst vor der unvermeidlichen Arbeitslosigkeit hielt mich nicht davon ab, zu erzählen, was im Keller der Serpents vor sich ging.

»Du glaubst doch wohl nicht wirklich, ich würde auch nur einen Scheiß auf irgendwelche Schweine geben? Ich werfe ihnen genug Speck in ihre Ställe, damit sie ihre Nase aus meinen Angelegenheiten raushalten.«

Breaker war so zuversichtlich und hatte keine Angst, erwischt zu werden, was in mir die Frage aufkommen ließ, warum. Wir arbeiteten seit Monaten an einer Flut von Fällen vermisster Mädchen, und ich war die Einzige, die die Serpents offen verdächtigte. Wie viele Mädchen waren in diesem Keller eingesperrt? Ich hatte neunundzwanzig Vermisstenanzeigen auf meinem Schreibtisch liegen, aber das waren nur die von Mädchen, die Freunde oder Verwandte hatten, die sich um die Anzeige kümmerten. Jeden Tag verschwanden obdachlose Mädchen und niemand kümmerte sich darum.

Warum zeigte mir Breaker den Kerker?

Das war die Frage, der ich nicht ausweichen konnte. Ich passte nicht in das Schema der üblichen Opfer des Clubs. Ich war nicht mehr auf der Highschool; er hatte mich offensichtlich nicht überprüft, sonst hätte er herausgefunden, dass ich Polizistin war. Und ich war auf ihn zugegangen, nicht umgekehrt. Trotzdem hatte er mir den Keller gezeigt und versucht, mich mit den anderen Mädchen einzusperren. Breaker war nicht dumm oder leichtsinnig. Er hätte so etwas nicht getan, wenn er nicht sicher gewesen wäre, dass sein Arsch in Sicherheit war.

Er hatte Leute, die ihn beschützten.

Ich wollte nicht glauben, dass die Polizei Dreck am Stecken hatte, aber es würde so vieles erklären: Warum sich Wilkens derart aufregte, weil ich Infos in dem Fall sammeln wollte. Warum die Beweise gegen den Club immer wieder verschwanden. Warum keiner ihrer Fälle vor Gericht landete.

Warum so viele Zeugen starben.

Je mehr ich darüber nachdachte, desto mehr ergab alles Sinn. Eine Gänsehaut breitete sich auf meinen Armen aus, als ich in Gedanken die letzten Serpents-Fälle durchging, an denen ich gearbeitet hatte. Wie viele Anomalien ließen sich durch einen Polizeideal erklären? Ich überlegte, ob ich reingehen, meinen Laptop einschalten und meine Nachforschungen fortsetzen sollte, aber Wilkens überwachte zweifellos immer noch meinen Zugang.

Außerdem hatte ich noch andere Dinge zu tun. Bevor er mich gehen ließ, musste ich Breaker versprechen, heute Abend nach der Arbeit wiederzukommen. Wenn ich nicht innerhalb von zehn Stunden und zweiundvierzig Minuten auf dem Gelände auftauchen würde, würde er nach mir suchen.

Es musste doch jemanden in der Abteilung geben, den ich anrufen konnte. Sicher waren nicht alle korrupt. Aber wem konnte ich trauen? Ich hatte zu viele Geschichten gehört, um so zu tun, als gäbe es keine schlechten Polizisten. In Las Vegas gab es einen Polizisten, der auf der Straße Prostituierten drohte, sie wegen irgendeiner falschen Anschuldigung zu verhaften, wenn sie ihm nicht einen blasen würden. Mom hatte schreckliche Angst vor ihm.

Macht ist keine magische Energie, die einen Menschen von Grund auf verändert. Sie ist eher wie ein Megafon, das verstärkt, was in einem steckt. Arschlöcher bleiben Arschlöcher, egal ob sie eine Krone tragen oder beruflich Toiletten putzen. Und leider kenne ich eine ganze Reihe von Arschlöchern, die sich das Abzeichen nur ausgesucht haben, weil sie kein eigenes Land haben, über das sie herrschen können.

Ein anonymer Hinweis?

Anonyme Hinweise konnten über die Website der Abteilung abgegeben werden. Da ich wusste, wie leicht IP-Adressen zurückverfolgt werden können, würde ich nicht meinen Laptop benutzen, um den Hinweis abzugeben. Ich würde in die Bibliothek gehen und einen der dortigen Computer benutzen.

Und was würde ich schreiben? Wer würde es sehen? Würde die Abteilung es vertuschen? Würde Breaker davon erfahren? Er würde mit Sicherheit mich verdächtigen. Und was dann?

Wenn Breaker herausfindet, dass ich gepetzt habe, hilft das weder den Mädchen noch der Abteilung.

Je mehr ich darüber nachdachte, desto klarer wurde mir, dass ich nur eine Möglichkeit hatte: durchzuhalten und zu hoffen, dass sich eine Gelegenheit ergeben würde, die Mädchen zu befreien.

Entschlossen, genau das zu tun, stieg ich aus dem Auto und ging in meine Wohnung, um zu duschen. Nach allem, was ich getan hatte, nach allem, was ich jetzt wusste, fühlte ich mich so verdammt schmutzig, dass ich nicht mehr sauber werden konnte.

Unter dem Wasserstrahl ließ ich den gestrigen Abend noch einmal Revue passieren, bewertete meine Leistung, versuchte herauszufinden, wie ich heute Abend weitermachen sollte, und weigerte mich zuzugeben, wie sehr die Situation außer Kontrolle geraten war.

5. KAPITEL

Tap

Heute

Bevor ich ihr das Leben weggenommen und sie zu einer Vollzeit-Nanny gemacht hatte, war Mama eine verdammt gute Visagistin gewesen. Als Kind begleitete ich sie auf Hochzeiten und andere wichtige Anlässe und sah zu, wie sie Gesichter verwandelte, bis sie kaum wiederzuerkennen waren.

Ich erzählte Mama nichts von meiner Vergangenheit – meine Dämonen gehörten zu mir und nur zu mir –, aber sie war aufmerksam und ihr wurde schnell klar, dass wir uns versteckten. Sie war die weiseste Frau, die ich je kennengelernt hatte. Einmal machte ich den Fehler, sie zu fragen, woher sie all ihr Wissen hatte, ohne studiert zu haben, und sie begann mir einen ihrer berüchtigten Vorträge über das Zuhören zu halten.

»Wenn du etwas lernen willst, Junge, dann höre zu. Ich habe Jahre damit verbracht, den Klatschmäulern zuzuhören, während ich ihre Gesichter anmalte und war dabei so leise, dass sie vergaßen, dass ich da war. Zuhören ist eine verlorene Kunst. Heutzutage hört man nur zu, um zu streiten, nicht um zuzuhören.«

Jahre später trat ich in den Geheimdienst ein, und das Erste, was man mir beibrachte, war das Zuhören: auf das, was gesagt wurde, und auf das, was nicht gesagt wurde. Mir wurde klar, dass Mama ihre eigene Version des Geheimdienstes betrieb, indem sie Informationen über Kleiderverkäufe, Lifehacks, Schulen und sogar Börsentipps von Frauen abschöpfte, die keine Ahnung hatten, dass sie sie mit ihr teilten. Aber Mama war so darauf bedacht, mir den Wert des Zuhörens beizubringen, dass sie es versäumte, mich vor der Gefahr zu warnen, zu viel zu hören.

Ich hatte die tiefsten, dunkelsten Geheimnisse der gefährlichsten Psychopathen der Welt gehört, und ich konnte diese Scheiße nicht vergessen. Ich hatte Angst, dass mir all diese Geheimnisse eines Tages auf die Spur kamen und mir in den Arsch beißen würden, aber mit Mamas Hilfe würden sie mich hoffentlich nicht erkennen.

»Was brauchst du, Alex?«, fragte sie und setzte mich an ihr Waschbecken im Badezimmer, wo das Licht am besten war. »Etwas Bestimmtes?«

»Nein. Mach, was du willst.«

Sie nickte und machte sich an die Arbeit. Seit sie mit mir zusammenlebte, hatte sie sich stundenlang Tutorials angesehen, um zu lernen, wie sie ihr Talent in etwas Nützlicheres für unser neues Leben im Untergrund verwandeln konnte. Sie schminkte mich, während Hailey auf dem Boden mit Bauklötzen spielte.

»Was baust du da, kleines Mädchen?«, fragte ich.

»Das Haus meiner Mom«, antwortete sie und fügte einen weiteren Stein hinzu. »Weißt du, wo sie wohnt?«

Mein Herz sprang aus meiner Brust und landete irgendwo um meine Knöchel. Ich war noch nicht bereit für Fragen nach ihrer Mutter. Ich hatte gehofft, mehr Zeit zu haben, um herauszufinden, wie ich darauf reagieren sollte. Ich fragte mich, wie Hailey überhaupt auf dieses Thema kam, und sah zu meiner eigenen auf.

Sie betrachtete mich mit gerunzelter Stirn und steckte einen Elektrorasierer ein. »Wir waren heute im Park und ein kleines Mädchen hat Hailey immer wieder nach ihrer Mom gefragt. Hailey kam ganz verwirrt zu mir gerannt und stellte Fragen.«

»Was hast du ihr gesagt?«, flüsterte ich.

»Was soll ich ihr sagen? Du hast mir nichts über die Mutter meiner Enkelin erzählt, Alex. Ich habe so getan, als hätte ich einen

Anruf bekommen und sie dann mit einem Besuch in der Eisdiele abgelenkt. Aber früher oder später wirst du uns beiden die Wahrheit sagen müssen. Du kannst ihre Mutter nicht ewig von ihr fernhalten.«

»Ich weiß.« Ich betrachtete meine Tochter.

Hailey begegnete meinem Blick. »Wo ist sie, Daddy?«

Ich wollte sie nicht anlügen, aber die Wahrheit würde sie nur in Gefahr bringen. »Ich werde es dir nach diesem Wochenende erzählen, wenn du und Mama wieder aus dem Wasserpark zurück seid.« Bis dahin musste ich mir etwas einfallen lassen, um ihre Neugier im Zaum zu halten.

Hailey sah mich an. »Versprichst du es?«

Ich hob die Hand und zeigte ihr den kleinen Finger. »Pinky-Versprechen.«

Grinsend stand sie auf und verschränkte ihren kleinen Finger mit meinem, bevor sie zu ihren Blöcken zurückkehrte.

»Ich hoffe, du weißt, was du tust, Alex«, sagte Mama.

Ich atmete aus. »Dann sind wir schon zu zweit.« Eltern zu sein war kein Vergnügen, und an den meisten Tagen fühlte ich mich überfordert.

Mama war etwas mehr als eine Stunde beschäftigt, aber als sie mir auf die Schulter klopfte und sagte, ich solle in den Spiegel schauen, musste ich zweimal hinsehen. Mein Bart und mein Schnurrbart waren verschwunden, meine Kieferpartie hatte sie weicher gemacht, meine Nase und meine Stirn schmaler. Meine Wangenknochen und Augen wirkten kleiner und weniger ausgeprägt, meine Augenbrauen waren dunkler und schwerer, meine Lippen schmaler. Ich hatte keine Tätowierungen oder andere Erkennungszeichen außer einer Narbe über meiner linken Schläfe. Sie hatte sie überdeckt und eine weitere über meiner rechten Wange hinzugefügt.

Mit meiner hellbraunen Haut und den neuen Gesichtszügen

sah ich eher aus wie ein Orientale als ein Mulatte.

»Wow, Mama. Du hast dich wirklich selbst übertroffen. Hailey, was meinst du?«, fragte ich und drehte mich zu meiner Tochter um.

Sie rümpfte die Nase, als sie mich musterte. »Du siehst hässlich aus, Daddy.«

Nicht hässlich, aber anders. Für eine Dreijährige, die an mein altes Gesicht gewöhnt war, war es dasselbe. »Na dann, danke«, sagte ich schmunzelnd.

»Es ist nicht höflich, anderen zu sagen, dass sie hässlich sind, junge Dame«, schimpfte Mama.

Hailey senkte den Kopf und entschuldigte sich, dann nahm sie ein Plastikpony an den Haaren und schwang es, während sie sich im Kreis drehte und wieherte.

Ich half den beiden, ihre Taschen in meinen Camry zu laden, und verabschiedete mich von ihnen, bevor ich in mein vorbereitetes Outfit schlüpfte, mir eine Jogginghose überzog und mit dem Audi losfuhr, den ich für diesen Tag unter dem Decknamen Titus Blackoak gemietet hatte. Ich war auf dem Weg zum Haus eines berüchtigten One-Percenters, also sorgte ich dafür, dass ihn nichts zu mir oder meiner Familie zurückführen konnte.

Auf dem Weg in den Süden von Seattle dachte ich an das gestrige Treffen mit Link. Nach der Besprechung führte er mich in sein Büro und schloss die Tür hinter sich.

Wie immer suchte ich den Raum nach Wanzen ab, wobei ich mein Augenmerk besonders auf sein Telefon und seinen Schreibtisch richtete.

»Du wirst nichts finden«, versicherte er mir. »Niemand verwanzt mein Büro.«

Denselben Einwand hatte er jedes Mal, aber Link wusste nicht, dass jemand sein Büro bereits verwanzt hatte: ich.

Ich hatte herausfinden müssen, auf welchen Mann ich mich

einließ, bevor ich dem Club beitrat. Und wenn ich sein Büro verwanzen konnte, konnten das auch andere.

Leute, die ihre Feinde unterschätzten, landeten in einem Sarg.

Ich zuckte mit den Schultern, setzte mich auf das Sofa vor seinem Schreibtisch und machte es mir bequem. »Ich habe morgen einen Job bei Buzz.«

Er starrte mich an. »Buzz, wie der verrückte Wichser von den Serpents? Der Vizepräsident?«

»Der einzig Wahre.«

»Einen Job? Was zum Teufel machst du, Tap?«

Ich grinste. Link stellte mir diese verdammte Frage, solange ich ihn kannte. Er war sehr hartnäckig, aber das war ich auch. »Ich komme an Orte, an die du nicht kommst, Prez.«

»Du bist auch ein verrückter Wichser, weißt du das?«, fragte er, lehnte sich in seinem Stuhl zurück und verschränkte die Arme vor der Brust. »Was machst du in Buzz' Haus?«

»Das, was man mir beigebracht hat: zuhören.«

»Du wirst Wanzen im Haus des Vizepräsidenten der Serpents platzieren?« Er lachte. »Du hast wirklich Eier aus Stahl, Bruder. Warum erzählst du mir das? Brauchst du meine Erlaubnis? Soll ich dir auf die Schulter klopfen und dir versichern, dass du nicht gerade am Durchdrehen bist?«

Ich schüttelte den Kopf. »Nein, Bruder, ich sage dir Bescheid, für den Fall, dass die Sache schiefgeht. Wenn ich nicht nach Hause komme …«

»Du wirst deinen Arsch nach Hause bringen, Tap. Das ist ein Befehl.«

»Wenn ich es nicht schaffe, wird das, wofür ich Verantwortung trage, auf deiner Türschwelle auftauchen.«

Er starrte mich schockiert an. Das war die umfangreichste Information, die ich ihm je über mein Leben gegeben hatte. »Du versteckst irgendwo eine Frau und ein Kind, nicht wahr? Du alter

Hurensohn, ich hätte es wissen müssen.«

»Versprich mir, dass du zu mir hältst.«

Jeglicher Humor wich aus seinem Gesicht. »Du solltest mich besser kennen. Du brauchst nicht einmal zu fragen.«

»Das tue ich, Link. Ich werde das morgen durchziehen, weil wir die Arschlöcher, die Naomi damals entführt haben, im Auge behalten müssen. Wenn sie herausfinden, dass wir für das, was mit Joe passiert ist, verantwortlich sind, werden sie uns jagen. Wir müssen vorbereitet sein, damit sie uns nicht mit der Hose um die Knöchel erwischen. Ich vertraue nicht vielen Menschen, aber dir vertraue ich. Ich weiß, dass du ein Mann bist, der sein Wort hält, also musst du es mir geben. Sag mir, dass du dich um das kümmern wirst, was mir gehört.«

Link nickte mir langsam zu, ohne den Blickkontakt zu unterbrechen. »Ja, Bruder. Ich gebe dir mein Wort. Wenn etwas passiert und du nicht nach Hause kommst, werde ich deine Familie beschützen, als wäre es meine eigene. Aber in Wahrheit ist das alles Bullshit. Du vertraust mir nicht. Tätest du es, würde ich mich schon heute um sie kümmern. Stattdessen hast du sie versteckt. Du vertraust niemandem, Tap. Ich bin nur deine beste Option.«

Er hatte nicht Unrecht, also leugnete ich es nicht.

»Der Club weiß zu schätzen, was du tust und was du riskierst. Aber nach dieser Operation werden du und ich uns hinsetzen und über den Scheiß reden, den du mir vorenthältst. Du willst Vertrauen, Bruder? Dann wirst du etwas davon abgeben müssen. Hast du mich verstanden?«

Ich hörte Link laut und deutlich, aber allein der Gedanke, meine Geheimnisse preiszugeben, ließ meine Brust eng werden und meine Zunge an meinem Gaumen kleben. »Nach der Operation«, stimmte ich zu, bevor ich sein Büro verließ.

Hailey wollte wissen, wo ihre Mutter war.

Link wollte wissen, was ich verheimliche.

Ich erinnerte mich daran, dass ich jedem von ihnen einen Knochen zuwerfen musste, wenn ich Buzz' Haus lebend verlassen wollte, und parkte vor dessen Haus.

Vier Fahrräder, acht Autos. Es sah nach einer großen Party aus. Ich schulterte meine Tüte mit meinen Mitbringseln, ging zur Haustür und klopfte.

Einer der Serpents öffnete. Auf seinem Namensschild stand *Prospect* und sein Blick sagte mir *dumm wie ein Stein.* »Bist du der Stripper?«, fragte er und musterte mich.

Ich kämpfte gegen den Drang an, ihm in Klugscheißermanier zu sagen, dass ich in Wirklichkeit der Pizzabote war, nickte und streckte die Hand aus. »Titus Blackoak.«

Er blickte auf meine Hand und schnaubte, anscheinend hatten sich seine Manieren irgendwo weit weg in seinem Gehirn niedergelassen. Ich ließ meine Hand sinken, als er begann, mich abzutasten. Dann forderte er mich auf, meine Tasche zu öffnen. Ich folgte seinem Protokoll, zeigte den Inhalt und beantwortete seine Fragen. Tragbare Lautsprecher, mein MP3-Player, ein Verlängerungskabel, eine Steckdosenleiste, ein paar Stifte, alles in der Tasche könnte als Waffe benutzt werden, aber nicht die Art von Waffe, nach der er zu suchen pflegte.

Grunzend nickte er mir zu.

Chloe, die Trauzeugin, die meine Dienste gebucht hatte, erwartete mich im Foyer. Sie hielt einen Becher mit stark riechendem Inhalt in der Hand, ihre Fingerknöchel bluteten und ihre Haut glänzte, als hätte sie gerade ein Work-out hinter sich. Sie musterte mich und fragte: »Du trägst doch dieses sexy Feuerwehrkostüm unter der Jogginghose, oder?«

Ich lächelte sie an. »Ja, Ma'am.«

»Gut. Dani muss versaut werden und sich austoben können. Kannst du uns dabei helfen?«

Je versauter sie waren, desto leichter war es, meinen eigentlichen Job zu machen. »Das ist meine Spezialität. Zeig mir einfach, wo ich die Lautsprecher aufstellen muss und schenk starke Drinks ein. Um den Rest kümmere ich mich.«

6. KAPITEL

Sasha

Die zweite Nacht, die ich mit Breaker verbrachte, war bestenfalls eine zittrige. In dem Moment, in dem ich sein Zimmer betrat, stieß er mich gegen die Wand und presste sich an mich. »Was zum Teufel soll das, Schlampe? Hast du gedacht, ich finde das nicht heraus?«, fragte er.

Da ich ihn immer noch nicht richtig einschätzen konnte, stellte ich zögerlich eine Gegenfrage. »Was herausfinden?«

Er starrte mich an. »Spiel nicht die Dumme. Du weißt genau, was ich meine.«

Breaker spielte den großen bösen Wolf. Er wollte meine Angst, also fütterte ich ihn damit, erlaubte mir das kleinste Zittern, das geringste Weiten meiner Augen. Ich ließ zu, dass er mich schwach und ängstlich sah. »Ich weiß nicht, wovon du redest. Ich schwöre es.«

»Überleg mal, Sasha, wem hast du davon erzählt?«

Diese Frage war leicht und ehrlich zu beantworten. »Niemandem. Ich habe mit niemandem über dich oder deinen Club oder sonst etwas gesprochen.«

Er drückte mich gegen die Wand und sah mir noch einen Moment in die Augen, bevor sich ein Grinsen auf seinem Gesicht ausbreitete. »Ich dachte schon, du machst dir in die Hose«, sagte er und ließ mich los.

Als ich nach Luft ringend gegen die Wand sank, glitt er zwischen meine Beine und zwang mich, mich wieder zu ihm umzudrehen. »Vergiss nicht, mit wem du es zu tun hast. Es wäre eine Schande, diese Muschi aufzugeben, aber ich werde es tun, wenn ich muss.« Er reichte mir eine Flasche mit blauer Flüssigkeit. »Jetzt trink das, damit wir Spaß haben können.«

Ich wollte widersprechen und ihm sagen, dass wir keine Drogen brauchen, um Spaß zu haben, aber sein Gesichtsausdruck machte deutlich, dass ich seine Aufforderung nicht mit einer Bitte verwechseln sollte. Ich schraubte den Deckel ab und kippte die Flasche hinunter.

Die nächste Woche verging wie im Rausch. Ich war ein Hündchen, das in seinem Zimmer auf seine Aufmerksamkeit wartete. Ich war sein Zuckerstück, mit dem er angeben konnte. Er sprach über meine Pussy, als wäre sie ein seltenes Vergnügen, und benutzte mich, um die anderen Biker eifersüchtig zu machen. Ich war ein Fickspielzeug, das Breaker benutzen konnte, wie er wollte, weil ich keine andere Wahl hatte.

Ich brauchte ihn, damit er mich wollte, aber seine Aufmerksamkeit war etwas Schreckliches.

Er war ein grausamer Bastard, der mit meinem Verstand genauso gern spielte wie mit meinem Körper. Ich erfuhr, dass er seinen Namen bekommen hatte, weil es seine Spezialität war, Menschen zu brechen, und er war sehr stolz auf die perversen Spiele, die er mit mir spielte.

Aber ich brach nicht.

Ich hasste ihn, ich hasste jeden Moment, den ich an seiner Seite verbringen musste. Vor allem hasste ich die Momente, in denen er mich dazu brachte, mich nach ihm zu sehnen, und die Hilflosigkeit, weil ich nicht an die Mädchen herankam. Ich wusste nicht einmal, ob sie noch in seinem Keller waren. Sie könnten weggebracht, verkauft oder sogar getötet worden sein, während ich damit beschäftigt war, Schoßhündchen zu spielen, und ich konnte nichts dagegen tun. Langsam begann ich die Hoffnung zu verlieren und fragte mich, warum ich jemals geglaubt hatte, jemanden befreien zu können.

Ein paar Tage später piepte morgens unerwartet mein Telefon und ich las die SMS:

Breaker: *Zieh dich heute Abend sexy an. Ich habe eine Überraschung für dich.*

Ich hatte schon so viele Überraschungen von Breaker erlebt, dass die Androhung einer weiteren meine Adern mit Eis füllte. Trotzdem wusste ich es besser, als nein zu sagen.

Ich: *Okay. Wo und wann soll ich dich treffen?*

Breaker: *Ich hole dich um 19:30 Uhr ab.*

Er hatte mich noch nie zuvor abgeholt und ich hoffte dummerweise, dass er nicht wusste, wo ich wohnte, aber er zerstörte diese Hoffnung mit seiner nächsten SMS.

Breaker: *Du hast doch nicht geglaubt, dass ich dich gehen lasse, ohne ein Auge auf dich zu haben, oder?*

Wenn er wusste, wo ich wohnte, was wusste er dann noch? Dass ich nicht zur Arbeit ging? Dass ich wegen des Architekturbüros gelogen hatte? Völlig verängstigt schaute ich aus dem Fenster meines Wohnzimmers und suchte den Komplex nach einer Spur von ihm oder seinen Schlägern ab. Als ich nichts entdeckte, ließ ich den Vorhang fallen und antwortete.

Ich: *Natürlich nicht. Wir sehen uns um 19:30 Uhr.*

Wahrscheinlich lachte er sich kaputt, weil er wusste, dass er mich erschreckt hatte, aber das war mir egal. Ich ging in mein Zimmer, suchte mir ein hübsches rotes Kleid aus und verbrachte den Tag damit, mir keine Sorgen darüber zu machen, was heute Abend passieren würde, und mich nicht darüber aufzuregen, dass ich am Montag wieder zur Arbeit gehen musste.

Er weiß, wo ich wohne.

Weiß er, dass ich Polizistin bin?

Er beobachtet mich.

Wird er mich am Montag zur Arbeit begleiten?

Weiß er, dass ich vom ersten Tag an wegen meiner Arbeit gelogen habe?

Ich wurde das Gefühl nicht los, dass etwas Großes passieren würde.

Als Breaker kam, ließ er sich selbst herein. Dann ging er durch meine Wohnung, zog Schubladen heraus, öffnete Schränke und schaute unter mein Bett. Ich wusste nicht, was er suchte, aber ich war verdammt froh, dass ich meine Fotos von der Polizeischule unter den Putzmitteln in meinem Badezimmerschrank versteckt hatte. Da hat das Arschloch bestimmt nicht nachgesehen.

Nachdem Breakers Neugier gestillt war, führte er mich zu seinem Bike und brachte uns zu einem gelben, zweistöckigen Haus mit weißem Lattenzaun und einer Garage für drei Autos.

Ich erkannte die Adresse als die von Buzz aus meinen Recherchen. Breakers Vater hatte das Haus mit seiner ersten Frau gekauft, als die drei Kinder noch klein waren. Seitdem waren viele Frauen gekommen und gegangen, aber aus den Unterlagen ging hervor, dass Buzz und seine Tochter Danielle immer noch in dem Haus wohnten.

Breaker brachte mich nach Hause.

Ich wusste nicht einmal, dass wir eine solche Beziehung hatten.

Noch unter Schock stieg ich von seinem Bike und zog mein Kleid so weit wie möglich nach unten. Er hätte mir Bescheid sagen können, dass ich seine Eltern traf, dann hätte ich etwas tragen können, was etwas länger war. »Wo sind wir?«, fragte ich und tat so, als wüsste ich es nicht.

»Im Haus meines Vaters. Meine Schwester feiert ihren Junggesellinnenabschied.«

Okay, es war kein Treffen mit seinen Eltern, sondern eine Party bei seiner kleinen Schwester. Ich hatte Danielle auf dem Gelände getroffen und sie hatte mich nur angeschnauzt. Ich war mir sicher, dass sie mich nicht eingeladen hatte und fragte mich, warum ich dennoch hier war. Mittlerweile wusste ich jedoch nur zu gut, meinen persönlichen Tyrannen nicht infrage zu stellen, also hielt ich den Mund und folgte ihm ins Haus, vorbei an zwei Prospects, die im Foyer Wache standen. Da ich mit Breaker zusammen war, würdigten sie mich keines Blickes. Hinter uns kam eine Frau herein. Sie durchsuchten sie und ihre Handtasche, bevor sie uns folgen durfte.

Breaker und ich verließen das Foyer und gesellten uns zu einer kleinen Gruppe von Frauen im Wohnzimmer. Er blieb direkt vor Danielle stehen und grinste sie an. Sie warf mir einen misstrauischen Blick zu und musterte mein knappes Kleid, bevor sie sich auf ihren Bruder stürzte.

»Ich kann nicht glauben, dass du deine Hure mitgebracht hast. Willst du sie wirklich auf meiner Party zur Schau stellen? Du bist so ein Arschloch«, sagte sie. »Alles, was ich wollte, war eine verdammte Party ohne Drama. Ist das zu viel verlangt?«

Breaker grinste. »Tut mir leid, Schwester, aber du bist in der falschen Familie geboren. Bei uns ist es nicht ruhig und einfach. Verdammt, der Spaß fängt erst an, wenn die Schlampen um mich kämpfen.«

Ich wusste nicht, wovon er sprach, aber wenn er dachte, ich würde um seinen Arsch kämpfen, würde er enttäuscht sein.

»Hier geht es nicht um dich, es ist meine Party. Gott, ich hasse dich so sehr.« Danielle wandte sich an die Freundin, die ihr am nächsten stand. »Wo ist Chloe? Wir müssen sie ablenken. Vielleicht geben wir ihr etwas zur Beruhigung. Hat jemand eine Valium? Ein Muskelrelaxans?«

»Oh, verdammt, nein«, sagte eine andere Frau mit schriller, wütender Stimme.

»Scheiße«, beschwerte sich Danielle und warf ihrem Bruder einen wütenden Blick zu. »Du machst alles kaputt.«

Breakers Grinsen wurde noch breiter, als er der Frau zuwinkte, die sich einen Weg durch die Menge zu uns bahnte. »Hey Babe, wie geht es dir?«

»Sag nicht *Hey Babe* zu mir, Arschloch. Ich kann nicht glauben, dass du deine dreckige Freundin mitgebracht hast. Willst du sie mir unter die Nase reiben? Soll ich ihr in den Arsch treten?«

Ich wandte mich der Sprecherin zu. Sie hatte lange, gebleichte Haare und war mindestens fünf Zentimeter größer als ich. Anhand der Fahndungsfotos erkannte ich sie sofort als Chloe Withers, die vor vier Monaten wegen Drogenbesitzes mit Verkaufsabsicht verhaftet worden war. Ich war nicht die Polizistin, die sie verhaftet hatte, aber ich war auf der Wache gewesen, als sie dorthin gebracht wurde. Die Beweise verschwanden und Chloe verbrachte nur eine Nacht im Gefängnis, bevor die Anklage fallen gelassen wurde.

»Ja, Baby. Das ist genau das, was ich von dir will. Bist du nicht die Schlampe, die für so etwas zuständig ist?«

»Zuständig für was?« Ihr Blick wanderte von mir zu Breaker und ihre Augen leuchteten verständnisvoll auf. »Scheiße. Du willst, dass ich diese Schlampe in unseren Club schleuse?«

Er nickte. »Sieh dich an, Hirn und Schönheit.« Er packte sie vorne an der Bluse und zog sie an sich. Sie wehrte sich gegen ihn, bis sein Mund ihren eroberte. Dann umfasste er ihren Po und vertiefte den Kuss. Einige der Frauen im Raum kreischten und schrien und stachelten sie an. Sie fickten praktisch in der Mitte aller Anwesenden miteinander.

Als Breaker Chloe schließlich nach Luft schnappen ließ, waren ihre Augen glasig und ihre Lippen geschwollen und rot.

»Du brauchst nicht eifersüchtig zu sein, Babe. Es ist genug von mir für alle da.« Er gab ihr einen Klaps auf den Po, dann sah er mich an und fügte hinzu: »Und du weißt, dass keine Muschi so gut ist wie deine.«

Chloe entging das nicht. Die Leidenschaft in ihren Augen wurde zu Feuer, als sie ihre Fäuste ballte und auf mich zustürmte.

Gott, ich hasste Breaker und seine Psychospielchen.

Ich hatte mich kaum abgestützt, als Chloe mir einen Faustschlag in den Magen versetzte. Darauf war ich nicht vorbereitet und der Schmerz schoss mir durch den Bauch, als ich mich nach vorne beugte, um meinen Körper vor weiteren Angriffen zu schützen.

»Netter Schlag«, sagte Breaker grinsend. »Also, machst du es?«

»Fick dich, Arschloch.«

»Bis später, Baby. Du hast eine Schlampe, die für dich einspringt. Machst du jetzt deinen Job? Oder muss ich sie erst hier vor dir ficken, damit du sauer genug wirst?«

»Wir befinden uns auf meinem Junggesellinnenabschied!«, schreit Danielle.

Chloe verzog die Lippen. »Wenn sie überlebt, ist sie dabei.«

»Danke, Baby. Ich wusste, ich kann mich auf dich verlassen. Versau ihr nur nicht das Gesicht oder ihre Muschi. Diese Teile gehören mir.«

Chloes Wangen wurden rot.

Breaker warf mir einen letzten Blick zu, bevor er auf dem Absatz umdrehte und hinausging.

»Verdammte Schlampe«, sagte Chloe und rammte mir ihren Ellenbogen in den Rücken. »Was fällt dir ein, meinen Mann anzufassen?«

Heilige Scheiße. Sie wollte mich umbringen, und ich wusste

nicht, was ich sagen sollte, um sie aufzuhalten. »Es tut mir leid!«

»Ja, das tut es. Halt dein verdammtes Maul!«

Eine Brünette schlug mich, aber Chloe hielt sie davon ab. »Sie gehört zuerst mir. Warte, bis du dran bist.«

Es dauerte nicht lange, bis mir klar wurde, dass ich, um zu den Seattle Serpents zu gehören, von der eifersüchtigen, bösartigen Freundin des Bikers nach Mafiaart verprügelt werden musste.

Chloe hatte nichts für diesen mädchenhaften Unsinn mit dem Ziehen und Kratzen an den Haaren übrig. Sie interessierte sich nur für Knöchel und Füße. Sie riss mir buchstäblich den Boden unter den Füßen weg, und mein Körper schlug mit einem dumpfen Aufprall auf die harten Holzdielen. Beim Aufprall biss ich mir auf die Zunge und mein Mund füllte sich mit Blut. Ich versuchte aufzustehen, aber Chloe trat mir in die rechte Niere.

»Bleib verdammt noch mal unten«, sagte sie und trat mich noch einmal.

Vor meinen Augen tanzten Sterne. Der kupfersüße Geruch von Blut überwältigte meine Sinne.

»Okay, ihr Schlampen, lasst sie uns vermöbeln!«, rief Chloe.

Mit wahnsinniger Begeisterung fielen sie über mich her. Ein Schlag auf meine Schulter. Ein Tritt in die Wade. Ein Ellenbogen in die Seite. Jemand schnitt mir in den Oberschenkel. Eine andere schnitt mir in den Arm. Ein Tritt gegen meine rechte Brust riss mir einen Schrei aus der Kehle. Das Vorderteil meines Kleides wurde zerrissen. Jemand spuckte mir ins Haar. Ein Tritt ins Gesicht machte mir klar, dass es diesen Frauen egal war, was Breaker sagte. Ich war ihnen jetzt ausgeliefert und sie kannten keine Gnade. Ich musste die Schläge von allen Seiten einstecken und die Schmerzen waren unerträglich. Alles tat weh. Jedes Atom in meinem Körper schrie und flehte, dass die Angriffe aufhören sollten.

Blut lief mir aus dem Mund, den Arm hinunter und das Bein

entlang. Ich trieb am Rande der Bewusstlosigkeit und fragte mich, ob mich der nächste Schlag oder Tritt töten würde. Breaker hatte Chloe absichtlich verärgert, weil er wollte, dass ich diesen Schmerz fühlte – er wollte mich an die Macht erinnern, die er hatte – und ich hörte seine Botschaft laut und deutlich.

Irgendwann hörte ich auf zu existieren. Da war nur noch der Schmerz. Er überflutete meine Sinne, verschlang meine Gedanken und fraß an meiner Entschlossenheit. Dann, gerade als ich dachte, ich würde endlich zerbrechen, hörte er auf.

Ich fragte mich, ob ich ohnmächtig geworden oder gestorben war, und öffnete die Augen. Zumindest versuchte ich es. Mein linkes Auge war geschwollen.

»Wir müssen sie wegbringen. Der Stripper wird jeden Moment hier sein, und er darf diesen Mist nicht sehen«, sagte Danielle. »Jolene, unter der Spüle in der Küche liegen Lappen und Putzmittel. Wisch das Blut auf. Der Rest von euch hilft mir, ihren Arsch ins Büro und außer Sichtweite zu bringen.«

Dann wurde ich über den Boden in ein anderes Zimmer gezerrt. Sie warfen mich gegen die Wand. Chloe gab mir noch einen letzten Tritt, bevor sie mich lachend verließen.

7. KAPITEL

Tap

Ich tanze, seit ich zehn bin. Damals habe ich nicht die besten Entscheidungen getroffen, und mein bester Kumpel und ich wurden eines Tages nach der Schule beim Ladendiebstahl erwischt. Mama beschloss, dass ich etwas bräuchte, um meinen Hintern zu beschäftigen, bis sie von der Arbeit nach Hause kam. Eine ihrer Kundinnen gab Hip-Hop-Tanzunterricht und trotz meiner vielen Einwände meldete Mama mich an.

Das war eines der besten Dinge, die sie je für mich getan hatte.

Bevor ich mit dem Tanzen anfing, war ich ein magerer kleiner Bastard, dem es an Energie und Selbstvertrauen fehlte. Ich war immer ehrgeizig, aber der Tanz gab mir die Möglichkeit, über mich hinauszuwachsen. Er lehrte mich, mich selbst zu verbessern, gab mir einen Körper, auf den ich stolz sein konnte, und half mir zu verstehen, wie stark ich wirklich war.

Natürlich gab es noch andere Vorteile.

Als einer von nur zwei Jungs im Tanzunterricht war ich ein begehrter Typ. Die Freunde meiner Mittänzerinnen zogen mich auf und stellten meine Sexualität infrage, aber sie brauchten nur ihre Freundinnen zu fragen, um die Wahrheit zu erfahren.

Tanzen ist wie Sex, und die Art, wie ich mich bewegte, versprach eine gute Zeit. Ich machte mir einen Namen, indem ich dieses Versprechen einlöste, und schlief mich durch mein ganzes Highschool-Tanzteam, bevor ich alles hinter mir ließ und zur Armee ging.

Geheimdienstler waren nicht gerade für ihre leichten Füße bekannt, und nach meiner ernüchternden Ausbildung hatte ich nicht mehr viel übrig für das Tanzen. Ich dachte, der Tänzer in mir sei für immer gestorben, bis ich anfing, nach Möglichkeiten zu suchen, unter dem Radar gutes Geld zu verdienen. Wie eine Ausfahrt auf *Walküre* hat mich das Strippen langsam wieder zum Leben erweckt. Jedes Mal, wenn ich meine tragbaren Lautsprecher einschaltete, fiel es mir ein bisschen leichter, mich mit dem sorglosen, hüftschwingenden Kind zu versöhnen, das ich einmal war.

Ich zog mein Sweatshirt aus und stand in der Mitte des Raumes, nur mit einer Strickjacke und meiner Jogginghose bekleidet. Ich nickte Chloe zu, ließ den Kopf auf meine Brust sinken und wartete darauf, dass die Musik anfing. Die ersten Töne von *Porn Star Dancing* dehnten sich aus, während ich mit den Schultern wippte und meine Brust lockerte, um mich zu entspannen. Als der Beat aufhörte, landete ich im Krebsgang, die Knie gespreizt, den Blick in die Menge gerichtet. Die Frauen jubelten, als ich meine Hüften im Takt wippte und mich langsam wieder aufrichtete.

»Zieh dich aus!«, rief eine Frau und der ganze Raum sang mit.

Grinsend griff ich an den unteren Saum meines Hemdes und zeigte ein paar Zentimeter meiner Bauchmuskeln, während ich die Hüften schwang. Ich machte eine Ganzkörperrolle und ging auf die Gruppe zu. Dann griff ich mir in den Schritt und ließ langsam die Hüften kreisen.

Frauen fassten nach mir, aber Chloe schlug ihre Hände weg, bevor sie mich berühren konnten. Als es im Text darum ging, die Hände um einen Pfahl zu wickeln, drehte ich der Gruppe den Rücken zu und bewegte mich auf die Braut zu. Danielle Pritchard, die Tochter des skrupellosen Wichsers Buzz, saß auf einem Küchenstuhl in der Mitte des Raumes und beobachtete mich. Während ich ihr in die Augen sah, spielte ich noch einmal mit dem unteren Teil meines Hemdes, um ihr einen Vorgeschmack zu geben, bevor ich mir den Stoff vom Körper riss und um ihren Stuhl herumging. Ich fesselte ihre Hände auf ihrem Rücken mit meinem zerrissenen Unterhemd, während ich mit meinem Hintern für Aufmerksamkeit sorgte.

Ich drehte mich um, bis wir uns gegenüberstanden, und betrachtete mein Werk. Ihre Augen waren wild und voller Verlangen, als sie mich ansah. Mein Körper war glattrasiert. Zweifellos waren mein gewachster Oberkörper und Bauch etwas Neues im Vergleich zu den haarigen Neandertalern, an die sie gewöhnt war. Ich rollte meinen Körper vor ihrem Gesicht, bis meine rechte Brustwarze nur noch wenige Zentimeter von ihrem Mund entfernt war. Dort hielt ich inne und neckte sie, bevor ich mich zurückzog.

Ich steckte meine Daumen in die Vorderseite meiner Jogginghose und schob mich weiter, während ich den Bund nach unten zog und darauf wartete, meine Hose fallen zu lassen, bis der Text das Fallenlassen eines Kleidungsstückes erwähnte. Ich trug nichts als meine Boxershorts mit Feuerwehrmotiv und Hosenträgern und setzte noch einen drauf, indem ich meinen Schwanz durch den dünnen Stoff drückte.

Das gefiel dem Publikum. Sehr sogar. Ihre Reaktion war heilsam und erinnerte mich daran, dass ich, egal, wie kaputt ich war oder wie viele Albträume mich nachts wachhielten, immer noch ein Mann war, der einem Raum voller Frauen Freude bereiten konnte. Ich war bekannt dafür, dass ich mich von dem Moment gefangen nehmen ließ und eine der Frauen extra dafür bezahlte, mich nach Hause zu bringen. Manchmal war ich mit mehr als einer Frau auf der After-Party.

Aber das würde heute Abend nicht passieren. Egal, wie viel diese Schlampen bezahlen würden, ich würde Serpents Pussy nicht anrühren. Ich war für einen Auftritt gebucht, drei Songs, zu denen ich tanzen musste, und in meiner Tasche steckte eine

Handvoll Wanzen, die ich verteilen musste, dann war ich hier Geschichte.

Über Danielle stehend, bewegte ich meinen Körper lasziv, während ich aufsaugte, wie ihre gierigen Augen mich beobachteten. Es gab mir ein gewisses Hochgefühl, Frauen dazu zu bringen, mich zu wollen, und ich ritt auf dieser Euphorie.

American Woman war das zweite Lied des Sets. Während meiner Shows war ich nie ganz nackt, aber das war auch nicht nötig. Ich zog meine Boxershorts nach unten und enthüllte einen String, der wie ein Feuerwehrschlauch aussah und meinen Schwanz umschloss. Ich streichelte mich, bis der Schlauch steif war, dann schwang ich ihn herum, als würde ich ein Feuer löschen, bis alle Frauen ganz bei der Sache waren.

Als mein Auftritt zu Ende war, war ich genauso verschwitzt wie Danielle und die meisten Frauen um uns herum. Ich befreite ihre Hände und fragte sie, wo die Toilette sei, damit ich mich waschen konnte.

Um ehrlich zu sein, hatte ich den Grundriss des Hauses studiert und wusste, wo sich der Raum befand – es gab eine Hintertür, die durch die Küche und zwei Glasschiebetüren führte, die vom Hauptschlafzimmer ausgingen –, aber es hätte seltsam ausgesehen, wenn ich direkt dorthin ins Bad gegangen wäre.

Danielle gab mir eine Wegbeschreibung und Chloe rief die Frauen zusammen und begann, die Regeln für eine Art Trinkspiel zu besprechen, was es mir leichter machte, mich zu verdrücken. Ich sammelte mein ausrangiertes Sweatshirt und meine Lautsprecher ein und steckte eine Wanze, die wie ein Ladegerät aussah, in die Steckdosenleiste, bevor ich meine Tasche in Richtung Badezimmer trug.

Als ich an Buzz' Büro vorbeikam, stand die Tür einen Spaltbreit offen. Ich hatte nicht vor, dort etwas anzubringen, aber ich hatte auch nicht damit gerechnet, die Tür offen und das Büro leer vorzufinden. Die Gelegenheit war viel zu gut, um sie zu verpassen. Ich blieb stehen, lauschte und suchte nach einer Kamera, bevor ich mich hineinschlich, um nachzusehen.

Da sah ich sie.

Zuerst dachte ich, sie sei tot.

Sie lag auf dem Boden, den Kopf nach vorne gebeugt, ihr kurzes blondes Haar verdeckte ihr Gesicht, sie sah leblos aus. Ein enges rotes Kleid klebte in Fetzen an ihrem Körper, oben zerrissen und unten hochgezogen, sodass eine Brust und von der Taille abwärts alles entblößt war. Ihr Arm war blutig, ebenso eines ihrer Beine.

Etwas in mir wollte ihr helfen, aber sie war nicht mein Problem. Nicht das Ziel. Ich behielt sie im Auge, für den Fall, dass sie sich entschließen sollte, wieder zum Leben zu erwachen und andere auf meine Anwesenheit aufmerksam zu machen. Dann machte ich mich an die Arbeit, indem ich Buzz' Telefon und seinen Schreibtisch verwanzte. Als ich fertig war, ging ich zur Tür, aber ich kam nicht weit, bevor mich mein Gewissen stoppte.

Ich konnte mich nicht zwingen, sie zu verlassen. In meinem Hinterkopf tauchten Erinnerungen an eine andere Frau auf, die zu einer Mission aufgebrochen und nie zurückgekehrt war. Hätte jemand sie retten können?

Wenn ich diese Frau im Stich ließ, würde dann eine andere Tochter ohne Mutter bleiben?

Der blonde Vorhang aus Haaren fiel zur Seite, als sie mich ansah. Ihre Lippe war aufgeplatzt, ein Auge geschwollen und die rechte Seite ihres Kiefers zerschmettert. Aber es war die Stärke und Entschlossenheit in ihrem Ausdruck, die mir den Atem raubte und meine Füße am Boden festkleben ließen. All das Blut, all die blauen Flecken – sie hatte einiges abbekommen, aber sie war nicht gebrochen. Nicht im Geringsten.

Sie war wunderschön. Lebendig. Feurig. Der Blick aus einem

hellgrünen Auge strich über meinen fast nackten Körper und musterte meinen Aufzug, bevor er auf meinen traf.

»Lass mich allein«, flehte sie.

Das war das Letzte, was ich von ihr erwartet hatte, und der einzige Befehl, den ich nicht befolgen konnte.

Wenn ich zur Tür hinausging, würde mich ihr Geist für den Rest meines Lebens jede Nacht verfolgen, wie die anderen, die ich zurückgelassen hatte.

Ich konnte es nicht tun.

»Verdammt«, murmelte ich und ging auf sie zu.

Ihr gutes Auge weitete sich. »Lass mich allein«, wiederholte sie, ihre Worte klangen jetzt noch schwächer. Wer wusste schon, wie viel Blut sie verloren hatte oder was diese Arschlöcher ihr angetan hatten? Ich weigerte mich, zuzulassen, dass die Angst sie hier festhielt.

Ich öffnete das Bürofenster und schob die Scheibe zur Seite. Dann stellte ich meine Tasche hinter den Schreibtisch, hob die Frau auf und warf sie mir über die Schulter. Sie wog vielleicht eineinhalb Kilo und roch nach Blut und Parfüm. Ihr Hintern war entblößt, also zog ich ihr Kleid nach unten und versuchte, so viel wie möglich von ihrer Würde zu bewahren. Neben ihr lag eine kleine schwarze Handtasche, also bückte ich mich und hob auch diese auf. Sie stöhnte auf, fiel in Ohnmacht und wurde zu einem toten Gewicht auf meiner Schulter. Ich fluchte und verfluchte mich, dass ich nicht zur Tür hinausgegangen war und ihren Arsch zurückgelassen hatte, als ich noch konnte. Stattdessen ging ich zum Fenster und kletterte hindurch, während sie immer noch über meiner Schulter hing.

Mein Auto stand vor dem Nachbarhaus. Ich eilte hin und legte sie und ihre Tasche auf den Rücksitz, bevor ich wieder durch das Fenster von Buzz' Büro kletterte, um meine Sachen zu holen. Ich schlüpfte in meine Jogginghose und meine Turnschuhe, ging ins

Wohnzimmer und sah mich um.

Die Junggesellinnenparty war in vollem Gange und die Braut und ihre Freundinnen schenkten fröhlich Getränke aus. Als ich vorbeiging, sprachen mich einige von ihnen an und baten mich zu bleiben. Ich bedankte mich für die Einladung, erklärte aber, dass ich noch einen anderen Auftritt hätte. Als ich an den Prospects vorbeiging, vergewisserte ich mich, dass sie mich nur mit der Tasche in der Hand gesehen hatten.

Die Frau lag immer noch bewusstlos auf dem Rücksitz, als ich mich ans Steuer setzte und den Mietwagen startete. Ich behielt das Haus im Auge, aber niemand kam uns nachgerannt. Als ich vom Bürgersteig wegfuhr und überlegte, was ich tun sollte, rief ich Link an.

»Tap«, sagte er und klang erleichtert, mich zu hören. Er hatte erwartet, dass ich ihn nach dem Auftritt anrief, und es war beruhigend zu wissen, dass er auf mich gewartet hatte. »Wie ist es gelaufen?«

»Ich habe die Pakete abgegeben und auch eins abgeholt.«

»Eines abgeholt?« Er klang genauso verwirrt, wie ich mich fühlte.

Telefongespräche waren am einfachsten zu hacken, deshalb wollte ich am Telefon keine Details nennen. Die Serpents verfügten wahrscheinlich nicht über die nötige Technik, aber man konnte nicht wissen, wen sie in der Tasche hatten, und ich wollte kein Risiko eingehen. »Du hast mich gehört.«

»Was für ein Paket?«, fragte er.

»Die Art, um die du dich kümmern musst.«

»Scheiße. Ich habe keine Ahnung, wovon zum Teufel du redest, und trotzdem kriecht mir ein Schauder über die Arme.«

»Ich bringe es in die Feuerwache.«

»Das wirst du nicht tun. Es gibt genug böses Blut zwischen uns und den Serpents. Ich will ihnen keinen Grund liefern, uns anzugreifen. Was auch immer du ihnen abgenommen hast, ich will es nicht hier haben.«

Link verstand die Kunst des Schweigens am Telefon nicht wirklich.

Ich warf einen Blick in den Rückspiegel und kippte ihn so, dass ich sie auf dem Rücksitz sehen konnte. Sie war immer noch bewusstlos, halb auf dem Sitz, halb runtergerutscht, aber ihre Atmung und ihr Herzschlag waren ruhig. Ihr Arm hatte aufgehört zu bluten, aber ihre Beinwunde blutete immer noch. Sie musste genäht werden und brauchte wahrscheinlich ein Antibiotikum, um eine Infektion zu verhindern. »Was zum Teufel soll ich damit?«

»Du hast es mitgenommen, das ist dein Problem.«

»Das ist hilfreich. Danke, Prez.«

Er lachte. »Hör zu, ich bin gerade mitten in einer Sache. Ich schicke Havoc, damit er dir hilft, herauszufinden, was du damit machen sollst. Wo zum Teufel steckst du?«

»Nein. Nicht Havoc.« Er war der Sergeant des Clubs, aber ich kannte ihn nicht. Ich meine, ich kannte ihn, aber ich hatte nicht einen Monat lang seine Gespräche belauscht, um sicherzugehen, dass er der aufrechte Kerl war, für den ihn alle hielten. Ich hatte ihn nicht persönlich überprüft. »Kannst du dich nicht losreißen?«

»Ich gebe mir verdammt viel Mühe, auf die Scheiße Rücksicht zu nehmen, die in deinem Kopf vor sich geht. Wenn du jemand anderes wärst, würde ich jemanden schicken, der sich darum kümmert. Havoc hat mir immer den Rücken freigehalten, und es gibt keine Seele auf diesem Planeten, der ich mehr vertraue. Ich habe dir viel Spielraum gelassen, Bruder, aber es wird Zeit, dass du in den sauren Apfel beißt und dir ein bisschen Urvertrauen aneignest.«

Auf meinem Rücksitz lag eine blutende Frau, die ich gerade aus dem Haus eines gefährlichen Kriminellen befreit hatte, und Link wollte die Jesus-Universum-Sache mit mir durchdiskutieren? »Ich glaube, das Thema kann bis später warten, Prez«, sagte ich mit zusammengebissenen Zähnen. »Ich brauche Hilfe.«

»Ich hatte nicht vor, dich im Stich zu lassen, Tap. Du bist jetzt einer von uns. Vertrau mir. Ich werde dich nicht enttäuschen. Aber ich werde auch nicht deine verdammte Hand halten. Du hast ein Zuhause. Wahrscheinlich sogar mehrere. Da niemand weiß, wo du wohnst, ist dein Haus der sicherste Ort, um deine Sachen zu verstecken. Gib mir deine Adresse und Havoc wird dich dort treffen.«

Er will Havoc zu mir nach Hause schicken? Auf keinen Fall.

Ich überlegte, was ich mit der bewusstlosen Frau auf meinem Rücksitz machen sollte. Sie brauchte weder Havoc noch mein Haus, sie brauchte ein Krankenhaus. »Scheiß drauf. Ich werde es selbst herausfinden«, sagte ich und beendete den Anruf.

Dann fuhr ich zum nächsten Krankenhaus.

Das, was von dem Kleid der Frau noch übrig war, gab nicht viel her, und ich wollte sie nicht so bloßstellen, also zog ich mein Sweatshirt über ihren Kopf. Es reichte ihr bis über den Po und bedeckte mehr als ihr Kleid. Ich hob sie hoch und ging auf das Gebäude zu. Als wir den Parkplatz halb überquert hatten, wachte sie mit einem Ruck auf und fiel mir fast aus den Armen. Sie schrie vor Schmerzen und keuchte, als ich versuchte, sie zu beruhigen.

»Langsam«, sagte ich und stellte sie auf die Beine.

Sie taumelte, als würde sie gleich fallen, und ich hielt sie fest. Sich umblickend atmete sie schmerzhaft ein. »Wer bist du? Wo sind wir?«

Ich ignorierte ihre erste Frage und antwortete auf die zweite: »Ich bringe dich ins Krankenhaus.«

Sie schloss die Augen und ließ die Schultern hängen. »Nein. Verdammt. Du sollst verdammt sein. Du bist der Stripper der Party. Ich habe dir gesagt, du sollst mich in Ruhe lassen.«

Schockiert starrte ich sie an und fragte mich, wie high sie sein musste, um an so einem Ort zurückgelassen werden zu wollen. Sie sah nicht aus wie die anderen Serpent-Frauen. Irgendetwas war anders an ihrer Haltung, an der Art, wie sie mich ansah.

»Willst du dir den Arsch aufreißen lassen? Noch einmal?«, fragte ich.

»Du verstehst das nicht. Ich war eine von denen. Sie haben mich reingeholt.«

»In ihren Club?« Nichts, was sie sagte, ergab einen Sinn. »Du willst mit diesen Arschlöchern zusammen sein? Nachdem sie dich so zugerichtet haben? Willst du eine Serpent sein?«

»Ja. Nein. Das ist eine lange Geschichte.«

»Hör zu, Babe, du brauchst ein Krankenhaus. Kein Zimmer voller betrunkener, gemeingefährlicher Verrückter.«

Sie warf einen Blick auf das Gebäude vor uns. »Kein Krankenhaus. Sie werden mich finden, und es wird schwach wirken. Ich kann nicht riskieren, dass mein Vorgesetzter herausfindet, was passiert ist. Das ist zu riskant.«

Völlig verständnislos und kurz davor, ihren Hintern wieder über meine Schulter zu werfen und sie hineinzutragen, begegnete ich ihrem einäugigen Blick. »Du blutest. Das muss genäht werden.«

Sie sah auf ihr Bein, dann wieder zu mir. »Nicht so schlimm. Die verschwundenen Mädchen verlassen sich auf mich. Wenn du mich ins Krankenhaus bringst, bringst du sie alle um.«

»Welche verschwundenen Mädchen?«

»Bring mich woanders hin, dann erkläre ich dir alles. Ich flehe dich an. Nur kein Krankenhaus, keine Polizei.«

Sie war verängstigt, geschlagen und stand wie tot auf den Füßen. Sie taumelte, biss die Zähne gegen den Schmerz zusammen und sah aus, als würde sie jeden Moment zusammenbrechen. Trotz der kühlen Nachtluft perlte der Schweiß über ihre blasse

Haut.

Gegen meinen Willen hob ich sie hoch und ging zurück zum Auto. Als ich sie auf den Rücksitz setzte, wurde sie wieder ohnmächtig. Fluchend holte ich mein Tanktop aus der Tasche und befestigte es direkt über der Wunde an ihrem Oberschenkel, um den Blutfluss zu stoppen.

Da ich keine andere Wahl hatte, brachte ich sie nach Hause.

8. KAPITEL

Tap

Während ich vor der Frau stand, die auf dem Sofa in meinem Keller schlief, versuchte ich mir einen Plan zurechtzulegen, aber nichts in meiner Ausbildung hatte mich auf so etwas vorbereitet. Ich hatte die Tür zu all meinen Regeln in dem Moment zugeschlagen, als ich diese Schönheit über meine Schulter hievte, und jetzt war ich so weit von meinem Element entfernt, dass ich kaum denken konnte. Eine Frau, die ich nicht kannte und die eindeutig mit den Seattle Serpents in Verbindung stand, befand sich in meinem Privatbereich.

Und ich brachte sie hierher.

Ich musste verrückt sein, um so etwas Dummes zu tun.

Aber ich hatte andere Möglichkeiten. Diese Frau wusste nicht, wer ich war, und da ich immer noch die Schminke trug, mit der Mama mich verändert hatte, war mein wahres Gesicht verborgen. Wahrscheinlich würde sie mich bei einer Gegenüberstellung erkennen, aber nur, wenn ich mein Hemd ausziehen würde.

Und es war nicht so, dass ich unvorsichtig gewesen wäre. Bevor ich sie zu mir nach Hause brachte, nahm ich ihr Handy auseinander und durchsuchte ihre Handtasche und ihren Körper nach Wanzen oder Kabeln. Dann verband ich ihr die Augen, weil ich nicht riskieren wollte, dass sie während der Fahrt aufwachte. Doch sie rührte sich nicht einmal, als ich in der Garage parkte, sie in den Keller trug, auf das Sofa legte und ihr die Augenbinde abnahm.

Wir waren schon fast eine Stunde zu Hause und sie war immer noch bewusstlos.

Die Schnittwunde am Arm war nur oberflächlich, aber die am Oberschenkel sah schlimm aus. Ich habe noch nie jemanden genäht. Wenn ich das gekonnt hätte, wäre ich Sanitäter geworden, nicht Geheimdienstler. Ich konnte Mama anrufen, denn sie konnte nähen, aber ich wollte sie nicht in diesen Schlamassel hineinziehen. Nein, sie und Hailey mussten sich fernhalten, bis ich unsere Besucherin los war.

Ich schaute mir ein Video an. Keine große Sache.

Als ich dazu mein Handy zückte, vibrierte es mit einem eingehenden Anruf von Link. In der Hoffnung, dass er eine Lösung für das Problem auf meinem Sofa gefunden hatte, nahm ich den Anruf entgegen und hielt es an mein Ohr. »Hey, Prez.«

»Ich werde dir in den Arsch treten, weil du vorhin aufgelegt hast. Das solltest du wissen.«

Manche Dinge änderten sich nie, und das würde ich auch nicht vom Präsidenten erwarten. Lächelnd schüttelte ich den Kopf. »Ich war zu der Zeit ziemlich beschäftigt, und da du mir nicht helfen wolltest ...«

»Ich habe Hilfe angeboten, nur nicht die, die du wolltest. Was macht das Paket? Hast du schon herausgefunden, was du damit machen willst?«

Ich warf einen Blick auf die immer noch bewusstlose Frau. »Negativ.«

»Ich kann immer noch Havoc zur Hilfe schicken. Er und Julia sitzen an der Bar und trinken etwas mit Stocks.«

Damit noch jemand erfährt, wo ich wohne? »Danke, aber ich bin zu Hause.«

»Ja? Und? Du hast gesagt, du brauchst noch immer Hilfe.«

Link wusste, was los war, warum musste ich es ihm buchstabieren? »Du weißt, dass ich das gerne privat halte, Prez.«

Ich erwartete, dass er mir noch mehr von seiner Urvertrauen-Rede aufs Auge drücken würde, aber stattdessen atmete er frustriert aus. »Siebenundzwanzig.«

Was zur Hölle ist siebenundzwanzig?

Die Räder in meinem Kopf begannen sich zu drehen, bevor sie schließlich Funken schlugen und übersprangen. Link wusste, dass ich so etwas nicht so stehen lassen konnte, also warf er irgendein Wort oder eine Zahl in den Raum, damit sie an mir nagten, bis ich fragte, was es zu bedeuten hatte. Ich war zu neugierig für mein eigenes Wohl und konnte nicht widerstehen. Der Bastard benutzte meine Waffen gegen mich. Entschlossen, nicht nachzugeben, sagte ich: »Sieht so aus, als hätten wir nichts mehr zu besprechen.«

»Oh, wir haben viel zu besprechen, du bist nur zu feige, es zu tun.«

Jetzt hatte er mich geködert. Mein Daumen schwebte über dem *Anruf-beenden*-Knopf, aber ich konnte nicht auflegen. Ich sah zur Decke hoch und gab nach. »Was zum Teufel meinst du mit siebenundzwanzig?«

»Das ist die Anzahl der Beerdigungen, an denen ich dieses Jahr teilgenommen habe, für Veteranen, die sonst niemanden hatten.« Seine Stimme klang plötzlich dunkel, ernst. »Vorhin, als du anriefst, habe ich mit den Patriot Guard Riders telefoniert und von der Nummer achtundzwanzig erfahren. Die Beerdigung findet morgen im Green Hills Home statt. Achtundzwanzig unserer Brüder, die unserem Land gedient haben, um dann zurückzukehren und allein zu sterben. Sie haben hier in unserer Stadt gelebt, und wir haben sie nicht erreicht, sie nicht rechtzeitig gefunden. Denk nur eine Sekunde darüber nach.«

Ich weiß nicht, was ich erwartet hatte, aber das nicht. Jeder wusste, dass Link Verbindungen zu den *Patriot Guard Riders* hatte, die ihm manchmal Details über Beerdigungen von Veteranen ohne Angehörige schickten, aber ich hatte keine Ahnung, dass er an so vielen teilgenommen hatte. Es war August, und er ging jeden Monat zu drei oder vier Beerdigungen.

»Es ist keine einfache Sache«, fuhr Link fort. »Da ist niemand, der um sie trauert. Niemand, der Geschichten über den verrückten Scheiß erzählt, den sie gemacht haben, oder über die guten alten Zeiten. Es ist, als würden diese Veteranen einfach aufhören zu existieren, und niemand kümmert sich darum. Sie brauchen einen Club aus Brüdern, die ihnen den Rücken freihalten und an ihren Gräbern stehen, um zu trinken und über sie zu lästern. Verdammt, die schlimmste Art zu sterben ist, vergessen und allein zu sein. Du bist Teil von etwas hier bei uns, Tap. Du machst einen Unterschied. Wenn du – Gott bewahre – heute sterben würdest, würden wir auf deiner Beerdigung Geschichten erzählen und trinken. Wir würden dafür sorgen, dass deine Aufgaben erledigt werden, und niemand würde vergessen, was du erreicht hast. Wir würden die Erinnerung an dich lebendig halten.«

Ich wusste nicht, was ich sagen sollte, also sagte ich das Einzige, was ich konnte. »Danke.«

»Wir sind eine Familie, und das ist es, was eine Familie tut. Ich brauche deinen Dank nicht, ich brauche dein verdammtes Vertrauen. Es wird Zeit, dass du anfängst, dich wie ein Familienmitglied zu verhalten, Bruder. Es ist an der Zeit, dass du darauf vertraust, dass wir hinter dir stehen. Nimm Kontakt mit Havoc auf und sag ihm, wo du bist. Er ist ein nützliches Arschloch und hat mein volles Vertrauen und meine Autorität.«

Havoc wüsste, wo ich wohne. Der *Sergeant-at-Arms* des Clubs würde mich auf keinen Fall irgendwo treffen und sich die Augen verbinden lassen, um ihn in mein Viertel und wieder herauszubringen. Und wenn er wusste, wo ich wohnte, war es nur eine Frage der Zeit, bis der Rest des Clubs es herausfand. Selbst wenn Havoc es niemandem erzählte, würde Morse einen Peilsender an Havocs Motorrad anbringen oder Wasp ihn beschatten. Das Leben, das ich mir hier aufgebaut hatte, würde sich für immer verändern, oder bis ich meine Familie zusammenpackte und wegzog. »Ich werde darüber nachdenken.«

»Tu mehr, als nur darüber nachzudenken. Ich war sehr geduldig mit dir, aber es ist an der Zeit, dass du eine Entscheidung triffst. Der Club hat sich vor einem Jahr für dich entschieden, als wir dich aufgenommen haben. Jetzt ist es an der Zeit, dass du dich für uns entscheidest. Entweder bist du dabei oder nicht. Deine Entscheidung.«

Ich konnte nicht glauben, dass er mir ein Ultimatum stellte. »So ist das also?«, fragte ich.

»So muss es sein. Ein Club ist ein Rudel, keine Ansammlung einsamer Wölfe. Wir müssen zusammenhalten, sonst überleben wir nicht. Ruf Havoc an.« *Verbindung unterbrochen.*

Ich verstand Links Standpunkt, aber ich mochte die Scheiße so, wie sie war – den Club auf Distanz halten und trotzdem mitmachen – und ich wollte nicht, dass sich etwas änderte. Frustriert und ratlos ließ ich mein Handy auf den Schreibtisch fallen und sank in meinen Stuhl zurück.

Sasha

Meine Träume waren ein ruheloses Durcheinander von schemenhaften Bildern und aufgewirbelten Gefühlen.

Ein Schlag. Verrat. Chloe, die sich aufrichtete, um mich zu treten. Schmerz. Ein unmöglich gutaussehender Stripper, dessen goldbraune Haut schimmerte, als seine Muskeln sich anspannten, um mich hochzuheben. Frieden. Der Rücksitz eines Autos. Verwirrung. Ein Krankenhaus. Angst.

Das Geräusch eines fallenden Gegenstandes ließ mich aufschrecken. Ein Auge war zugeklebt, aber mit dem anderen suchte ich die Umgebung ab. Es gab keine Fenster. Nur das Licht von vier Monitoren, die an der Wand befestigt waren, erhellte den Raum. Die Monitore zeigten Türen und Fenster eines mir unbekannten Gebäudes; es sah aus wie eine Art Überwachungsvideo.

Rechts neben den Monitoren befand sich eine Tür mit einer Zehnertastatur. Links an der Wand erkannte ich eine zweite Tür. Die Hälfte des Raumes war als kleiner Fitnessraum eingerichtet. Hanteln standen neben einer Hantelbank, eine Yogamatte bedeckte einen Teil des Bodens und in der Ecke stand ein Laufband.

Die andere Hälfte des Raumes diente als Büro. In der Mitte stand ein Mahagonischreibtisch, auf dem zwei weitere Monitore und ein Laptop standen. An der Wand standen zwei hohe Aktenschränke. Der Stripper von gestern Abend saß in einem Ledersessel mit hoher Lehne vor dem Schreibtisch, den Kopf in den Nacken gelegt und an die Decke starrend. Er trug immer noch die gelben Hosenträger, die seinen prächtigen Oberkörper voll zur Geltung brachten. Eine schwarze Jogginghose saß tief auf seinen Hüften und seine Füße waren nackt.

Sein Kopf senkte sich und er starrte mich an. »Du bist wach.«

Es war keine Frage, aber ich antwortete trotzdem. »Ja.« Meine Stimme klang heiser, und meine Kehle fühlte sich rau an. Ich schwang die Beine und setzte mich auf. Der Schmerz pochte in meinem Kopf. Ich versuchte, ihn mit den Händen abzustützen, aber sie waren unter einem riesigen Sweatshirt eingeklemmt. Der Stripper hatte mich von der Party abgeholt, angezogen und in sein Fitnessstudio-Schrägstrich-Büro gebracht.

»Kann ich dir etwas gegen die Schmerzen geben? Ibuprofen? Vicodin?«

Ich musste eine Minute darüber nachdenken. In meinem Körper passierte so viel, dass ich keine Ahnung hatte, wie ich auf Vicodin reagieren würde. Ich hatte starke Schmerzen, aber nachdem ich gesehen hatte, wie meine Mutter gegen die Sucht kämpfte, wollte ich das Risiko nicht eingehen. »Ibuprofen. Bitte. Und Wasser.«

Er stand auf und ging an mir vorbei zur Innentür. Ich trug das übergroße Sweatshirt wie einen Poncho. Ich hatte keine Ahnung, woher es kam, und es war mir zu warm darin, also hob ich den Arm, der nicht wehtat, und zog es aus. Als ich an mir hinunterblickte, erkannte ich, dass mein Kleid ruiniert war, und versuchte genug Stoff nach vorne zu ziehen, um mich zu bedecken. Ein klaffendes V ließ immer noch den größten Teil meiner rechten Brust frei, also gab ich auf und zog mir das Sweatshirt vor den Oberkörper.

Als mein Retter zurückkam, hatte er zwei kleine orangefarbene Tabletten und ein Glas Wasser dabei. Er reichte mir alles und lehnte sich an den Schreibtisch.

»Wer bist du und warum wolltest du dich den Serpents anschließen?«, fragte er.

Offensichtlich war die Fragerunde gestartet, und das ganz ohne Einleitung und Manieren. Ich erinnerte mich daran, dass dieser Typ auch in Buzz' Haus gewesen war und wollte es langsam angehen. »Mein Name ist Sasha Petrov. Tut mir leid, ich weiß deinen Namen nicht mehr.«

»Ich habe ihn nicht genannt.« Ich wartete darauf, dass er seinen Fehler korrigierte, aber er starrte vor sich hin und wartete darauf, dass ich fortfuhr.

»Gehörst du zu den Serpents?«, fragte ich.

»Glaubst du, ich hätte dich da rausgeholt, wenn es so wäre?«

Nein. Vielleicht. Es könnte ein weiterer Test von Breaker gewesen sein, aber es ergab keinen Sinn. Es sah so aus, als hätte er mich getestet, bevor er mich von seiner Freundin und ihren Schlägerinnen verprügeln ließ. Ich hatte ihre Schläge überlebt, also gehörte ich im Grunde dem Club. Ich war drin. Oder sollte es zumindest so sein. Dass ich nun hier war, machte die Sache natürlich kompliziert.

»Warum hast du dich da reinziehen lassen?«, fragte er.

Ich konnte ihm nicht trauen. Er hatte mich gegen meinen Willen aus Buzz' Büro gebracht, meinen ganzen Plan über den Haufen geworfen und wollte mir nicht einmal seinen Namen sagen? Das Spiel kann man auch zu zweit spielen. »Ich denke schon seit einiger Zeit über einen Karrierewechsel nach, und sie haben mir ein tolles Angebot gemacht: Krankenversicherung, Zahnarztrechnungen, Reisemöglichkeiten, lange Motorradtouren am Strand. Wie könnte ich das ausschlagen?«

Seine Mundwinkel zuckten. »Großartig. Eine Klugscheißerin.«

»Lieber eine Klugscheißerin als ein Namenloser.« Ich war unvorsichtig und respektlos, aber ich war zu gereizt, um mich darum zu kümmern. Für wen hielt sich dieser Kerl? Er hatte mich praktisch entführt, und jetzt verlangte er Antworten? Auf keinen Fall.

Er gluckste. »Du kannst mich Rob nennen.«

So konnte ich ihn nennen, aber das war bestimmt nicht sein Name. Darauf würde ich Geld wetten und es direkt zur Bank bringen. »Gut, Rob, was willst du noch wissen?«

»Du hast meine erste Frage nicht beantwortet. Warum sollte jemand, der so gut aussieht und offensichtlich intelligent und witzig ist, mit Leuten wie den Serpents zusammen sein wollen? Du passt nicht in die Form.«

Rob wusste nichts über mich, aber er stellte alle möglichen Vermutungen an. Es war dumm und unreif, aber alles, worauf ich mich konzentrieren konnte, war, dass er mich *schön* genannt hatte.

Ich war ein Wrack. War er blind?

»Warum warst du bei Buzz?«, schoss ich zurück. »Du bist offensichtlich mehr als nur ein Stripper. Stehst du auf deren Gehaltsliste?«

Sein Grinsen wurde noch breiter. »Ich habe versucht, dich ins Krankenhaus zu bringen, und du bist ausgeflippt. Du meintest, wenn ich dich von Krankenhäusern und Bullen fernhalte, würdest du mir alles erzählen. Fang an zu singen, kleiner Vogel.«

»Oder du lässt mich gehen und wir tun so, als wäre die ganze Entführung nie passiert.«

»Entführung? Du meinst, deinen Arsch vor den Leuten zu retten, die dich verprügelt haben? Hast du auf eine Wiederholung gehofft? Stehst du auf diesen masochistischen Scheiß?«

Ich zuckte mit den Schultern. »Vielleicht, aber das geht dich nichts an, weil ich dich gebeten habe, mich allein zu lassen. Du hättest meinen Wunsch respektieren sollen. Hat dir denn niemand etwas über Frauen und Grenzen respektieren erzählt?«

Sein Kiefer zuckte. Ich konnte nicht sagen, ob er versuchte, nicht mit den Zähnen zu knirschen oder nicht zu lachen. »Netter Versuch, aber daran müssen wir noch arbeiten. Denn wenn du wirklich nicht hier sein willst, habe ich nichts dagegen, deinen Arsch im Krankenhaus oder bei der Polizei von Seattle abzuliefern. Verdammt, das würde mein Leben viel einfacher machen. Du hast keine Ahnung, was für einen verdammten Rattenschwanz an Problemen deine Anwesenheit auslöst.«

Ich überlegte kurz, welche Art von Problemen er meinen könnte, aber dann wurde mir klar, dass er es zumindest ernst meinte. Und ich hatte nicht vor, ihn zu verärgern. Wenn er mich an einem dieser Orte absetzte, war ich eine tote Frau.

Ich musste jemandem vertrauen.

Warum nicht dem sexy Stripper, der sein Leben riskiert hatte, um mich aus Buzz' Haus zu holen? Wenn er mich töten wollte, würde ich wenigstens angesichts seiner fantastischen Brustmuskeln sterben.

»Ich bin von der Polizei von Seattle. Ich bin Officer Sasha Petrov.«

Seine Augenbrauen hoben sich. »Also ... bist du undercover?«

Okay, das würde eine Weile dauern. »Im Grunde nicht.«

Er verschränkte die Arme vor der Brust und warf mir einen respektvollen *Verarsch-mich-nicht*-Blick zu. »Warum sagst du mir dann nicht genau, was du vorhattest?«

Egal, wie kompliziert dieser Fremde meine Mission gemacht hatte, er hatte mich gerettet. Er hatte eine Frau in einer gefährlichen Situation gesehen und sie gegen ihren Willen da rausgeholt. Wie oft hatte ich das für ein Opfer häuslicher Gewalt tun wollen?

Wahrscheinlich hätte ich an seiner Stelle dasselbe getan. So unangebracht und unwillkommen diese Rettung auch war, sie zeigte Charakter und die Bereitschaft, sich in Gefahr zu begeben, um anderen zu helfen. Vor allem, weil er offensichtlich wusste, wer Buzz war. Eigentlich wusste er viel zu viel für einen gewöhnlichen Stripper.

Vielleicht ist er ein FBI-Agent?

Das würde erklären, warum er so geheimnisvoll war und warum seine Sicherheitsvorkehrungen so streng zu sein schienen. Normalerweise konnte ich gut in Menschen lesen, und trotz seines offensichtlich falschen Namens schien *Rob* einer von den Guten zu sein. Die Sache mit den Serpents wuchs mir über den Kopf, und ich brauchte jemanden zum Reden, vielleicht sogar zum Gedankenaustausch. Außerdem musste ich zu Breaker zurück, damit er wusste, dass ich noch am Leben war. Und da sich mein mysteriöser Retter zwischen mir und der höchstwahrscheinlich verschlossenen Tür, die nach draußen führte, befand, hatte ich keine große Wahl. Also öffnete ich meinen Mund und sang ihm die ganze Geschichte vor, angefangen mit den Fällen der verschwundenen Mädchen bis zum jetzigen Moment.

Na ja, alles erzählte ich nicht.

Den Sex mit Breaker ließ ich weg.

Nicht weil ich an Rob interessiert war, sondern weil ich nicht wollte, dass er mich für eine Schlampe hielt.

Und Rob war heiß.

Als ich fertig war, stellte mir mein Retter eine Reihe von Fragen. Er war scharfsinnig und besaß eine gute Intuition, und jedes bisschen an Information, das er mir entlockte, ließ meinen Verstand ein wenig schneller rotieren. Ich hatte während meines Alleingangs auf so vieles nicht geachtet. Ich hätte Robs Verstand gut früher gebrauchen können.

Er musste ein FBI-Agent oder so etwas sein.

Ich beugte mich vor. »Ich habe nicht daran gedacht, mir die Pläne des Geländes zu besorgen. Das ist brillant, ähm ... *Rob.*«

Er sah mich einen Moment an, bevor er mich korrigierte.

»Tap.«

Ich hatte ihm alle möglichen Informationen gegeben, und jetzt gab er mir endlich einen Krümel. Tap war ein seltsamer Name, aber er klang ehrlich, also akzeptierte ich ihn. »Schön, dich endlich kennenzulernen, Tap. Ich werde dir nicht dafür danken, dass du mich aus Buzz' Büro geholt hast, denn das war genau der richtige Ort für mich, und ich bin immer noch sauer, weil ich von dir entführt wurde. Aber ich danke dir, dass du mich an einen sicheren Ort gebracht hast. Wo sind wir eigentlich?«

Er schüttelte den Kopf. »Darüber wollen wir uns jetzt nicht den Kopf zerbrechen. Deine Wunden müssen gereinigt werden und ich bin mir ziemlich sicher, dass dein Bein genäht werden muss.«

Er hatte recht. Wenn ich auch nur die geringste Hoffnung hegte, es zurück zu Breaker zu schaffen, musste ich der Ersten Hilfe den Vorrang geben. »Ich brauche eine Dusche. Hast du hier ein Badezimmer?«

Er deutete auf die Tür, hinter der er verschwunden war, um mir Wasser und Schmerztabletten zu holen.

Ich raffte mich auf. Hinter meinen Augen wurde es weiß und

meine Beine knickten ein, sodass ich mit dem Hintern wieder auf dem Sofa landete. Der Schmerz pochte in mir und ich holte ein paar Mal tief Luft, um ihn zu ertragen.

»Kann ich helfen?«, fragte er.

Die Frage überraschte mich. Breaker hatte sich nicht um meine Einwilligung geschert, als er mich betäubt und auf seinen Schoß gezogen hatte. Seitdem hatte mich niemand mehr um Erlaubnis gefragt. Aber dieser sexy, halb bekleidete, muskulöse Stripper wollte mir helfen. Ich starrte ihm in die Augen, suchte nach einem Motiv oder einer dunklen Absicht. Sein Blick traf den meinen, intensiv und verzehrend, voller Geheimnisse und Schmerz, und die Qualen in ihm erinnerten mich an die Qualen in mir.

Er hatte mich gerettet, mich vor dem Verbluten bewahrt, mich in sein Haus gebracht und sich dabei vielleicht selbst in Gefahr gebracht. Er hatte mir mehr geholfen als jeder meiner Kollegen, und diese Arschlöcher hatten ihr Leben dem *Dienen und Beschützen* gewidmet. »Das tust du schon.«

Er blickte auf mein Bein. »Ich kann noch mehr tun. Darf ich dich tragen, wenn das okay ist?«

Sein bemerkenswert straffer Bizeps, seine Bauchmuskeln und sein Oberkörper waren direkt vor meinem Gesicht und machten jeder Zelle meines Körpers schmerzhaft bewusst, wie attraktiv er war. Ich wollte nicht schwach wirken, aber Sturheit und Dummheit waren gleichermaßen unattraktive Eigenschaften.

Ich wünschte mir eine Art innere Stärke, die ich nicht wirklich verspürte, und nickte. »Bitte.«

Er hob mich hoch und umarmte mich wie ein Kind. Meine Wange an sein Herz geschmiegt, atmete ich ihn ein und entspannte mich. Etwas tief in mir wusste, dass dieser Mann mich gerettet hatte, und ich fühlte mich geborgen und sicher – sogar vor mir selbst. Ich hatte ihm alles erzählt und er hatte mich nicht abgewiesen. Er hatte sogar darauf bestanden, dass ich bei ihm blieb, bis ich wieder auf die Beine kam. Aus irgendeinem Grund schien dieser attraktive, misstrauische Mann entschlossen zu sein, mich am Leben zu erhalten. Obwohl ich seine Beweggründe nicht verstand, fand ich Trost in der Art und Weise, wie er sich um mein Überleben zu sorgen schien.

Er trug mich in ein kleines Badezimmer mit einer großen Dusche und einem eingebauten Sitz. Je näher wir der Kabine kamen, desto angespannter wurde sein Körper. »Wie willst du das machen?«, fragte er.

Um die Spannung zu lösen und ihm zu versichern, dass es mir gut ging, versuchte ich ruhig zu antworten. »Ich möchte, dass du das Wasser über mir hältst, damit ich meinen Kopf sexy nach hinten werfen kann. Wie in der Szene in Flashdance.«

Er gluckste und entspannte sich spürbar. »Du bist wirklich eine Klugscheißerin, richtig? Ich sage dir etwas. Ich setze dich auf den Sitz, stelle das Wasser an, gebe dir den Duschschlauch und du kannst jede Szene nachspielen, die du willst.«

Ich grinste ihn an. »Abgemacht.« Er setzte mich ab, ich ließ das geliehene Sweatshirt auf den Badezimmerboden fallen und erkannte die Schwachstelle in unserem Plan. Meine linke Schulter fühlte sich an, als wäre sie aus der Form geraten, und es gab keine denkbare Möglichkeit, mein Kleid auszuziehen. »Hast du eine Schere, die du mir leihen kannst?« Das Kleid war durch das Blut und den Riss vorne sowieso ruiniert.

»Soll ich dich bewaffnen?«, fragte er.

»Oder du hilfst mir einfach, das Kleid zu zerschneiden. Ich bekomme es nicht über die Schultern.«

»Du hättest mich dich ins Krankenhaus bringen lassen sollen. Ich verstehe, warum du es nicht wolltest, aber ...« Seine Augen verdunkelten sich, als er erneut meinen geschundenen Körper musterte – wobei er meine entblößte Brust mied wie ein Gentleman. Er sah mich zweifellos als eine Art Opfer.

Ich wollte kein Mitleid von ihm. Ich war kein Opfer, sondern eine rebellische, suspendierte Polizeibeamtin, die in ihrem Streben nach Gerechtigkeit fragwürdige Entscheidungen getroffen hatte. Entscheidungen, die sich inzwischen in einen rasenden Rachedurst verwandelt hatten. Nach allem, was Breaker mir angetan hatte, war das nun ein sehr persönlicher Fall. Ihn zur Strecke zu bringen, würde der Höhepunkt meiner bisherigen Karriere werden. »Hey, mir gehts gut. Du solltest den anderen sehen.«

Es dauerte einen Moment, bis er den Köder geschluckt hatte, aber schließlich wanderte sein Blick wieder zu mir. »Da war noch ein anderer Typ?«

»Ja, und ich habe sein Gesicht ziemlich zugerichtet. Sie mussten seinen Arsch auf einer Trage rausbringen«, log ich.

Tap schüttelte lachend den Kopf und zückte eine Schere. »Du bist schon etwas Besonderes, Officer Petrov.«

Ich wusste nicht, ob er das als Kompliment meinte, aber ich bedankte mich trotzdem. »Du bist auch nicht schlecht, Mann ohne Nachnamen und mit unbekanntem Aufenthaltsort.«

Da meine Schulter nicht in der Lage war, etwas Nützliches zu tun, wie etwa sich zu bewegen, half er mir, mein Kleid zu zerreißen, wobei er die ganze Zeit den Blick abwandte. Für einen Stripper schien es ihm ziemlich viel auszumachen, mich nackt zu sehen. Ich fragte mich, ob es an meinen Verletzungen lag, dass er sich unwohl fühlte. »Ich bin nicht zerbrechlich, weißt du?«

»Das Blut und die vielen blauen Flecken sind da anderer Meinung.«

Diesmal war ich an der Reihe, zu kichern. »Ah. Du hast auch Witze auf Lager, hm? Das ist gut. Ich habe mir schon Sorgen um dich gemacht.«

Er legte den Kopf schief, nachdem er mein Kleid in den Müll geworfen hatte. »Tut mir leid, dich zu enttäuschen, aber ich bin nicht nur ein hübsches Gesicht. Ich habe auch Gefühle.«

Tap hatte viel mehr zu bieten als sein Aussehen und seine Gefühle. Der Mann war faszinierend, und ich hatte nur an der Oberfläche gekratzt. Seit ich ihm meine Geschichte erzählt hatte, hatte sich etwas zwischen uns verändert. Er war zwar immer noch verschlossen wie die Hölle, aber wenigstens scherzte er jetzt mit mir. Damit konnte ich arbeiten. Vielleicht konnte ich ihn sogar dazu bringen, mich freizulassen, damit ich Breaker finden konnte, bevor es zu spät war.

Nachdem Tap das Wasser auf eine akzeptable Temperatur gebracht hatte, nahm er den Duschkopf ab, reichte ihn mir und legte Shampoo, Spülung, Seife und einen Waschlappen in Reichweite. »Das sollte dich eine Weile beschäftigen. Ich bin nebenan, ruf mich, wenn du etwas brauchst.« Er warf ein frisches Handtuch über die Duschtür. »Für dich, wenn du fertig bist.«

Ich bedankte mich noch einmal, bevor er zur Tür hinausschlüpfte. Dann machte ich mich daran, die vergangenen Stunden abzuwaschen, und schimpfte vor mich hin, während die Seife in meinen Wunden brannte. Ja, Breaker würde für das bezahlen, was er mir angetan hatte.

9. KAPITEL

Tap

Sasha brauchte einen Arzt *und* einen Psychiater – nicht unbedingt in dieser Reihenfolge. Zusätzlich zu ihren sichtbaren Wunden hatten Sergeant Wilkens, Breaker und die ganze beschissene Situation auch ihre Psyche angegriffen. Während sie über die Scheiße sprach, die sie durchgemacht hatte, achtete ich auf jedes Detail, auch auf die, die sie nicht direkt sagte.

Sie versuchte, stark zu sein. Die schwierigsten Momente überspielte sie mit einer Mischung aus vagen Beschreibungen und Humor. Ihre Augen wurden jedes Mal weicher, wenn sie von den vermissten Mädchen sprach. Ihre Lippen wurden schmaler und ihr Kiefer verkrampfte sich, wenn sie von den Drogen sprach, die Breaker ihr gegeben hatte. Sie schien ein guter Mensch zu sein, der sich aufrichtig um andere sorgte und die Welt zu einem besseren Ort machen wollte.

Ich suchte nach versteckten Motiven oder Ungereimtheiten, aber es schien keine zu geben. Trotzdem wusste ich, dass ich niemandem beim Wort nehmen durfte. Während sie also duschte, holte ich mir ihren Ausweis aus der Brieftasche, öffnete das Internet und überprüfte ihren Background. Als sie mir zurief, ich solle das Wasser abstellen, war ich mir sicher, dass Sasha Petrov entweder all das war, was sie vorgab zu sein, oder dass sie ihre Spuren noch besser verwischen konnte als ich. Da nichts an ihr nach Cyber-Genie schrie, entschied ich mich für die erste Möglichkeit.

Nachdem ich das Wasser abgestellt und sie sich abgetrocknet hatte, nahm ich eine Flasche Peroxid und begann, ihre Wunden zu desinfizieren. Sie zuckte zusammen, als die Wunde an ihrem

Bein Blasen schlug. Ich nahm die Flasche weg und wartete, bis sie tief Luft geholt hatte und mir zunickte, damit ich weitermachen konnte. Um sie von den Schmerzen abzulenken, begann ich ein Gespräch.

»Wer ist der Süchtige in deiner Familie?«, fragte ich.

Sie schaute mich verwirrt an. »Ich habe nie gesagt, dass es einen Süchtigen gibt.«

»Vielleicht nicht mit deinen Worten, aber du hast es gesagt.« Nur ein Idiot hätte ihre Körpersprache übersehen können.

»Meine Mutter. Nachdem mein Vater gestorben ist, hat sie ... hat sie ein paar beschissene Entscheidungen getroffen. Sie starb vor ein paar Jahren bei dem Versuch, aus diesem Lebensstil auszubrechen.«

»Das tut mir leid.« Ich konnte mir nicht vorstellen, Mama zu verlieren, schon gar nicht durch etwas so Vermeidbares. Mein Wissen über die Welt der Drogen war begrenzt. Soweit ich informiert war, machten Ecstasy und Molly nicht körperlich abhängig wie Heroin oder Kokain, aber da es da mit meinem Wissen zu Ende war, konnte ich das Risiko nicht genau einschätzen, dem Sasha ausgesetzt war. »Macht irgendwas von dem Zeug, das Breaker dir gegeben hat, süchtig?«

Sie zuckte mit den Schultern. »Ich kann nicht mit Sicherheit sagen, was er mir gegeben hat. Mein Körper war in diesen Phasen überempfindlich und mein Geist schwebte förmlich. Die Entzugserscheinungen waren wie PMS auf Steroiden. Die wirkliche Gefahr von Drogen wie X und Molly hat mit dem Zeug zu tun, mit dem sie es strecken und wie sie verarbeitet wird. Man weiß nie genau, was drinnen ist und wie es wirkt. Nach einer Woche ununterbrochenen Konsums fühlen sich meine Nerven völlig überreizt an, meine Aufmerksamkeitsspanne ist im Arsch, und die Angst und Traurigkeit sind echt. Aber ich glaube nicht, dass es süchtig macht, weil ich nicht das Bedürfnis habe, jemals wieder etwas zu nehmen.«

»Deshalb hast du das Vicodin abgelehnt?«

Sie nickte. »Ich spiele nicht mit solchen Dingen herum. Nun … ich würde nicht. Wenn ich die Wahl habe.«

»Du hast dich in einer Zwickmühle befunden.« Nun verstand ich, wie wichtig dieser Auftrag für sie gewesen war. Sie hatte alles riskiert, ihren Körper, ihren Geist, ihren Verstand, und Breaker war nur allzu bereit gewesen, ihr Opfer zu akzeptieren.

»Ich werde die Mädchen dort rausholen«, sagte Sasha.

Ich wusste nicht, wie sie das anstellen wollte, aber ich nickte.

»Ich meine es ernst. Ich weiß, du hältst mich für verrückt, aber ich werde diesen Bastard nicht gewinnen lassen.«

Sie brauchte dringend einen Realitätscheck. »Sieh dich doch an. Er hat schon gewonnen.«

»Nur diese Runde. Ich nehme die Herausforderung an.«

Gott, sie war unglaublich hartnäckig. Und temperamentvoll. Der Gedanke, dass sie noch einmal mit diesem Arschloch in den Ring steigen würde, brachte mich dazu, ihren Arsch einsperren zu wollen, damit sie keine Dummheiten machte. »Ach ja? Willst du dir wieder ein sexy Kleid anziehen und dich herumschubsen lassen? Hat beim ersten Mal ja nicht so gut geklappt.«

Ihr Kiefer verkrampfte sich. »Ich habe Fehler gemacht, aber ich habe daraus gelernt.«

»Nicht genug, um einen Spielplan für den Sieg zu entwerfen.«

»Daran arbeite ich.«

Ich ließ das Thema fallen und trug sie zurück ins Büro, wo ich ihr half, eines meiner Tank-Tops und eine Sporthose anzuziehen. Wir mussten die Kordel des Bundes zweimal um ihre Taille wickeln, damit die Hose oben blieb. Das Oberteil war etwa drei Nummern zu groß, aber das Material schmiegte sich trotzdem an ihre runden, frechen Brüste und betonte ihre sexy Sanduhrfigur. Gott, diese Frau war umwerfend, und ich kam mir wie ein Perverser vor, weil ich sie nach all dem, was sie durchgemacht hatte, so ansah. Ich meine, eines ihrer Augen war zugeschwollen, verdammt noch mal

Ich war bereit, unsere Diskussion zu beenden, aber Sasha hatte anscheinend noch mehr zu sagen. »Du hältst dich für so verdammt schlau? Was würdest du an meiner Stelle machen?«

Ich überlegte eine Minute, bevor ich antwortete. »Ich würde ihn mit seinen eigenen Waffen schlagen.«

»Du würdest ihn unter Drogen setzen, mit seinem Verstand Pingpong spielen und ihn von deiner Freundin verprügeln lassen?«

»Nein, ich bin schlauer als er. Ich würde es ohne Drogen und Freundin hinbekommen. Ich würde mich in sein Leben einschleusen, wahllos mit seinen Kreditkarten einkaufen, seine Kreditwürdigkeit ruinieren, mich in sein Handy hacken und winzige Pimmelpicks an alle seine Kontakte schicken. Ich würde in sein Haus einbrechen und seine Möbel umstellen, vielleicht ein paar Kameras installieren. Ich würde ihn so lange in den Wahnsinn treiben, bis ich ihn dabei erwische, wie er etwas tut, was er nicht tun sollte, zum Beispiel das Mädchen eines anderen ficken oder über einen seiner Brüder lästern. Leute wie Breaker halten sich für unantastbar und machen dumme Fehler. Ich muss ihn nur bei einem erwischen, diesen der richtigen Person weiterleiten und mein Arschlochproblem ist gelöst.«

Breaker dachte, *er* könnte Psychospielchen spielen? Dass ich nicht lache. Die Scheiße, die er mit Sasha abgezogen hat, dachten sich Kinder aus. Ich konnte den Wichser im Handumdrehen dazu bringen, sich bei jedem Schritt über die Schulter zu schauen und sich aus Angst vor meinem nächsten Zug in die Hose zu pissen.

Dann würde ich ihn vernichten.

»Ich weiß nicht, ob ich erschrocken oder beeindruckt sein soll«, antwortete Sasha. Ich konnte fast sehen, wie sich die Räder in ihrem Kopf drehten, während sie über meine Vorschläge nachdachte. »Aber das alles würde Zeit brauchen, wahrscheinlich Wochen, und mein Hauptziel wäre noch nicht erreicht. So gerne ich Breaker ausschalten würde, es geht nicht um ihn. Ich muss die Mädchen da rausholen, bevor er sie wegbringt. Oder Schlimmeres mit ihnen geschieht.«

»Ganz allein, ohne Polizei oder Krankenhäuser«, fügte ich hinzu.

Sie lächelte mich traurig an. »Ja. Ich weiß, es klingt verrückt, aber ich kann sie nicht dort lassen.«

»Warum nicht? Du kannst doch nicht allein in einen Motorradclub eindringen. Und so tun, als hättest du alles unter Kontrolle. Angenommen, du schaffst es irgendwie, an dem Prospect, der den Keller bewacht, vorbeizukommen und die Mädchen zu befreien. Was machst du dann? Nimmst du sie alle mit nach Hause? Glaubst du, die Serpents finden nicht heraus, dass du dahintersteckst? Sie werden dich kriegen.« Nein, das war nicht deutlich genug. Ich schüttelte den Kopf und versuchte es noch einmal. »Sie werden an dir ein Exempel statuieren, Sasha.«

»Glaubst du, das weiß ich nicht?« Die Angst in ihren Augen sagte mir, dass sie es wusste. Sie wusste genau, wie das enden würde, und trotzdem wollte sie da hineinmarschieren. »Jede Sekunde, die ich mit Breaker verbringe, ist Folter. Jede Nachricht, die er mir schickt, jeder Schluck, den ich in seiner Gegenwart trinke, jedes Mal, wenn er mich berührt ... irgendwann wird er mich brechen. Aber das spielt keine Rolle, denn ich stecke schon viel zu tief drin. Er weiß, wer ich bin, wo ich wohne, und jemand aus der Abteilung hilft ihm.«

»Du könntest die Stadt verlassen«, schlug ich vor.

Sie schüttelte den Kopf. »Er würde mich finden.«

Ich schnaubte. »Nicht, wenn ich dir helfe.«

»Hat dir schon mal jemand gesagt, dass du ein bisschen eingebildet bist?«

»Nein. Normalerweise sind alle zu sehr damit beschäftigt, meine Fähigkeiten zu bewundern, anstatt so einen Mist zu erzählen.« Ich grinste sie an.

Sie lachte und schüttelte den Kopf. »Das glaube ich aufs Wort.«

»Das ist keine Dummschwätzerei, ich bin wirklich gut. Ich kann dich verschwinden lassen und niemand würde dich finden.«

»Das klingt jetzt auch nicht besser als der Mist mit Breaker.«

Gut zu wissen, dass diese Frau nach all der Scheiße, die sie durchgemacht hatte, immer noch Sinn für Humor besaß. »Nicht im Sinne von *auf Nimmerwiedersehen*. Eher im Sinne eines Zeugenschutzprogramms, nur ohne Papiere. Niemand außer dir und mir wüsste von deiner neuen Identität. Du könntest ein neues Leben beginnen, irgendwo anders, eine Chance für einen Neuanfang. Du könntest Breaker und die Serpents vergessen.«

Sie starrte mich an und schien über das Angebot nachzudenken. »Und was wird aus den Mädchen?«

Meine Antwort war nicht sehr vielversprechend. »Wir können einen anonymen Hinweis abgeben und darauf vertrauen, dass das System seine Arbeit tut. Du bist eine suspendierte Polizistin, es ist nicht deine Aufgabe, jemanden zu retten. Du hast schon mehr getan, als du müsstest. Niemand erwartet mehr von dir.«

Verdammt, ich war erstaunt, wie weit sie gegangen war. Sie hatte Eier aus Stahl und ein Rückgrat aus Eisen.

Sie senkte den Blick, schaute weg und zupfte am Saum ihrer geliehenen Shorts. »Willst du wissen, warum ich Polizistin geworden bin?«

Nach allem, was sie mir erzählt hatte, konnte ich mir gut vorstellen, dass ich die Antwort bereits kannte. »Wegen dem, was mit deiner Mutter passiert ist?«

»Sie hat den Polizisten nie getraut und gesagt, dass sie sich mehr um das Brechen von Gesetzen als um Menschen kümmern. Ich habe ihr versprochen, dass ich anders sein werde, dass es meine Pflicht ist, den Menschen zu dienen und sie zu beschützen.«

»Was hat sie dazu gesagt?«, fragte ich aus reiner Neugierde.

»Sie meinte, *ein fauler* Apfel verdirbt den Kuchen. *Ein guter* Apfel hingegen kann den Kuchen auch nicht retten.«

»Hm. Sie war eine weise Frau.«

Sashas Stirn legte sich ungläubig in Falten. »Sie war nicht weise, sie war verzweifelt. Die Liebe ihres Lebens starb buchstäblich in ihren Armen. Sie verlor die Hoffnung und gab auf. Wäre Mom weise gewesen, hätte sie sich am College eingeschrieben, Karriere gemacht und uns aus dem Loch geholt, in das uns Dads Tod gestürzt hatte. Sie war eine alleinerziehende Mutter mit zwei Töchtern. Es gab Programme, die sie hätte nutzen können. Sie hatte Möglichkeiten. Aber sie hat sich für die Drogen entschieden. Sie hat uns und sich selbst aufgegeben, noch bevor die Nadel ihre Haut durchbohrt hat.«

Hart, aber ehrlich. »Manche würden sagen, dass du dich aufgegeben hast, bevor du *The Serpent's Nest* betreten hast«, warf ich ihre Logik auf sie zurück.

Sie starrte mich eine Minute lang an, bevor sie lachend den Kopf schüttelte. »Ich bin wohl doch das Kind meiner Mutter. Ich mag mich mit dem Tod abgefunden haben, aber solange ich lebe, werde ich versuchen, diese Mädchen da rauszuholen.«

Diese Frau hatte keinen Sinn für Selbsterhaltung. »Manche Dinge sind, wie sie sind. Man kann nicht alles ändern.«

»Das glaube ich nicht. Die Dinge ändern sich ständig. Geburt, Wachstum, Tod, Krieg, Evolution, alles, was wir kennen, beruht auf Veränderung. Jedenfalls nehme ich es mir nicht zur Aufgabe, die Moral der Polizei zu ändern. Ich nehme es mir zur Aufgabe, diese Mädchen sicher nach Hause zu bringen.«

Ich starrte sie an und war erstaunt über die Überzeugung in ihrer Stimme. »Das schaffst du nicht allein.«

»Bietest du mir deine Hilfe an?«

»Bei diesem Himmelfahrtskommando? Nein, danke. Ich werde nicht der Clyde für deine Bonnie sein, Baby. So läuft das bei mir nicht.«

»Ich weiß. Tut mir leid. War ein missglückter Versuch von Sarkasmus. Ich würde dich nicht bitten, mir zu helfen. Ich sollte gar nicht hier sein und dich in Gefahr bringen. Niemand hat uns zusammen weggehen sehen, oder?«

»Nein. Das habe ich überprüft.«

»Bist du sicher, dass sie dich nicht damit in Verbindung bringen werden?«

War ich nicht, aber ich konnte garantieren, dass sie mich niemals finden würden, wenn sie Verdacht schöpften und nach Titus Blackoak suchten. »Positiv.«

Sie sah mich skeptisch an. »Du solltest mich nach Hause bringen. Du gehörst zu den Guten, und ich will nicht, dass du da hineingezogen wirst.«

»Wenn ich dich nach Hause bringe, kommt Breaker und holt dich. Du hast immer noch keinen Plan. Ich werde dich nicht unvorbereitet und in diesem Zustand ins Serpent Clubhaus zurückkehren lassen. Du musst dich entspannen, verdammt noch mal. Ruh dich aus. Sammle deine Kräfte und finde einen Weg, die Mädchen zu retten, ohne dass ihr alle draufgeht.«

»Du hast nicht wirklich das Recht, mir irgendetwas vorzuschreiben, Tap. Ich weiß, dass in deinen Worten Weisheit steckt, und ich versuche mich darauf zu konzentrieren, damit ich dir nicht sagen muss, dass du dich verpissen sollst. Aber du verstehst nicht, wie gefährlich diese Leute sind. Wozu sie fähig sind. Du hast deinen Kopf für mich hingehalten, als ich Hilfe brauchte, und ich will nicht, dass sie mich hier finden und dich dafür bestrafen.«

Sie machte sich Sorgen um *mich*. So viel Mitgefühl war ich

nicht gewohnt. Ich hielt ihr zerlegtes Handy hoch. »Das ist nicht mein erstes Rodeo. Ich weiß, was ich tue. Glaub mir, das ist der sicherste Ort in der Stadt, an dem du nur sein kannst.«

Sie sah mich misstrauisch an. »Versprichst du mir, dass du es mir sofort sagst, wenn sich das ändert?«

Das Versprechen fiel mir leicht, denn ich hatte nicht vor, mein Heiligtum aufs Spiel zu setzen. »Ja, ich gebe dir mein Wort.« Und damit war das Gespräch beendet. »So, hast du Hunger? Bist du durstig?« Ich musste die Wunde an ihrem Bein nähen, aber ich schob es vor mir her.

»Ja und ja. Soll ich etwas bestellen?«

Ich zog eine Augenbraue hoch. »Du willst doch nur meine Adresse, oder?«

Sie grinste. »Verdammt, ich dachte, ich wäre hinterhältig genug.«

»Hinterhältig wie eine Lawine. Ich mache uns ein paar Toasts mit Erdnussbutter und Marmelade und heiße Schokolade.«

»Mhm. Warme Erdnussbutter und Marmelade. Ich weiß nicht, ob ich fasziniert oder angewidert sein soll.«

»Ist dir das zu wild? Für eine selbstmordgefährdete Polizistin, die bereit ist, sich in Gefahr zu begeben, um ein paar Mädchen zu retten, bist du nicht sehr abenteuerlustig.«

Sie lachte, und es klang wie Musik: schön, klar, rein.

»Du hast ein schönes Lachen«, sagte ich.

Ihre Augenbrauen hoben sich, und ihr Ausdruck verfinsterte sich. »Ähm ... danke.«

»Habe ich etwas Falsches gesagt?«, fragte ich verwirrt.

»Nein. Ich kann mich nur nicht daran erinnern, wann mich das letzte Mal jemand zum Lachen gebracht hat.«

Ich drückte ihr sanft das Knie und stand auf. »Dann sind wir schon zu zweit. Ich komme gleich mit dem Essen wieder.« Auf dem Weg nach draußen ließ ich ihr zerlegtes Handy in die Schublade mit den verschiedenen Telefonen fallen und schloss es ein.

Sasha beobachtete mich neugierig und besorgt zugleich. »Ich habe das Gefühl, dass wir ein Vertrauensproblem haben.«

»Vertrauen muss ein Problem sein«, antwortete ich. »Ich weiß nicht, wer du bist. Und das, was ich über dich weiß, lässt vermuten, dass du jede Dummheit begehen würdest, um diese Mädchen zu retten. Ich habe vor, dir diese Möglichkeit so lange wie möglich zu verwehren.« Normalerweise war ich nicht so ehrlich zu den Leuten, aber der Respekt, den ich für sie empfand, veranlasste mich, direkt zu sein. Soweit ich das beurteilen konnte, war auch sie ehrlich zu mir gewesen.

»Fair genug«, sagte sie und machte es sich auf dem Sofa bequem.

Auf dem Weg nach oben suchte ich nach YouTube-Videos über das Nähen von Wunden. Als ich in der Küche ankam, wusste ich, dass ich nichts mehr mit dem Nähen von Wunden zu tun haben wollte. Und ich wollte nie wieder eine Nadel sehen, solange ich lebte.

Wir brauchten Hilfe.

Ich dachte an die Zeit vor zwei Jahren zurück, als Elaine in meiner Tür stand, die Kindertrage zu ihren Füßen und unwissentlich bereit, ihr Leben für ihre Karriere zu opfern.

Elaines Motive waren nie so rein gewesen wie die von Sasha. Elaine war nicht zur CIA gekommen, um Menschen zu helfen oder das Blatt in der Abteilung zu wenden. Ihr Antrieb war, erfolgreich zu sein und sich weiterzuentwickeln, also nahm sie den Job an. Und machte Karriere, indem sie andere manipulierte. Sie verlor ihr Leben auf der Suche nach Macht und Anerkennung.

Sasha kümmerte sich weder um ihre Karriere noch um ihr Leben. Sie war bereit, beides aufzugeben, um eine Gruppe von Mädchen zu retten. Ich hielt sie für verrückt, aber ich bewunderte sie auch dafür. Allerdings konnte sie das nicht allein tun. Sie brauchte andere, die verrückt genug waren, ihren Hals zu riskieren, um den Unschuldigen zu helfen und die Bösen zur Strecke zu bringen.

Sie brauchte die *Dead Presidents*.

Ich kam um den Anruf nicht umhin.

Resigniert zog ich mein Handy aus der Tasche und wählte Havocs Nummer. Es war kurz vor Mitternacht und ich hoffte irgendwie, dass er nicht abnehmen würde, aber ich hatte kein Glück. Nach dem dritten Klingeln ging er ran. »Hey, Tap. Ich bin froh, dass du anrufst, Bruder.«

Ich war nicht annähernd so froh. »Hey. Weißt du, wie man eine Wunde näht?«

»Bist du verletzt?«

»Nein, ich nicht.«

Er atmete tief durch, denn er hatte wohl eins und eins zusammengezählt und herausgefunden, dass das *Paket*, das ich mitgenommen hatte, eine Person war. »Ja. Es wird nicht schön werden, aber ich kann das tun. Die meisten medizinischen Grundtechniken habe ich während meiner Zeit bei den Special Forces gelernt.«

»Gut.« Ich sammelte die Zutaten für unseren Snack zusammen und schaltete den Herd ein. »Ich nehme nicht an, dass ich dich überreden kann, mich irgendwo zu treffen, damit ich dir die Augen verbinden und dich zu mir nach Hause bringen kann?«

Er gluckste. »Nicht die geringste Chance.«

Das hatte ich mir gedacht. »Ganz sicher?«

»Ja. Du bist jetzt seit etwas mehr als einem Jahr bei uns, Tap. Du hast gesehen, wie wir arbeiten und worum es uns geht – wann wirst du uns vertrauen?«

Ich schlug ein paar Eier in eine Schüssel und holte einen Schneebesen aus der Schublade. »Es geht nicht um Vertrauen.«

»Schwachsinn.«

Erst Link, dann Havoc. Ich hatte es satt, mir von Leuten, die die ganze Geschichte nicht kannten, sagen zu lassen, was ich tun sollte. »Du kennst mein Leben nicht, was ich getan habe, was ich beschützen muss.«

»Das ist der Punkt. Aber es geht um Vertrauen. Da gibt es Dämonen aus deiner Vergangenheit, und du hast Angst, dass sie dich einholen. Wenn du uns vertrauen würdest, würdest du dienen Scheiß mit in den Club bringen, damit wir ihn uns ansehen und gemeinsam eine Lösung finden, wie wir damit umgehen. Wir wurden ausgebildet, um mit dem Feind fertig zu werden. Wenn man uns nicht einmal trauen kann, unsere eigenen Leute zu beschützen, können wir genauso gut unsere Motorräder abstellen, unsere Kutten zurückgeben und eine Kugel schlucken, weil der Club keinen verdammten Zweck mehr hat.«

Seine Worte verursachten einen Kloß in meiner Kehle. Für einen Veteranen war es wichtig, ein Ziel zu haben. Nein, es war mehr als das. Sinn war das, was einen am Leben hielt, was einen davor bewahrte, einer der zweiundzwanzig Veteranen zu werden, die jeden Tag Selbstmord begingen. Ich hatte meinen Sinn in Hailey gefunden. Der Club fand seine Bestimmung darin, Veteranen und der Gemeinschaft zu helfen. Das war wichtig für unser Überleben.

»Hör zu, Mann, ich versuche es.«

»Ja?«, fragte er. »Nun, dann gib dir mehr Mühe. Gib mir deine Adresse.«

»Über das Telefon? Nein.« Es wäre dumm, meinen Aufenthaltsort über die Leitung zu verraten. Unvorsichtig. Ich werde nie verstehen, wie Menschen ihre Daten einfach so preisgeben können.

»Wenn du meine Hilfe willst, wirst du eine verdammte Lösung dafür finden.«

Ich hatte noch eine andere Möglichkeit. Morse, der kaum

weniger paranoid war als ich, hatte mit mir einen Code für Situationen wie diese entwickelt. Wenn ich ihm meine Adresse schickte, würde er die Information vor Bedrohungen von außerhalb des Clubs schützen, aber nicht vor Link. Verdammt, sobald ich Morse meine Adresse schickte, würde er wahrscheinlich online gehen und mein Haus durchsuchen. Der Bastard könnte in mein Sicherheitssystem einbrechen und meine Kameras kapern, und er würde es aus Spaß tun, nur weil er es konnte. Ich musste mein System verstärken, um einen Einbruch zu verhindern.

Aber das war die einzige Möglichkeit, die ich hatte.

Sasha brauchte Hilfe und ich wollte sie nicht im Stich lassen. »Bist du noch auf der Feuerwache?«

»Natürlich.«

»Was ist mit Morse?«

»Er ist hier. Er arbeitet an einem Projekt für Link.«

Bravo. Die Sterne schienen gut zu stehen, entschlossen, genug Licht zu spenden, um mich zu entlarven. Kurz dachte ich darüber nach, es auch ohne Hilfe des Clubs zu schaffen, nahm das Handy runter und sah mir noch einmal das Standbild des Videos vom Nähen an. Mein Mittagessen kitzelte in meiner Kehle.

Nein. Keine Chance.

Ich hielt das Handy wieder ans Ohr. »Warte. Ich schicke die Infos an Morse, er wird sie entschlüsseln.«

Nachdem ich aufgelegt hatte, schickte ich Morse meine verschlüsselte Adresse und fügte eine kaum verhüllte Drohung hinzu. Ich bat den Guru, die Information an Havoc weiterzuleiten, und nur an Havoc, aber das bedeutete nichts. Die Chancen standen gut, dass der ganze verdammte Club jeden Moment vor meiner Tür stehen würde. Ich musste bereit sein.

Ich machte die Sandwiches fertig, schenkte zwei Becher Kakao ein und ging wieder nach unten, um mich vorzubereiten.

10. KAPITEL

Sasha

»Was zum Teufel ist mit deinem Gesicht passiert?«, fragte Havoc, dessen Augen vor Humor funkelten, während er Tap musterte. Ich wusste, dass der Neuankömmling Havoc war, weil er perfekt auf Taps Beschreibung passte: ein riesiger schwarzer Mann mit kahl geschorenem Kopf und Bart. Er hatte nur vergessen zu erwähnen, dass Havoc auch sehr gut aussah und ein Biker war.

Ich starrte ihm ins Gesicht und versuchte zu verstehen, warum Tap einen Biker hergeholt hatte. »Ist das ... Ist das Schminke?«

»Das nennt man Tarnung, Dummkopf«, antwortete Tap.

»Tarnung?« Havoc schnaubte. »Jules, sieh dir mal Taps Schminke an. Sieht aus, als hätte er den Scheiß mit den Konturen drauf, den sie in deinen Videos immer zeigen.«

Während ich mich über Taps *Tarnung* wunderte, betrat eine wunderschöne Rothaarige den Raum, die Röhrenjeans, Stiefel und eine blasslila Bluse trug. Sie sah Tap an. »Beeindruckend. Hast du das selbst gemacht?«, murmelte sie anerkennend.

»Ja.«

Julia nickte, wirkte aber nicht überzeugt. »Du musst mir zeigen, was du dafür verwendest. Vor allem als Grundlage für deinen Kiefer.«

»Später. Jetzt brauche ich erst mal eure Hilfe.« Er trat zur Seite und ich fand mich Havoc und der Rothaarigen gegenüber, die er Jules nannte. »Äh ... Sasha? Was stimmt nicht?«, fragte Tap.

Ich war wohl zu überrascht. Ich korrigierte meinen Gesichtsausdruck, ehe ich antwortete. »Du hast mir nicht gesagt, dass sie Biker sind.«

»Ach, Schätzchen, ich bin wohl das Letzte, was man einen Biker nennen kann«, antwortete die Rothaarige.

»Havoc gehört zum *Dead Presidents* MC«, antwortete Tap. »Das ist kein Verbrecherclub wie die Serpents. Das sind alles Ex-Militärs, die einem guten Zweck dienen, wie ehrenamtliche Arbeit an Schulen leisten und ... ähm ... das sind die, die Bürgermeister Kinlan gestürzt haben.«

»Ich verfolge die Nachrichten und weiß, wer die *Dead Presidents* sind«, antwortete ich. Der Club war in Seattle fast so bekannt wie die Serpents, nur aus anderen Gründen. Die meisten Beamten, mit denen ich zusammenarbeitete, mochten die *Dead Presidents* nicht, aber niemand konnte leugnen, dass der Club Gutes getan hatte, auch wenn seine Methoden an Selbstjustiz grenzten. »Danke für deinen Dienst, Havoc. Und für alles, was du für den Club tust.«

Ich war nicht sicher, ob er meine Worte gehört hatte, denn Havoc konzentrierte sich auf Tap. »Kannst du mir erklären, warum du so tust, als wärst du kein Mitglied des Clubs, Bruder?« Mit einem Blick zu mir fügte Havoc hinzu: »Danke. Tap ist auch Mitglied.«

Tap war also auch ein Veteran. Interessant. »Sein Leben ist wie der Anfang eines Witzes. Ein Biker, ein Veteran und ein Stripper kommen in eine Bar ... Nur, dass es sich dabei nur um Tap handelt.«

Tap sah aus, als hätte er gerade eine Fliege verschluckt. Mir wurde klar, dass ich etwas gesagt hatte, was ich wahrscheinlich nicht hätte sagen sollen und verstummte.

Havoc wurde sofort hellhörig. »Ein Stripper?«

Ich fühlte mich beschissen. Tap hatte mir geholfen. Er hatte mich gewaschen, mich mit Essen versorgt und versucht, mich am Leben zu halten, und ich hatte eines seiner Geheimnisse verraten. Verzweifelt versuchte ich, sein Gesicht zu wahren. »Ja, ein *Strip-*

penzieher. Damit verdient Tap sein Geld. Und genau das hat er auch in Buzz' Haus gemacht. Er hat inkognito die Tapeten von den Wänden gekratzt. Und er ist richtig gut darin. Als er fertig war, hat man nicht mal mehr gesehen, dass die Wände gestrichen waren.« Wie viel Blödsinn konnte mir einfallen?

»Mitten in der Nacht?«, fragte Havoc.

»Klar. Das ist die beste Zeit für solche Arbeiten, weil niemand stört. Man muss sich keine Sorgen machen, dass einem jemand in die Quere kommt.« Ich schweifte noch weiter ab, aber ich konnte nicht aufhören.

Tap sank neben mir auf das Sofa, die Ellenbogen auf die Knie, den Kopf in die Hände gestützt. »Keine gute Idee ... Das kann man nie wieder rückgängig machen. Lass es einfach geschehen ...«, murmelte er.

Havocs Augen funkelten humorvoll. »Ein Stripper? Verdammt, ich wusste gar nicht, dass Buzz so drauf ist.«

Tap massierte sich die Schläfen. »Es war nicht für Buzz. Es war ein Junggesellinnenabschied für seine Tochter.«

Havoc lachte nicht laut, aber das hatte er auch nicht nötig. Sein Gesicht sagte alles.

»Es tut mir leid«, flüsterte ich Tap zu.

Er zuckte mit den Schultern. »Es musste früher oder später rauskommen. Ein Haufen verdammt neugieriger Wichtigtuer. Ich schwöre, keiner von denen ist glücklich, wenn er nicht seine Nase in die Scheiße eines anderen gesteckt hat.«

Der Humor wich aus Havocs Augen. »Du verstehst das nicht, Bruder. Wir geben dir immer wieder Zeit, in der Hoffnung, dass du es hinbekommst, aber du bekommst es nicht hin.«

»Was hinbekommen?«, fragte er.

»Die *Dead Presidents* sind mehr als ein Club, sie sind eine Bruderschaft. Ja, wir machen uns gegenseitig fertig, aber wir stehen auch füreinander ein. Wenn ich es heute Abend nicht hergeschafft hätte, dann wäre Wasp gekommen. Der Wichser hätte sich wahrscheinlich totgelacht, wenn er von deinem Nebenjob erfahren hätte, und zugleich würde er sofort sein Leben für dich riskieren. Das würde jeder von uns tun. Das bedeutet es, Teil einer Bruderschaft zu sein. Wir passen aufeinander auf. Aber es ist fast unmöglich, jemanden zu beschützen, der so viele Geheimnisse hat, dass er uns nicht einmal sagen will, was er beruflich macht oder wo er wohnt.«

»Ich höre dich, aber manche Geheimnisse sind notwendig. Ich tue alles, was im Club von mir verlangt wird, aber warum soll es irgendjemanden etwas angehen, was ich außerhalb des Clubs tue? Ich zahle meinen Beitrag wie jeder andere auch.«

»Wir sind kein verdammter Wohltätigkeitsverein. Link bringt keine Mitglieder rein, damit wir sie ausnehmen können. Das beruht auf Gegenseitigkeit.« Havoc fuhr sich mit der Hand über den Nacken und sah mich an. »Es tut mir leid. Ich ... Ich habe mich hinreißen lassen. Ich bin Havoc und das ist meine Frau Julia. Ich nehme an, du bist diejenige, die genäht werden muss?«

Ich versuchte aufzustehen, um die beiden zu begrüßen, aber mein Oberschenkel brannte lichterloh.

»Whoa«, sagte Tap und hielt mir seinen Arm vor die Nase. »Entspann dich. Das ist nicht nötig.«

»Ich ... Ich kann das.« Ich musste aufstehen, musste mir selbst beweisen, dass mein Bein nicht völlig im Arsch war. »Ich brauche nur ...«

»Eine Bluttransfusion?«, sprang Tap hilfreich ein. »Eine Woche durchschlafen? Mehr Ibuprofen? Was?«

Ich schnaubte. »Eine Minute. Ich brauche nur eine Minute, um wieder zu Kräften zu kommen. Es war eine ziemlich harte Nacht.«

»Sieht so aus«, antwortete Julia. »Setz dich einfach hin und lass uns dir helfen. Zeig uns die Wunde.«

»Ich bin Sasha. Freut mich, euch kennenzulernen.« Ich zog den unteren Teil meiner geliehenen Shorts hoch und legte die Wunde an meinem Bein frei. Es blutete nicht stark, aber der rote Fleck auf meiner Hose verriet mir, dass es noch nicht ganz aufgehört hatte. »Hier ist die Wunde, und wie gut könnt ihr ausgekugelte Schultern wieder einrenken?«

Havoc blickte auf mein Bein hinunter und fluchte. »Das haben dir die Serpents angetan?«

Es gab keinen Grund, die ganze Geschichte zu erzählen, also nickte ich nur.

»Hast du den Bastard getötet?«, fragte Julia, während ihr Blick über den Rest meiner Verletzungen wanderte.

Überrascht von der Unverblümtheit ihrer Frage, holte ich kurz aus. »Es war kein *er*. Ich wurde von einem Haufen Frauen verprügelt.«

»Hm. Als ich das letzte Mal von einem Haufen Frauen verprügelt wurde, steckte ein Mann dahinter. Ich weiß nicht, wer dir das angetan hat, aber man sollte ihn nackt ausziehen und seinen Schwanz mit Erdnussbutter einschmieren, bevor man ihn in einen Raum voller hungriger, tollwütiger Ratten wirft.«

Ich mochte Julia sofort. Sie war scharfzüngig und ein wenig boshaft, aber sie hatte den Nagel auf den Kopf getroffen. Ich war tatsächlich beeindruckt. »Ich würde ihn am liebsten lebenslänglich einsperren, aber die Dinge laufen nicht immer so, wie wir es wollen.«

Julia lächelte, als würde sie verstehen. Ihr Blick hielt meinen fest. »Ich kann mir denken, worauf du hinauswillst. Aber ein Tipp: Die Schlimmsten sind wie Kakerlaken und *eine* Kugel ist nie genug. Wenn du endlich die Chance bekommst, diesen Mistkerl zu erledigen, vergiss nicht, zweimal abzudrücken. Das erspart dir viel Zeit und Stress.«

Tap schüttelte wieder den Kopf. »Sasha, das sind Havoc und Julia. Die beiden sind fast genauso verrückt wie du.«

»Ich glaube, das Wort, nach dem du suchst, ist praktisch veranlagt«, antwortete Julia. »Wir sehen Probleme und kümmern uns darum. Und jetzt, husch, husch. Ihr beide. Ich brauche eine Minute allein mit der Patientin, bevor Havoc die Wunde versorgt.«

»Wo sollen wir denn hingehen?«, fragte Tap.

Julia winkte ab. »Das ist mir egal. Es ist dein Haus.«

Tap starrte sie an. »Gib mir erst mal dein Handy.«

Havocs Energie veränderte sich. Er schien zu wachsen, als er sich zwischen Tap und Julia stellte.

»Du solltest deinen Tonfall ändern und dich beherrschen, Bruder. Du sprichst mit meiner Frau, und sie hat mehr Respekt verdient. Wofür zum Teufel brauchst du ihr Telefon?«

»Ich will nicht, dass sie von diesem Zimmer aus telefoniert.«

»Okay.« Havoc stellte sich Julia gegenüber. »Bitte nicht von diesem Zimmer aus telefonieren.«

»Würde mir nicht im Traum einfallen«, antwortete sie.

»Problem gelöst.« Havoc zuckte die Schultern. »Glaub ruhig an die Macht der Kommunikation.«

»Aber ...« Taps Blick sprang von Havoc zu Julia. »Was ist, wenn sie es vergisst und aus Versehen jemanden anruft?«

»Du weißt, dass ich hier bin?«, fragte Julia. »Und dass ich nicht dumm bin?«

»Ja. Ich habe nur ...«

»Das nennt man Vertrauen«, sagte Havoc, packte Tap an der Schulter und drehte ihn zur Tür. »Ich weiß, es ist ein seltsames Konzept, aber ich vertraue meiner Frau, und das muss dir genügen.«

Tap sah aus, als wollte er argumentieren, aber die Finsternis in Havocs Gesicht ließ ihm die Kinnlade aufklappen.

Als die Jungs gegangen waren, setzte sich Julia neben mich auf das Sofa. »Bitte verrate mir, warum ich dich in Taps Keller treffe und nicht in einem Krankenhaus. Mein Mann ist ein fähiger

Mann, aber er ist kein Arzt, und das ist es, was du brauchst.«

»Ich weiß, aber es ist kompliziert.« Ich mochte Julia, aber ich kannte sie nicht. Nicht genug, um ihr all die Details zu erzählen, die ich Tap gegeben hatte. »Ein Krankenhaus ist im Moment keine sichere Option für mich.«

Sie nickte und schien meine Erklärung zu akzeptieren. »Brauchst du eine Pille danach? Ein Vergewaltigungsset? Womit kann ich helfen?«

Ihre Besorgnis war rührend, aber auch ein wenig überwältigend und erinnerte mich daran, wie sehr ich die Kontrolle über meine Situation verloren hatte. Mein Verstand war kaputt, aber mein Körper würde sich zum Glück wieder erholen. »Nein. Nichts. Er hat immer ein Kondom benutzt.«

»Okay«, antwortete Julia. »Es sind nur noch wir beide hier, also musst du nicht stark sein. Sag mir, wie geht es dir wirklich?«

Bis zu diesem Moment hätte ich geantwortet: »Gut.« Aber Julias Intuition und ihr Mitgefühl waren zu stark. Sie beobachtete mich und erwartete, dass ich ehrlich zu ihr war, und ich konnte die Lügen, die ich mir in der letzten Woche aufgetischt hatte, nicht mehr aufrechterhalten.

Ich war unter Drogen gesetzt worden.

Ich war vergewaltigt worden.

Ich hatte die Kontrolle verloren.

Es ging mir nicht gut.

Ich war ein Opfer.

Eine Woche Psychospielchen von diesem Arschloch und ich hatte alles getan, was er von mir wollte. Ich hatte mir seine ganze Scheiße gefallen lassen, und er machte sich nicht einmal die Mühe, mich vorzuwarnen, dass er im Begriff war, mich den Serpents zum Fraß vorzuwerfen? Nein, es war noch schlimmer. Er hatte die Schlangengrube angestachelt, bevor er mich hineinwarf, er hatte dafür gesorgt, dass diese Schlampe voller Wut und Hass auf mich losging.

Wollte er, dass sie mich tötete?

Breaker und ich waren nicht gerade ein Liebespaar. Verdammt, man konnte uns nicht einmal Freunde nennen. Vielleicht *Fickfeinde*? Trotzdem tat es weh, dass er Chloe und ihre grausame kleine Bande ermutigt hatte, mir das Leben so schwer zu machen.

Wenn er wirklich wollte, dass ich in den Club aufgenommen werde, hätten wir dann nicht darüber reden müssen? Hätte er mich nicht warnen oder um Erlaubnis fragen müssen? Wurden so alle Frauen zu den Serpents gebracht?

In der einen Minute ficken sie ein Mitglied und in der nächsten werden sie von einem Haufen Schlampen mit Aggressionsproblemen zusammengeschlagen.

Herzlichen Glückwunsch! Du gehörst jetzt zur Gang!
Hatten andere Frauen die Wahl, ob sie mitmachen wollten oder nicht?

Ich versuchte, die ganze Sache mit etwas Abstand zu sehen, aber mein Inneres brüllte dagegen an. Die ganze Zeit, die ich mit Breaker verbracht hatte, fühlte sich an wie ein episches Kriegsspiel, das ich mit verbundenen Augen spielen musste. Bei jedem Schritt hatte ich das Gefühl, über eine Klippe zu stürzen.

Und nach allem, was ich durchgemacht hatte, war ich nicht näher dran, diesen Mädchen zu helfen, als vor einer Woche.

Tap hatte recht, ich konnte die Serpents nicht besiegen.

Ich konnte nicht aufgeben.

Ich brach zusammen.

Julia öffnete ihre Arme für mich und ich nahm das Angebot an. Sie roch schwach nach teurem Parfüm, und ihre Hände tätschelten mir abwechselnd auf den Rücken und strichen mir die Haare aus dem Gesicht. Ich kannte diese Frau nicht, aber sie hielt mich fest, während ich weinte. Ihre Freundlichkeit ließ mich meine Mutter vermissen, erinnerte mich daran, dass all mein Versagen mit ihr begonnen hatte.

Ich würde die Mädchen nicht aufgeben. Ich würde eine Lösung finden. Das musste ich.

»Ich kann nicht glauben, dass Tap dich mit zu sich genommen hat«, sagte Julia nach einer Weile. »Du verstehst nicht, was das für eine große Sache ist. Er ist ein notorischer Geheimniskrämer. Niemand weiß etwas über ihn.«

Ich wusste nicht, was ich davon halten sollte. Tap hatte mir versichert, dass wir hier sicher seien, aber ich wusste nicht, wie sicher er damit meinte. »Trägt er wirklich Make-up?«, fragte ich.

Julia lachte. »Ja, und wer auch immer das gemacht hat, war ein Profi. Es war bestimmt nicht Tap.«

»Du glaubst nicht, dass er ein Konturenzauberer ist?«

Sie lachte noch lauter. »Nein.«

Ja. Er schien mir auch nicht der Typ dafür zu sein. »Ist er verheiratet?«

»Nein. Wenn ja, dann hat diese Frau ihre Pflicht nicht erfüllt, denn er ist verschlossener als jeder andere, den ich kenne.«

Das brachte uns beide zum Lachen, denn es war verdammt wahr.

Schließlich kamen die Männer zurück. Tap holte einen riesigen Erste-Hilfe-Kasten heraus und Havoc wühlte darin herum, um zu finden, was er brauchte.

Es tat höllisch weh, und ich biss auf das Eis am Stiel, das Tap mir anbot, um nicht zu schreien, aber ich schaffte es, nicht ohnmächtig zu werden, während Havoc mein Bein nähte. Tap konnte nicht zusehen. Er war sehr empfindlich, wenn es um Blut und Nadeln ging. Zum Glück war die Wunde an meinem Arm so klein, dass nur ein Schmetterlingsverband nötig war. Nachdem er mich mit antibiotischer Salbe versorgt, meine Schulter wieder eingerenkt und meine Rippen untersucht hatte, stand Havoc auf.

»Ich glaube, die Rippen sind nur geprellt, nicht gebrochen, aber es wäre ratsam, sie zu röntgen.« An Tap gewandt fügte er hinzu: »Eagle hat Beziehungen zu einem Arzt, der eine Privatpraxis hat und weiß, wie man den Mund hält. Er hat Naomi dorthin gebracht …« Wieder flackerte sein Blick zu mir. »Danach.«

Tap war nicht der Einzige, der Geheimnisse hatte. Ich wusste nicht, wer Naomi war, aber ich konnte nicht anders, als mich zu fragen, wozu sie einen schweigenden Arzt brauchte. Ich fragte mich, ob der ganze Club etwas zu verbergen hatte.

»Danke. Ich melde mich morgen Früh bei Eagle«, sagte Tap.

Havoc nickte. »Es hat mich gefreut, dich kennenzulernen, Sasha, aber es ist höchste Zeit, dass ich meine Frau ins Bett bringe.«

»Danke, Havoc. Julia. Für alles.« Ich drückte ihre Hand.

Sie umarmte mich noch einmal sanft, bevor sie zu ihrem Mann an die Tür ging. »Denk dran, was ich über Doppelschüsse gesagt habe.«

Ein Lächeln umspielte meine Lippen. Ich mochte Julia wirklich und hoffte, sie wiederzusehen. »Ich werde es nicht vergessen. Das ist der beste Rat, den ich seit Langem gehört habe.«

Tap stöhnte auf und schüttelte den Kopf.

11. KAPITEL

Tap

Ich führte Havoc und Julia durch die Garage hinaus und mied den Rest meines Hauses. Soweit ich das beurteilen konnte, wussten sie immer noch nichts über meine Tochter und meine Mutter, und das sollte auch so bleiben. Niemand brauchte die Familienfotos zu sehen, die bei uns an der Wand hingen, oder die wenigen Familienerbstücke, die Mama im Porzellanschrank aufbewahrte. So wie sich der Abend entwickelte, war es nur eine Frage der Zeit, bis auch dieses Geheimnis gelüftet würde, aber ich würde es so lange wie möglich hüten.

»Warum hast du Sasha aus Buzz' Haus geholt?«, fragte Havoc, als wir sein Bike erreichten.

Seine Frage überraschte mich. Wie einige der *Dead Presidents* litt Havoc an einer posttraumatischen Belastungsstörung. Er hatte Wutprobleme und neigte dazu, erst zuzuschlagen und dann Fragen zu stellen. Trotzdem war er ein guter Kerl, der eine Frau, die Hilfe brauchte, niemals zurücklassen würde. »Hast du sie nicht eben gesehen?«, fragte ich.

»Ja. Ich hätte sie dort sofort rausgeholt, aber so bin ich nun mal gestrickt. Du nicht.«

»Glaubst du, ich bin ein Mann, der jemanden in Not einfach so im Stich lässt?« Ich meine, die Idee war da, aber ich hatte es nicht geschafft. Diesmal nicht.

»Ich denke, du bist berechnend«, antwortete Havoc. »Du bist der vorsichtigste Mensch, den ich je getroffen habe. Verdammt, manche nennen dich paranoid. Ich weiß, wie dein Verstand funktioniert und wozu du ausgebildet wurdest. Du kalkulierst Risiken und riskierst nicht deinen Kopf. Du konzentrierst dich auf das Gemeinwohl. Du hättest diese Mission – die Chance, den Serpents einen Schritt voraus zu sein – nicht für eine Frau riskiert. Sie da rauszuholen war ein Glücksspiel, und du, mein Bruder, spielst nicht.«

Er irrte sich nicht. »Ich weiß es nicht. Sie bat mich, sie zurückzulassen, aber ich konnte es nicht.« Und ich war froh, es nicht getan zu haben. Die letzten Stunden, die ich mit Sasha verbracht hatte, waren ... schön gewesen. Normalerweise hatte ich mit Frauen nur One-Night-Stands nach Auftritten, aber das hier war anders. Die Anziehungskraft zwischen uns war mehr als nur sexuell. Sie war intelligent, witzig und nett, und unsere Gespräche waren simpel und lustig. Verdammt, so eine Begegnung hatte ich seit der Highschool nicht mehr gehabt.

»Ich mag sie«, sagte Julia. »Sie ist stark und unverwüstlich.«

»Worüber habt ihr geredet?«, fragte ich. Sie hatten gut zwanzig Minuten miteinander verbracht, und als Havoc und ich zurückkamen, waren Sashas Augen rot, als hätte sie geweint.

Julia rutschte näher an ihren Mann heran. »Das ist eine Sache zwischen meiner neuen Freundin und mir. Ich will sie wiedersehen. Vermassle es nicht und vergraul sie nicht.«

Havoc nickte. »Sie ist gut für dich.«

»Was seid ihr denn? Heiratsvermittler? Kommt nicht auf dumme Gedanken. Sasha hat Ziele, die sie höchstwahrscheinlich umbringen werden, und du weißt, dass ich auf so einen Scheiß nicht stehe. Sie bleibt nur so lange bei mir, bis sie gut genug laufen kann, um sich wieder in Gefahr zu begeben.« Während sich die Mädchen unterhalten hatten, erzählte ich Havoc von Sashas Geschichte. Ich wollte ihr Vertrauen nicht missbrauchen, aber sie brauchte die Hilfe des Clubs. Havoc würde Link alles erklären und hoffentlich würden sie einen brauchbaren Plan entwickeln, um die Mädchen zu befreien.

»Ich werde mit Link darüber sprechen und wir werden sehen, was wir tun können. Du machst dir allerdings vor, wenn du denkst, dass zwischen dir und dieser Frau nichts ist. Julia und ich wären nicht hier, wenn du dich nicht um sie kümmern würdest. Du hast ein Mädchen mit nach Hause gebracht, Bruder, und du warst so besorgt um sie, dass du uns endlich die Tür geöffnet hast. In nur einer Nacht hat Sasha dich dazu gebracht, das zu tun, wozu wir ein Jahr lang nicht in der Lage waren.«

Havoc hatte recht. Ich wollte es nicht zugeben – oder zu viel darüber nachdenken –, aber er hatte recht. »Wolltest du deine Frau nicht nach Hause und ins Bett bringen?«, fragte ich.

Er gluckste. »Eine letzte Frage. Da wir heute Abend schon dabei sind, sämtliche Geheimnisse zu enthüllen: Wie alt ist dein Kind?«

Panik erfasste mein Herz. »Welches Kind?«, fragte ich und war überrascht, wie ruhig meine Stimme klang, während ich innerlich tobte. Ich hatte keinen Fehler gemacht, und er konnte auf keinen Fall wissen, dass ich Vater war. Er musste fischen, und ich wollte den Köder nicht schlucken.

»Dein Büro riecht nach Erdnussbutter, und in den Gläsern auf deinem Schreibtisch steht Schokomilch. Jetzt wissen wir, wo du wohnst; du hast nichts mehr zu verbergen. Du hättest mich mit nach oben nehmen können, um mir dein Haus zu zeigen, aber stattdessen hast du mich in der Garage festgehalten, weil du immer noch etwas vor mir verheimlichst.«

Keine seiner Bemerkungen war verurteilend, also zuckte ich mit den Schultern. »Ich mag Erdnussbuttermarmelade, Schokomilch und meine Privatsphäre. Also verklag mich.«

»Du hast Eis am Stiel. Kein kinderloser Erwachsener hat Eis am Stiel.«

Er hatte recht. Es war dumm gewesen, Sasha ein Eis am Stiel anzubieten, damit sie hineinbiss, während sie genäht wurde. »Ich baue gerne Eisstielhäuser. Ich mache nicht unbedingt auf diese Weise Werbung dafür, aber ich bin ein Stripper, der Eisstielhäuser baut. That's it. Ich lasse niemanden in mein Haus, weil ich überall diesen Mist herumstehen habe und ich will nicht, dass jemand einen falschen Eindruck bekommt.«

»Genau«, sagte Julia und sah mich an.

Havoc gluckste und schüttelte den Kopf. »Was zum Teufel hast du jetzt vor?«

»Was soll ich vorhaben?«, fragte ich, unsicher, ob wir immer noch über das Kind sprachen, das ich nicht zugegeben hatte.

Er rieb sich den Nacken. »Wir werfen ein Licht auf dein Leben, und ich kann förmlich spüren, wie du wieder in die Schatten zurückschleichst. Lebst du morgen noch hier? Oder nimmst du deine ... Eisstielhäuser und verziehst dich?«

Gute Frage. Sasha brauchte Hilfe. Ich konnte Hailey und Mama nicht in Gefahr bringen. Ich wusste ehrlich gesagt nicht, was ich machen sollte. »Was würdest du an meiner Stelle tun?«

Er gluckste wieder. »Ich bin wahrscheinlich die letzte Person, die du fragen solltest, Bruder. Ich bin noch nie in meinem Leben vor einem Kampf davongelaufen. Und ich würde mich bestimmt nicht vor einem verstecken.«

Ich lachte. »Nein, das kann ich mir nicht vorstellen.« Mit einem Blick zu Julia fragte ich: »Aber was wäre, wenn sie in Gefahr wäre? Wenn du weglaufen müsstest, um sie zu beschützen?«

Havoc blickte seine Frau mit so viel Gefühl an, dass nicht einmal ein Narr die Liebe verkennen konnte, die sie teilten.

»Dann verdiene ich sie nicht.«

Verblüfft über seine Antwort starrte ich ihn an. »Was meinst du damit?«

»Ich könnte Jules irgendwo verstecken und sie nur für mich behalten, aber wie verdammt glücklich wäre sie dann? Sie ist ein Juwel, sie wurde geboren, um zu glänzen. Sie hat sich versteckt, als es nötig war, aber jetzt hat sie mich und den Club hinter sich. Es ist nicht meine Aufgabe, sie vor der Welt zu beschützen. Es ist mein Privileg, ihr zur Seite zu stehen und sie zu beschützen. Dein … Geheimnis verdient eine Chance, sich zu entwickeln, eine Chance auf ein Leben mit Freunden und Familie, mit Menschen, mit denen es aufwächst und denen es vertrauen kann. Das findet man nicht auf der Straße oder auf der Flucht vor der einen oder anderen Bedrohung. Man kann nichts ewig geheim halten, alle Geheimnisse kommen irgendwann ans Licht. Lass uns dir helfen, das zu schützen, was dir am wichtigsten ist.«

Er verlangte verdammt viel, und ich wusste nicht, wie ich darauf reagieren sollte.

»Übrigens, Morse hat mich gebeten, dir eine Nachricht zu überbringen. Er hat ein Auge auf dein Haus.«

»Ich bin sicher, das hat der Mistkerl. Sag ihm, er soll seine Augen oberhalb der Hüfte lassen. Wenn er sieht, wie groß mein Sack ist, braucht er eine Therapie, und die bezahle ich nicht.«

Havoc und Julia lachten beide, bevor er einen Helm aus seiner Satteltasche nahm und ihn ihr aufsetzen wollte. Sie griff nach seinen Händen und beugte sich vor, um ihn zu küssen. Ich dachte, es wäre nur ein kurzer Kuss, aber anscheinend war ich nicht der Einzige, der versuchte, einen Bruder zu traumatisieren. Die beiden fielen übereinander her wie ein paar geile Teenager auf dem Abschlussball. Ich musste mir das nicht ansehen, also ging ich zurück ins Haus.

Ich konnte nicht aufhören, darüber nachzudenken, was Havoc gesagt hatte. Hailey hatte es verdient zu glänzen, aber Edelsteine waren leicht zu brechen und noch leichter zu stehlen. Der Sergent-at-Arms hatte kein Kind. Er hatte eine Frau, die bewiesen hatte, dass sie auf sich selbst aufpassen konnte. Das war nicht dasselbe.

Als ich in den Keller zurückkam, schlief Sasha tief und fest. Ich nahm ein Kissen und eine Decke und machte es ihr bequem, dann setzte ich mich an meinen Schreibtisch, fuhr meinen Laptop hoch, setzte meine Ohrstöpsel ein und überprüfte die Audioübertragungen aus Buzz' Haus. Die Daten wurden hochgeladen und in der Cloud gespeichert, sodass ich sie mir in Ruhe anhören konnte. Da das System nur aufzeichnete, wenn der Lärm eine bestimmte Dezibelzahl überschritt, musste ich mich nicht stundenlang durch unnütze Aufnahmen suchen, dafür aber eine Menge betrunkener Weiber im Nebenzimmer gackern und rumbrüllen hören.

Bis kurz vor Mitternacht kam niemand ins Büro, um nach Sasha zu suchen. Fasziniert drehte ich die Lautstärke auf und schloss die Augen, um mich auf seine tiefe, wütende Stimme zu konzentrieren. »Danielle, beweg deinen Arsch hierher«, schrie er.

Ein paar Sekunden vergingen, dann antwortete sie: »Was? Du störst meine Party.« Ihre Worte klangen undeutlich, fast wie ein Lied.

»Sie ist nicht hier. Wo zum Teufel haben du und deine Schlampen sie hingebracht?«

»Hier rein. Ich schwöre es, Breaker.«

Das war also das Arschloch, das Sasha gefickt hatte. Ich öffnete einen Browser, suchte nach seinem Namen und landete auf einem Social-Media-Profil, das mir einen Schauer über den Rücken jagte. Buzz' Ältester sah aus wie ein verdammter Hipster, der seinen Bart und seine Haare außer Kontrolle geraten ließ, was heutzutage ja so cool war. Ich scrollte durch seine Bilder, wie er Bier trank und Frauen belästigte. Er stellte seinen ganzen Mist in den sozialen Medien zur Schau, als wäre er stolz darauf, dass er noch nie einen Tag in seinem Leben ehrlich arbeiten musste. Seine eisblauen Augen ließen ihn realitätsfremd und gestört wirken. Er sah aus wie der Soziopath, den Sasha beschrieben hatte.

»Sieh dir das Fenster an. Sie muss rausgeklettert sein«, sagte

Danielle und lenkte meine Aufmerksamkeit wieder auf das Gespräch in meinen Ohren.

»Ich habe sie hierhergebracht, um ihr den Hintern aufzureißen. Sie sollte nicht in der Lage sein, aus einem verdammten Fenster zu klettern. Chloe! Komm hier rein!«

Ich hielt die Nahaufnahme an und starrte in das Gesicht des Mannes, der Sasha unter Drogen gesetzt, sie ausgenutzt, mit ihr gespielt und sie den Wölfen zum Fraß vorgeworfen hatte, damit sie sie zerfleischen würden. Scheißkerle wie er brachten Männer in Verruf und ließen mich nachts nicht schlafen, weil ich mir Sorgen um die Zukunft meiner Tochter machte.

»Was zum Teufel willst du, Arschloch?«, fragte Chloe. »Wir versuchen, hier draußen Spaß zu haben.«

»Spiel nicht mit mir, Schlampe. Wo ist Sasha?«

»Verdammt, ich weiß es nicht. Sie lag genau hier. Siehst du das Blut?«

»Ich sehe das verdammte Blut. Was ich nicht sehe, ist sie. Soll ich dich daran erinnern, wie man jemanden in den Arsch tritt, damit er nicht wegläuft?«

Jetzt bedrohte er sie auch noch. Normalerweise war ich kein gewalttätiger Mensch, aber manchmal war Gewalt das Einzige, was die Leute verstanden. Dieser Wichser brachte mich dazu, seine Sprache sprechen zu wollen.

»Vielleicht wollte deine kleine Fotze nicht länger hier abhängen?« Chloe klang eingeschüchtert, ängstlich. »Vielleicht hat sie jemanden angerufen, der sie abgeholt hat?«

»Du solltest auf ihren Arsch aufpassen!«, rief Breaker.

»Das ist mein Junggesellinnenabschied«, schoss Danielle zurück. »Wir passen nicht auf dein verdammtes Flittchen auf! Du hättest sie nicht mitbringen sollen.«

Fotze, Flittchen, abfällige Ausdrücke für seine sexuelle Beziehung zu Sasha. Ich wollte ihm am liebsten den Kopf abreißen.

»Ihr seid beide verdammt nutzlos«, sagte Breaker. »Ich werde ihren Arsch finden und sie die Scheiße aus dir rausprügeln lassen, Chloe.«

Eine Tür knallte zu.

»Ich werde ihren Arsch finden und sie die Scheiße aus dir rausprügeln lassen, Chloe«, wiederholte Danielle in ihrer besten Breaker-Imitation.

Die beiden Mädchen brachen in betrunkenes Gekicher aus.

Sashas Geschichte stimmte. Breaker war genauso wütend, wie sie gesagt hatte, und er war auf der Suche nach ihr. Ich sah sie auf dem Sofa schlafen und wunderte mich, dass jemand wie sie sich mit einem Arschloch wie ihm abgab, um Mädchen zu retten, die sie nicht einmal kannte.

Ich machte mir Sorgen um Sashas Verletzungen und wollte sie nicht allein lassen, aber ich war erschöpft und brauchte etwas Schlaf, um mich um alles kümmern zu können, was der morgige Tag an Neuem für uns bereithielt. Da ich nur daran dachte, Probleme zu lösen, holte ich das Babyfon aus Haileys Zimmer und schob es unter das Sofa im Keller, damit ich Sasha hören konnte, wenn sie aufwachte und etwas brauchte. Dann ging ich nach oben, um zu duschen und zu schlafen.

12. KAPITEL

Sasha

Mein Bein juckte. Ich musste mich im Schlaf gekratzt haben, denn der Schmerz eines Nagels, der sich in mein zartes Fleisch bohrte, weckte mich auf. Mein linkes Auge war immer noch geschwollen und empfindlich, aber ich konnte es öffnen. Jemand hatte eine Decke über mich gelegt. Ich zog sie weit genug zurück, um mein Bein untersuchen zu können. Der Verband war noch ganz, also hatte ich wenigstens keine Naht geöffnet oder die Wunde wieder aufgerissen. Ich ließ die Decke zurückfallen und schloss die Augen.

Ich wollte wieder einschlafen, aber meine Schulter war steif und geschwollen. Ich lehnte mich auf die andere Seite und drehte sie langsam hin und her, in der Hoffnung, sie zu lockern. Die Dehnungen taten höllisch weh, aber wenigstens verschaffte ich mir damit etwas Linderung. Als ich fertig war, fühlte sich meine Schulter eher wund als steif an. Ich atmete tief durch und meine Rippen schrien vor Schmerz. Ich rutschte hin und her und versuchte, es mir bequem zu machen, aber egal, was ich anstellte, ich drückte auf den einen oder anderen schmerzhaften Bluterguss.

Ich fühlte mich wie von einer Dampfwalze überrollt.

Unfähig, wieder einzuschlafen, richtete ich meine Aufmerksamkeit auf meine Umgebung. Ich lag immer noch auf dem gepolsterten Sofa im Keller von Tap. Die Sicherheitsmonitore, die den Außenbereich überwachten, waren heller als gestern Abend und tauchten die Umgebung in das fahle Licht des frühen Morgens.

»Tap?«, rief ich und fragte mich, ob mein unwilliger Gastgeber noch in der Nähe war.

Keine Antwort. Ich schaute zum Bad, aber die Tür stand offen und das Licht war aus.

Ich muss letzte Nacht eingeschlafen sein, als er mit Havoc und Julia gegangen war, denn ich kann mich nicht erinnern, dass er zurückkam. Das Kissen unter meinem Kopf und die Decke auf mir zeigten, dass jemand im Zimmer gewesen war, während ich schlief, aber jetzt war ich allein.

Meine Blase war voll und verlangte nach Entleerung, also warf ich die Decke zurück und setzte mich vorsichtig auf. Ein schwacher Kopfschmerz pulsierte über meinem linken Auge und meine rechte Pobacke schrie aus Protest auf. Eine dieser bösartigen Schlampen hatte mir buchstäblich in den Hintern getreten. Welcher Mensch tat so etwas? Die schreckliche Art. Jede Bewegung war schmerzhaft, und ich verfluchte ihre Existenz, während ich mich vorsichtig an den Rand des Sofas schob und langsam aufstand. Mein Bein pochte, aber es war kein stechender Schmerz wie gestern Abend. Ich ließ es langsam angehen und schaffte es gerade noch ins Bad, bevor meine Blase den Geist aufgab.

Auf der Toilette angekommen, bemerkte ich eine neue Zahnbürste, die noch in der Verpackung neben einer Tube Zahnpasta auf der Ablage lag. Da gestern Abend, als ich geduscht hatte, beides nicht da war, musste Tap es mir gebracht haben. Ich dankte ihm im Stillen für seine Fürsorge und machte mich frisch. Einige Minuten später roch mein Atem nach Minze und ich fühlte mich fast wie ein Mensch. Ich fand meine Handtasche, bürstete mein Haar und versuchte mich etwas ansehnlicher zu machen, falls mein dunkler, sexy Retter zurückkommen sollte.

Da ich nicht in der Lage war, zu trainieren, und Taps Laptop mit Sicherheit wie Fort Knox gesichert war, bot dieses Zimmer eine Menge *absolut nichts* zu tun an. Ich saß auf dem Sofa und wartete, drehte buchstäblich Däumchen und fragte mich, was in

Breaker wohl gerade vor sich ging. War er sauer, weil ich weggelaufen war? War er zu mir nach Hause gefahren, um mich zu suchen? Was war mit den Mädchen? Alicia hatte ich seit einer Woche nicht mehr gesehen. War sie immer noch im Keller der Serpents?

Ich vergeudete hier unten Zeit, während ich da draußen etwas tun sollte. Ich konnte die Sache mit Breaker noch klären. Erklärungen und Ausreden tanzten durch meinen Kopf, bis ich mich für eine entschied. Ich würde ihm sagen, dass mich ein Schlag auf den Kopf niedergestreckt hatte. Ich wurde ohnmächtig, und als ich aufwachte, lag ich in einem Park und hatte meine Handtasche als Kopfkissen benutzt. Mein Handy war tot und ich hatte keine Ahnung, wo ich war. Sobald Tap mich freigelassen hatte, wollte ich die Parks in der Nähe von Breakers Haus googeln, um meine Geschichte zu untermauern. Breaker würde misstrauisch werden, aber er würde mich wieder aufnehmen. Das musste er.

Verzweifelt humpelte ich zur Tür und versuchte, die Klinke zu drücken. Wie erwartet, war sie verschlossen. Ich saß in einem Keller fest, ohne Möglichkeit rauszukommen und ohne jemanden zu erreichen. Ich probierte einige Kombinationen auf der Tastatur aus, aber nichts funktionierte. Aus Angst, einen Alarm auszulösen und mich lächerlich zu machen, gab ich auf und humpelte zum Sofa zurück.

Ich hatte den halben Weg zurückgelegt, als die Tür aufging. Licht flutete den Türrahmen und enthüllte eine sexy Version des Strippers von gestern Abend. Er sah mich und knipste das Licht an, bevor er das Zimmer betrat. Er trug eine dunkelgraue Jogginghose und ein grünes T-Shirt der Seattle Sounders. Ich versuchte, ihn nicht anzustarren, aber er sah so verdammt gut aus, dass ich nicht anders konnte. Seine Bewegungen waren vertraut, sehr flüssig und an der Grenze zur Provokation, aber sein Gesicht war es nicht.

»Tap?«, fragte ich und traute meinen Augen nicht.
»Morgen.«
Dieselbe Stimme, an die ich mich erinnerte. »Du siehst so anders aus.«
»Meine Verkleidung ist abgewaschen.«
Das muss eine verdammt gute Verkleidung gewesen sein. Jetzt verstand ich, warum Havoc und Julia so ein Theater darum gemacht hatten. Er sah aus wie ein völlig anderer Mensch. Sein Kiefer, seine Nase und seine Stirn waren breiter, männlicher, seine Augen und Lippen größer. Die Narbe auf seiner Wange war verschwunden und durch eine an seiner Schläfe ersetzt worden. Der echte Tap war umwerfend. Gestern war er eine solide Zehn gewesen, jetzt war er so weit von der Norm entfernt, dass es nicht einmal fair gegenüber dem Rest der Menschheit war. Seine Füße waren barfuß, seine dunklen Locken sahen feucht aus, und er trug eine Brille, die seiner Attraktivität eine Schicht angenehmer Intelligenz hinzufügte. Er ging auf das Sofa zu und blieb stehen, um mir auf dem Weg dorthin seinen Arm anzubieten.
Ich war verletzt und stand noch unter Schock, also nahm ich seine Hilfe an. »Diese Version von dir gefällt mir besser.« Meine Wangen wurden heiß, als ich merkte, dass ich das laut gesagt hatte. Ich versuchte, mich zu rehabilitieren und fügte hinzu: »Ich meine, es passt besser zu dir. Offensichtlich, denn das ist das Gesicht, mit dem du geboren wurdest. Das bist du wirklich und nicht irgendeine Verkleidung, oder?« Ich hatte keine Ahnung, was mit mir los war. Ich redete den ganzen Tag mit Leuten, jeden Tag, noch nie war ich so über meine eigenen Worte und Gedanken gestolpert. Ich hielt mir den Mund zu, um mich zu stoppen.
»Das ist mein wahres Ich. Mit der Brille und allem. Wie fühlst du dich?«, fragte er. Er roch sauber und doch männlich, wunderbar, und ich musste dem Drang widerstehen, an ihm zu schnuppern.

Ich schwankte. Fühlte mich völlig durcheinander. »Besser. Jetzt kann ich laufen.«

Er beugte sich vor und stützte die Ellenbogen auf die Knie. »Gut. Also, was brauchst du?«

»Brauchen?«, fragte ich.

»Vorräte, meine ich. Ich weiß, dass Frauen alles Mögliche brauchen. Kleider, Haarzeug, Tampons, was? Ich werde es bestellen und liefern lassen.«

Ich starrte ihn an. So toll es auch war, dass sich ein Typ um meine Bedürfnisse kümmerte, ich konnte nicht anders, als mich zu fragen, ob wir auf derselben Wellenlänge waren, was unsere Situation betraf. »Ähm ... Wie lange gedenkst du, mich hier unten zu behalten?«

Er zuckte mit den Schultern.

»Das hängt davon ab, was die Jungs herausfinden.«

Das klärte gar nichts auf. Nicht das Geringste. Diese neue Version von Tap war ebenso verwirrend wie sexy. »Welche Jungs?«

»Die *Dead Presidents*. Ich habe Havoc deine Geschichte erzählt und er hat sie an Link weitergegeben. Sie wollen helfen und arbeiten an einem Plan, um die Mädchen rauszuholen.«

»Sie können nicht helfen, sie sind Zivilisten. Verdammt, nicht mal ich sollte das tun.«

»Nein, das solltest du nicht. Aber ein Motorradclub voller ehemaliger Soldaten ... Die werden sich schon etwas einfallen lassen. Link und Havoc waren bei den Special Forces. Sie wurden speziell für solche Situationen ausgebildet. Eagle war Scharfschütze bei den Marines, er wird den anderen den Rücken freihalten. Wasp war ... nun, er ist ein ausgezeichneter Mechaniker. Gib Morse einen Raspberry Pi und eine Internetverbindung, und dieser Motherfucker kann ein ganzes Imperium zu Fall bringen. Frog war ein Froschmann in der Navy. Wir sind keine Zivilisten. Jeder von uns hat mehr Kampfausbildung und Erfahrung als du. Der

Club hat es sich zur Aufgabe gemacht, diesem Land zu helfen, und wir können nicht tatenlos zusehen, wie diese Mädchen verkauft werden, genauso wenig wie du.«

»Das ist Vigilantismus. Es ist gefährlich und illegal, und ohne zu wissen, welche Polizisten auf der Gehaltsliste der Serpents stehen, gehen sie ein großes Risiko ein. Deine Freunde könnten dafür ins Gefängnis kommen.«

Er gab mir noch eine Chance. »Das wird nicht passieren.«

»Du klingst sehr zuversichtlich.«

»Der Clubpräsident ist verheiratet mit Emily Stafford ... Emily Lincoln inzwischen. Aber soweit ich weiß, praktiziert sie immer noch als Anwältin unter dem Namen Stafford.«

Polizisten waren mit Strafverteidigern vertraut. Vor allem die, die ihren Job so gut machten, dass sie uns auf die Nerven gingen. Niemand in meiner Abteilung mochte Emily Stafford. Ich hatte gehört, dass sie geheiratet hatte, aber ich wusste nicht, dass es ein Biker war. »Schwarzes Haar, blaue Augen, bekannt dafür, der Staatsanwaltschaft ihre Spucke durch den winzigen Strohhalm zu geben, auf den sie ihre Beweise reduziert? Ist das Emily Stafford?«

Grinsend nickte er.

»Wow. Sie ist gut.«

»Du sagst es.«

»Aber sie kann deine Männer nicht davor bewahren, erschossen zu werden.«

»Diese Männer haben Schlimmeres überlebt als die Serpents. Viel Schlimmeres.«

Während ich diese Information verdaute, versuchte ich mehr über ihn zu erfahren. »Du warst im Dienst?«, fragte ich.

»Geheimdienst.« Er runzelte die Stirn und zog die Augenbrauen zusammen, als wäre er überrascht, mir das zu sagen.

»Ist das ein Geheimnis?«

»Ich spreche normalerweise nicht darüber.« Er lehnte sich auf dem Sofa zurück und machte es sich bequem.

»Willst du das? Mit mir darüber reden, meine ich.«

»Nicht wirklich. Es ist keine schöne Geschichte.«

Ich verdrehte die Augen. »Ich habe dir alles über meine Mutter erzählt, die heroinsüchtige Prostituierte. Ich denke, ich kann mit unschönen Geschichten umgehen.«

»Du hast mir nicht erzählt, dass sie eine Prostituierte war.«

»Doch, eben.«

Ich wollte noch mehr sagen, aber ich wusste es besser. Ich musste ihm Zeit und Gelegenheit zum Reden geben. Also saß ich still da und wartete. Es war ruhig in Taps Keller. Wenn man das leise Geräusch unserer gemeinsamen Atemzüge und das Summen seines Computerservers hörte, war es leicht, die Außenwelt zu vergessen und einfach nur hier unten zu existieren. Natürlich würde ich vor Langeweile den Verstand verlieren, aber für ein oder zwei Minuten war es ganz nett.

Gerade als ich die Hoffnung aufgeben wollte, dass er mir etwas erzählen würde, holte Tap Luft und überraschte mich. »Es war nicht so, wie ich es mir vorgestellt hatte«, gab er zu.

Ich lächelte ihn an. »Die Erwartungen an deinen Job zu hoch angesetzt?«, scherzte ich und hob zur Betonung die Oktave am Ende an. »Kenne ich.«

»Das kann ich mir denken.«

»Wie hast du es dir denn vorgestellt?«

Er rieb sich mit einer Hand die Stoppeln am Kinn. »Ich dachte, ich würde böse Jungs jagen.«

Das schien eine vernünftige Erwartung zu sein. »Und das waren die Kerle nicht, die du gejagt hast?«

»Oh, doch. Diese Kerle waren schrecklich. Die Schlimmsten. Es war einfach … kompliziert.«

Ich stieß ihn mit dem Ellenbogen an. »Erklär es mir.«

Er beugte sich vor und stützte die Unterarme auf die Knie. »Du hörst von diesen Männern, die diesen ganzen miesen Scheiß abziehen, und erwartest Monster. Du erwartest nicht, dass du auch ihre menschliche Seite siehst ... dass du verstehst, dass sie nicht die Monster sind, für die dein Gewissen sie hält. Sie sind einfach nur Menschen. Ehemänner. Väter. Söhne. Ich erfuhr davon, dass ein Stadtzentrum in die Luft gesprengt werden sollte. Dabei sollten Millionen von Menschen getötet werden. Die Aktion wurde unterbrochen, damit der Anführer der Terroristen seine Kinder zu Bett bringen und das *Tahajjud*, das Nachtgebet, sprechen konnte. In der einen Minute konnten sie gefühllos und berechnend sein, in der nächsten mitfühlend und liebevoll. Manchmal wurden Anschläge verschoben, um einem Terroristen Zeit zu geben, einen alten Verwandten nach Hause zu begleiten.«

»Wow«, sagte ich.

»Ja. Einige sind Monster, aber die meisten sind wie du und ich, nur radikalisiert. Sie glauben, dass das, was sie tun, dem Allgemeinwohl dient. Sie halten sich für die Helden der Geschichte. Es ist verdammt schwer, Informationen von jemandem zu bekommen, der wirklich glaubt, einer guten Sache zu dienen. Aber das war mein Job, und Leben hingen davon ab.« Er starrte die Wand an, war aber woanders.

Mein Herz schmerzte für ihn. »Ich verstehe, warum das kompliziert sein kann.«

»Ich habe erwartet, dass alles schwarz und weiß ist. Gut gegen Böse. So in der Art. Aber so war es nicht. Wir haben sie getötet, damit sie uns nicht töten, und sie haben uns getötet, damit wir sie nicht töten. Es ist wie ein großer, beschissener Teufelskreis, aus dem niemand ausbrechen kann. Am Ende gibt es nichts als Tod, Zerstörung und verwaiste kleine Kinder, die auf die Weise aufwachsen und das Gleiche tun.«

Ich starrte Tap an und sah ihn zum ersten Mal wirklich. Ich konnte mir nicht vorstellen, was er durchgemacht hatte, was er gesehen und gehört hatte, an welchen Mordaufträgen er beteiligt gewesen war. Kein Wunder, dass er so verschlossen war. Es war eher ein Wunder, dass seine Menschlichkeit noch intakt war.

»Ich habe verstanden.«

Als er aus seiner Benommenheit erwachte, sah er mich an, als wäre ihm gerade erst wieder eingefallen, dass ich da war. »Was verstanden?«

»Breaker ist ein Monster und ich weiß, dass ich ihn aufhalten muss, aber es würde mich zerstören, wenn ich mitansehen müsste, wie er nett zu seinem Sohn oder seiner Tochter ist, bevor ich abdrücke. Vor allem, weil ich weiß, dass dieser Sohn oder diese Tochter eines Tages hinter mir oder meinem zukünftigen Kind her sein wird.«

Er begegnete meinem Blick, und seine dunklen Augen glänzten vor Qual und Schmerz. »Ja, ich glaube, du hast verstanden.«

Ich wusste nicht, was ich sonst tun sollte, also umarmte ich ihn. Ich blinzelte die Tränen weg, als ich meine Wange an seine Brust drückte, und sagte: »Danke. Es ist eine schwierige Situation, aber dieses Land ist sicherer, weil du diese Monster zur Strecke gebracht hast. Sogar die Väter und Söhne.«

Tap

Sasha weinte. Sie versuchte es zu verbergen, aber ich konnte die Feuchtigkeit ihrer Tränen durch mein dünnes T-Shirt spüren.

Sie weinte um mich.

Hatte jemals jemand um mich geweint?

Mama weinte, als ich mein Leben für die Armee opferte. Sie

weinte auch, als ich zum ersten Mal im Einsatz war und drohte mir die ganze Zeit, dass sie dem ganzen Nahen Osten *HAM (hard as a motherfucker)* eine überziehen würde, wenn ich meinen Arsch nicht heil nach Hause bringen würde.

Elaine hatte ein paar Mal geweint, aber nie meinetwegen. Ihre Tränen waren ein weiteres Instrument der Manipulation, eine weitere Karte, die sie ausspielen konnte, um mich nach ihrer Pfeife tanzen zu lassen. Hinter ihren Tränen steckten keine Gefühle, kein Mitleid.

Ich konnte nicht glauben, dass ich mich Sasha so weit geöffnet hatte. Ich wusste immer noch nicht, warum ich es getan hatte. Vielleicht, weil sie gestern Abend so viel mit mir geteilt hatte, dass ich ihr etwas zurückgeben wollte? Vielleicht, weil ich mich die ganze Nacht herumgewälzt hatte und meine Abwehrkräfte geschwächt waren? Vielleicht, weil ich ihr Motiv nicht verstand, warum sie es wissen wollte? Jedenfalls hatte ich noch nie mit jemandem über meine Zeit im Dienst gesprochen. Sage, der Psychiater unseres Clubs, hatte mehrmals versucht, mir Details zu entlocken, aber ich hatte ihm nie etwas erzählt.

Ein Teil von mir hatte immer geglaubt, über diese Erinnerungen zu sprechen, wäre, als würde man sie noch einmal durchleben, und es war schon schlimm genug, diese Scheiße das erste Mal durchzumachen. Ich weigerte mich, zurückzugehen.

Aber so war es nicht.

Mit Sasha über meine Vergangenheit zu sprechen, war überraschend therapeutisch. Ich hatte das Gefühl, dass mir eine Last von den Schultern genommen wurde. Mehr noch, ich fühlte mich ... verstanden.

Sie hatte mich verstanden.

Sie wusste, was ich durchgemacht hatte, welche Scheiße ich angerichtet hatte, und sie war nicht entsetzt oder angewidert. Nein, sie dankte mir für mein Opfer und weinte über meinen Schmerz.

Zum ersten Mal in meinem Leben fühlte ich mich nicht mehr allein. Diese verrückte, wunderschöne Polizistin mit Superheldenkomplex und Todessehnsucht fühlte mit mir. Sie verstand mich wirklich.

Und seltsamerweise verstand ich sie auch.

Als sie mich losließ, waren ihre Augen hell, aber trocken. Sie lächelte mich aufmunternd an und atmete tief durch, wobei der Schmerz in ihren Rippen sie leicht zusammenzucken ließ.

»Geht es dir gut?«, fragte ich.

Sie machte ein zerknirschtes Gesicht. »Vielleicht ist es Zeit für mehr Ibuprofen.«

Ich nickte. »Gute Entscheidung. Was ist mit Frühstück? Ich kann ein paar Pop-Tarts machen.«

Sie zog eine Augenbraue hoch. »Bitte sag mir, dass du Erdbeere meinst und nicht so einen komischen Geschmack wie S'mores?«

Nach einem so heftigen Gespräch hatte ich ein gewisses Maß an Unbehagen oder Spannung erwartet, aber mit Sasha existierte nichts davon. Sie warf mir die Rettungsleine zu, um die Stimmung aufzulockern, und ich schnappte mir das Ende und hielt es fest. »Was denkst du von mir? Natürlich rede ich von Erdbeere.«

»Gott sei Dank. Ich kann ein paar Erdbeer-Pop-Tarts vertragen. Brauchst du Hilfe?«

Ich fühlte mich immer noch nicht wohl genug, um sie hoch in den Wohnbereich kommen zu lassen. »Nein. Erhol dich noch etwas hier unten und mach es dir gemütlich. Wie gut bist du in Ego-Shootern?«

Sie neigte den Kopf. »Ich bin Polizistin. Leute zu erschießen, ist eigentlich mein Job.« Ihre Wangen färbten sich knallrot, und ihre Augen wurden groß. »Ich habe das nicht so gemeint, wie es sich angehört hat. Wow. Das klang echt schlimm.«

Ich war zu sehr mit Lachen beschäftigt, um sie vom Haken zu lassen.

»Ähm … Wie wär's mit … Schießübungen sind ein wichtiger Teil meiner Arbeit?«, versuchte sie es erneut.

»Es ist deine Geschichte, Babe, erzähl sie, wie du willst.«

Sie warf mir das Kissen zu. Ich fing es in der Luft auf und warf es zurück. »Ich werde uns Frühstück machen und einen Bildschirm und meine Spielkonsole mitbringen. Ich hoffe, du bist keine schlechte Verliererin.«

»Ich müsste verlieren, um das herauszufinden. Für diese Bemerkung werde ich dir in den Hintern treten.«

»Herausforderung angenommen.«

Den Rest des Tages verbrachten wir damit, Videospiele zu zocken, Junkfood zu essen und uns zu unterhalten. Ich konnte mich nicht erinnern, wann ich jemals so viel Spaß hatte.

13. KAPITEL

Tap

Am Sonntagmorgen machte mir das Leben wieder einen Strich durch die Rechnung. In Form eines Anrufs von Mama, als ich in die Küche ging, um unsere Müslivorräte zu überprüfen. Da ich davon ausging, dass sie nur anrief, um sich nach der allgemeinen Situation zu erkundigen, nahm ich den Hörer ab.

»Hey, Alex, wir sind in etwa fünf Minuten zu Hause.«

Ich schaute auf die Uhr am Herd und stellte fest, dass es schon fast elf war. Der gestrige Tag war wie im Flug vergangen und Sasha und ich waren viel zu lange aufgeblieben, um die Zeit gemeinsam zu genießen. »Was? Warum?«

»Hailey hat eine leichte Grippe. Ich bin sicher, es ist nichts Ernstes, aber sie hat etwas Fieber und klagt über Bauchschmerzen. Sie war fast die ganze Nacht wach und muss zu Hause in ihrem eigenen Bett liegen. Außerdem ist heute Sonntag. Wir wollten heute sowieso nach Hause kommen.«

Ich blickte zur Tür, die in den Keller führte. »Stimmt. Ich wollte dich anrufen und fragen, ob du noch ein oder zwei Tage bleiben willst.«

Sie atmete tief durch. »Ich verstehe. Sind wir in Gefahr, wenn wir nach Hause kommen?«

Trotz allem, was gerade vor sich ging, war mein Zuhause immer noch ein sicherer Ort. Sasha hielt sich im Keller auf, und sie stellte keine Bedrohung für Hailey dar. Sollte etwas passieren, hatte ich keinen Zweifel daran, dass die suspendierte Polizistin alles tun würde, um mein Kind zu beschützen. Solange ich sie davon abhalten konnte, etwas Waghalsiges oder Dummes zu tun, wie die Serpents zu jagen, war Sasha eine Bereicherung und keine Bedrohung. Die Serpents wussten nicht, wo ich wohnte. Morse schon. Er hatte Havoc die Nachricht gegeben, teils um mir auf die Füße zu treten, teils um mir zu versichern, dass er mir den Rücken freihalten würde, wie der Rest der *Dead Presidents* es tun würde. Sie alle wären hier, um zu helfen. Ich hatte Morse schon einmal in Aktion gesehen, als Julias Buchladen von ihrem durchgeknallten Ex überfallen worden war.

»Nein. Hier ist es im Moment sicher, aber ich habe noch etwas zu erledigen, bevor ihr nach Hause kommt.«

»Hailey fragt nach dir, Alex. Sie ist krank und will ihren Papa, ihr Bett und ihre Spielsachen. Was immer du vorhast, du kannst um uns herum arbeiten. Ich bringe sie jetzt nach Hause.«

Argumentieren war zwecklos, also widersprach ich nicht. Und wenn Hailey nach mir fragte, konnte ich es ihr nicht abschlagen. »In Ordnung. Wir sehen uns in fünf Minuten.«

Ich schlich in den Keller, aber Sasha schlief noch. In der Hoffnung, dass sie noch ein oder zwei Tage bleiben würde, damit ich mir überlegen konnte, was ich tun sollte, lief ich wieder nach oben ins Wohnzimmer und wartete auf meine Familie.

Sasha

Ich wachte auf, als die Tür aufging. Ich erwartete Tap und war überrascht, eine dunkelhäutige Frau in einem kurzen, geblümten Kleid zu sehen. Sie trat ein, als hätte sie etwas zu erledigen, hielt aber inne, als ihr Blick auf mich fiel. Ihre Augen weiteten sich.

»Hallo«, sagte ich und schenkte ihr mein freundlichstes Lächeln, während ich versuchte, nicht zu starren. Sie war umwerfend. Ihr Gesicht von zeitloser Schönheit, was es unmöglich machte, ihr Alter zu schätzen. »Ich bin Sasha. Bist du … mit Tap verwandt?«

Ich hoffte inständig, dass sie seine Schwester war und nicht seine Frau. Wenn ich nach allem, was wir gestern erlebt und geteilt hatten, herausfand, dass Tap verheiratet war, würde ich den Männern für immer abschwören müssen.

Nachdem ich ihn getötet hatte.

Kein verheirateter Mann sollte jemals so flirten wie er mit mir.

Aber vielleicht war er nur ein verdammt netter Kerl und ich hatte sämtliche Zeichen falsch gedeutet.

»Tap?« Verwirrung schlich sich für einen Moment in ihre Züge, bevor ein Lächeln ihre Lippen umspielte. »Er hat dir seinen Bikernamen gegeben.«

Sie ließ es wie eine große Sache klingen, aber ich machte mir viel mehr Gedanken darüber, ob ich einen verheirateten Mann begehrte oder nicht. »Ja.« Ich zuckte mit den Schultern. »Ich glaube schon?«

»Ich bin Doris. Woher kennst du meinen Sohn?«

Nicht seine Frau. Nicht seine Schwester. Sie war seine Mutter. Damit konnte ich leben. Verdammt, ich könnte vor Freude tanzen. Ich versuchte, nicht zu erleichtert zu klingen und konzentrierte mich auf ihre Frage. »Ich … ähm …« Er hatte ihr nicht von mir erzählt. Ich lernte schnell und machte selten denselben Fehler zweimal. Meine große Klappe hatte mich schon einmal in Schwierigkeiten gebracht, als ich Havoc erzählt hatte, dass Tap ein Stripper war, und das wollte ich nicht noch einmal tun. »Vielleicht sollten Sie ihn das fragen«, stieg ich auf eine höflichere Anrede um.

Sie sah mich böse an. »Vielleicht, aber ich frage dich.«

Ich hatte im Laufe der Jahre mit vielen hart gesottenen Verbrechern zu tun gehabt, Doris dagegen wirkte richtig Bad-Ass, als sollte man sich besser nicht mit ihr anlegen. Ich setzte mich ein wenig aufrechter hin und erinnerte mich daran, dass ich Polizistin war, ausgebildet in Deeskalation und Konfliktlösung. Sicherlich konnte ich mich gegen den Blick einer aufgebrachten Mutter behaupten. »Tap hat viel für mich getan, und er schätzt seine Geheimnisse. Ich werde sein Vertrauen nicht missbrauchen. Nicht einmal seiner Mutter gegenüber. Es tut mir leid.«

In ihren Augen blitzte so etwas wie Bewunderung auf und sie nickte. »Weißt du, wie lange du bleiben wirst?«

»Nein. Auch das geht nur Tap etwas an.«

Sie runzelte die Stirn und schaffte es trotzdem, hübsch auszusehen. Ich musste herausfinden, was für ein Anti-Aging-Serum sie benutzte, und etwas davon kaufen.

»Warst du schon oben?«

Ich schüttelte den Kopf. »Ich kenne den Code für die Tür nicht.«

Ihre Augenbrauen zogen sich zusammen. »Oh. Sieht so aus, als müsste ich ein Wörtchen mit meinem Sohn reden.« Die Entschlossenheit in ihrem Ausdruck ließ mich den Dummkopf bemitleiden, der es wagte, sie herauszufordern. Wenn sie es mit diesem Blick auf Tap abgesehen hatte, wusste er hoffentlich auszuweichen und wegzulaufen. »Willst du mir wenigstens sagen, was mit dir passiert ist?« Sie deutete auf mein Gesicht und die sichtbaren blauen Flecken an meinen Beinen und Armen.

Doris schien frustriert darüber zu sein, im Dunkeln gelassen zu werden, und wer konnte ihr das bei einem Sohn wie Tap verübeln? Sosehr ich auch aufklären wollte, was geschehen war, es war nicht meine Aufgabe. Wenn Tap ihr meine Geschichte nicht erzählen wollte, konnte ich es auch nicht tun. »Ich kann nicht. Vermutlich ist es besser, wenn Sie es nicht wissen. Es tut mir leid.«

Sie seufzte. »Du klingst genau wie er. Kann ich dir etwas bringen? Ein Wasser? Mittagessen?«

Ich nahm mein leeres Glas neben dem Sofa und hielt es hoch. »Wasser wäre großartig.«

Sie nahm mein Glas und verschwand durch die Tür, um kurz darauf zurückzukommen.

Ich bedankte mich, dann war sie wieder weg.

Ich ging auf die Toilette, um mir die Zähne zu putzen und mein Aussehen zu überprüfen. Mein Auge war nicht mehr geschwollen, dafür sah der Bereich rundherum aus wie ein Batikmuster aus Olivgrün, Senfgelb und Scheißbraun. Nicht gerade meine Lieblingsfarben. Der Bluterguss an meinem Kiefer war größtenteils verschwunden, aber meine Arme und Beine sahen immer noch aus, als hätte mir jemand mehrmals einen Fleischklopfer übergezogen. Ich drehte meine Schulter ein paar Mal und war froh, dass der Schmerz fast weg war.

Da ich nicht wusste, ob meine Fäden nass werden durften oder nicht, hatte ich mir gestern nicht die Mühe gemacht zu duschen. Heute fühlte ich mich schmutzig und eklig, also sagte ich mir *Scheiß drauf* und zog mich aus. Der Duschkopf hatte eine Massagefunktion, also drehte ich das Wasser so heiß auf, wie ich es ertragen konnte, und ließ es die Schmerzen und Verspannungen aus meinem Körper herausspülen.

Ich schnappte mir ein Handtuch und begann mich abzutrocknen, als es an der Badezimmertür klopfte. Ich wickelte mich ein. »Komm rein.«

Tap betrat den Raum, mit sauberen Shorts und einem frischen T-Shirt in der Hand. »Hey, wie fühlst du dich?« Vielleicht bildete ich es mir nur ein, aber ich schwöre, dass sein Blick immer wieder nach unten wanderte, um meinen Körper zu mustern.

»Viel besser, danke.«

»Das freut mich.« Er legte die mitgebrachte Kleidung auf den Tresen. »Ich warte im anderen Zimmer auf dich.«

Kurz überlegte ich, ob ich mein Handtuch fallen lassen sollte, um zu sehen, was passierte, aber er versuchte ständig, ein Gentleman zu sein, und ich wollte ihn nicht noch mehr in Schwierigkeiten bringen. Zumindest nicht jetzt. Wahrscheinlich sollte ich meinem Körper noch einen Tag oder so geben, um sich zu erholen. Er ging und ich zog mich an. Als ich aus dem Bad kam, saß Tap auf dem Sofa.

Er lächelte mich verlegen an. »Ich bin gekommen, um dich nach oben zu bringen.«

»In den Wohnbereich deines Hauses? Ich dachte, das sei verboten.« Ich fragte mich, wie schlimm Doris ihn wohl auseinandergenommen hatte. Tap und ich hatten Fortschritte gemacht, und ich mochte den Kerl wirklich. Ich wollte ihn nicht aus seiner Komfortzone drängen und ihn gegen mich aufbringen. »Du musst das nicht tun. Ich weiß, dass du deine Geheimnisse hast, und ich fühle mich hier unten sehr wohl. Wenn du mir ein paar Bücher zum Lesen besorgen könntest und vielleicht einen Stift und Papier, um meine Gedanken zu ordnen, dann wäre ich schon fein damit. Jetzt, wo ich mich wieder halbwegs bewegen kann, kann ich auch wieder von hier verschwinden, wenn das die Sache einfacher macht.«

Seine Miene verfinsterte sich und er straffte die Schultern. »Das wird nicht passieren, Sasha. Du musst erst gesund werden, bevor du zu ihm zurückkehren kannst.«

War er eifersüchtig? Auf Breaker? »Du meinst, zu den Mädchen zurückzukehren. Sie sind meine Mission. Breaker ist ein Mittel zum Zweck, und ich hoffe, dass ich ihn auf dem Weg dorthin zur Strecke bringen kann.«

Er atmete hörbar ein und seine Schultern entspannten sich ein wenig. »Ich ... Mama besteht darauf, dass ich dich nach oben bringe. Sie sagt, es sei unhöflich, Frauen in meinem Keller zu haben.«

Ich fragte mich, ob Doris ihn genauso angesehen hatte wie

mich, und biss mir auf die Lippe, um nicht zu lächeln. »Ich habe gehört, dass es allgemein verpönt ist, Frauen einzusperren.«

»Manche würden es auch als unhöflich empfinden, wenn eine Mutter im Keller ihres erwachsenen Sohnes herumschnüffelt, wo sie nichts zu suchen hat.«

»Das hast du ihr gesagt?«, fragte ich entsetzt und beeindruckt zugleich.

»Verdammt, nein! Glaubst du, ich wäre noch am Leben, wenn ich das getan hätte?« Er lächelte und mir schlug das Herz bis zum Hals. Tap hatte ein Lächeln, das Frauen zu Dummheiten verleiten konnte. Man sollte meinen, dass ich nach allem, was ich durchgemacht hatte, immun dagegen wäre, aber das war ich ganz und gar nicht. Verdammt, ich war versucht, ihn zu bespringen.

»Nein. Deine Mutter hätte dir von hier bis Portland in den Arsch getreten, wenn du so mit ihr geredet hättest.«

»Das kannst du annehmen.« Er lachte. »Es tut mir leid, dass ich dich hier eingesperrt habe. Im Nachhinein betrachtet, war das eine ziemlich dumme Idee. Aber nur fürs Protokoll, ich hätte es gewusst, wenn du etwas gebraucht hättest.« Er zog ein Babyfon unter dem Sofa hervor und zeigte es mir.

Schockiert starrte ich auf das Gerät in seiner Hand. »Du hast mich mit einem Babyfon überwacht?«

Er registrierte meinen Gesichtsausdruck und seine Augen weiteten sich. »Nur für den Fall, dass du mich brauchst.«

»Äh ...« Ich musste mich daran erinnern, dass es Taps Job war, Leute zu überwachen. Er tat das nicht, um unheimlich zu sein, sondern um andere zu beschützen. Es war irgendwie süß, auf eine verdammt seltsame Art. »Vielleicht könntest du das nächste Mal ... ein Mädchen vorwarnen?«

»Nächstes Mal? Meinst du, das kommt bei mir oft vor?«

Ich zuckte mit den Schultern. »Ich weiß nicht, was du sonst so treibst.«

»Gutes Argument. Na ja, erstens sperre ich nicht irgendwelche Frauen in meinen Keller ein, und zweitens bin ich nicht so der Typ für geselliges Beisammensein.«

»Gut zu wissen, und nein, der Typ scheinst du mir tatsächlich nicht zu sein. Aber du bist der netteste Veteranen-Biker-Schrägstrich-Stripper, den ich je getroffen habe. Du hast mich doch nicht schnarchen gehört oder so etwas Peinliches, oder?«

Er schüttelte den Kopf und wirkte belustigt. »Nein. Ich hatte es leise gestellt, und das Sofa hat die meisten Geräusche gedämpft. Du hast bereits geschlafen, als ich es in der ersten Nacht hierhergebracht habe, sonst hätte ich es dir gesagt. Dann habe ich darauf vergessen, bis ich gestern Abend zu Bett ging.«

Er atmete aus und sein Gesicht wurde wieder finster. Er wollte mir etwas sagen, hielt sich aber zurück. Er schien noch verwirrter darüber zu sein, dass ich gleich sein Haus sehen würde, als darüber, dass er anwesend war, wie Havoc mein Bein genäht hatte.

»Also ... was wird mich da oben erwarten?« Ich ließ meinen Blick an die Decke schweifen. »Es gibt doch keine Leichen oder tollwütige Tiere oder so etwas, oder?«

»Nein.« Er holt tief Luft. »Aber ich habe eine Tochter.«

Das kam unerwartet und nahm mir den Wind aus den Segeln. »Eine Tochter?«, fragte ich, nachdem ich mich wieder gefangen hatte. »Wie alt ist sie?«

»Drei, und ich warne dich, sie stellt viele Fragen.«

»Das tun Dreijährige angeblich so. Angeblich hört dieses Fragenstellen auch nicht auf, bis sie launische Teenager sind, die kaum noch mit ihren Eltern sprechen. Wird ihre Mom auch oben sein?« Schon die Vorstellung machte mir einen flauen Magen. Ich wollte nicht, dass Tap eine Baby-Mom hatte. Ich wollte Taps Baby-Mom sein. Vielleicht war das irrational, wenn man bedachte, dass ich ihn erst ein paar Tage kannte, aber es stimmte. Alles an ihm ließ meine Eierstöcke summen und meine weiblichen

Anteile sangen Halleluja.

»Nein.« Er sah mich seltsam an, als wäre er überrascht, dass ich das wissen wollte. »Wenn ich in einer Beziehung wäre, hätte ich gestern nicht den ganzen Tag mit dir hier unten verbracht. Ich bin nicht gerade ein geselliger Mensch und normalerweise mache ich so etwas nicht. Aber es hat Spaß gemacht und ich bin froh, dass ich die Chance hatte, mit dir abzuhängen.«

Mir wurde warm ums Herz.

»Ich meine, du bist ziemlich schlecht darin, Kugel in andere zu jagen, aber es macht Spaß, mit dir abzuhängen. Und deinen Arsch zu retten, war eine nette Herausforderung.«

Er zog mich auf, um wieder etwas Distanz herzustellen, und ich ging darauf ein. »Meinen Arsch zu retten? Ich bin mir ziemlich sicher, dass ich bei einigen Fights mehr Gegner zur Strecke gebracht habe als du. Zum Glück sind deine Mutter und deine Tochter oben, sonst würde ich dich zu einem weiteren Duell herausfordern.«

»Whoa, Tiger. Beruhige dich.« Er hob kapitulierend die Hände. »Zieh die Krallen ein, ich wollte dich nur ärgern.« Er ließ die Hände sinken und wurde wieder ernst. »Haileys Mutter ist seit Jahren von der Bildfläche verschwunden.«

Ich konnte nicht sagen, was genau *von der Bildfläche verschwunden* bedeutete, aber das war bestimmt nicht easy. »Du meintest, sie ist erst drei?«

Er nickte.

Verdammt. Während ich darüber nachdachte, nahm ich meine Handtasche mit ins Bad und tupfte genug Abdeckstift auf, um die meisten meiner blauen Flecken zu verdecken. Ich wollte niemanden beeindrucken, aber ich wollte auch nicht, dass Taps Tochter durch mein Aussehen erschreckt wurde. Ich trug Mascara auf, schminkte meine Lippen, um von dem abzulenken, was ich nicht verbergen konnte, und bürstete mir noch einmal die Haare.

»Bist du bald fertig? Wenn das Essen kalt wird, sage ich Mama, dass du schuld bist. Sie ist schon sauer auf mich, weil ich dich hier unten gelassen habe. Noch ein Fehltritt heute und sie reißt mir das Ohr ab.«

Die Vorstellung brachte mich zum Lachen. Ich warf einen letzten Blick in den Spiegel, bevor ich mich umdrehte. »Fertig.«

Tap starrte mich an. Etwas, das sehr nach *Hunger* aussah, flackerte in seinen Augen auf, während sich die Luft zwischen uns vor Spannung auflud. »Du siehst ... viel besser aus. Ich kann die blauen Flecken kaum noch sehen. Mama wird beeindruckt sein.«

»Danke. Ich nehme an, sie ist die Maskenbildnerin?«

»Jepp, aber sag es nicht Julia. Sie war sehr beeindruckt von meiner Arbeit und ich möchte sie nicht enttäuschen.«

Richtig, Julia hatte sich auf den Arm nehmen lassen. Ich spielte mit und tat so, als würde ich den Mund halten. »Meine Lippen sind versiegelt.«

»Apropos, danke, dass du Mama nichts gesagt hast. Ich weiß immer noch nicht, wie du das geschafft hast, aber sie bewundert dich dafür, dass du die Stellung gehalten und mich nicht verraten hast. Das ist ... danke.«

Sein Lob ließ mich noch etwas aufrechter stehen. Wäre ich eine Katze, hätte ich meinen Rücken gekrümmt und mich an ihm gerieben. »Deine Geheimnisse sind bei mir sicher. Außerdem lerne ich schnell und habe keine Angst vor wildgewordenen Müttern.«

Er zog eine Augenbraue hoch.

Ich änderte meinen Ton. »Bitte sag ihr nicht, dass ich das gesagt habe. Ich habe tatsächlich verdammt Schiss vor ihr. Meine Knie haben gezittert und ich dachte, sie würde jederzeit einen Jedi-Gedankentrick anwenden.«

Er gluckste. »Das glaube ich dir schon eher.«

Er führte mich die Treppe hinauf und den Flur entlang. Der

Teppich fühlte sich weich und flauschig unter meinen nackten Füßen an, und mir wurde klar, dass mir etwas fehlte. »Was ist mit den Schuhen passiert, die ich auf Danielles Party getragen habe?«, fragte ich. »Ich mochte diese Absätze sehr.«

»Seltsam, sich darüber Gedanken zu machen, wenn man bedenkt, was sonst noch alles passiert ist, findest du nicht?«

»Du weißt nicht, wie das ist, wenn man die perfekten Schuhe verliert.«

Er sah mich interessiert an. »Bist du da sicher?«

»Du steckst voller Überraschungen, nicht wahr?«

Es war seltsam, wie sehr ich Taps Gesellschaft genoss. Auf der Akademie hatte einer meiner Ausbilder die Klasse vor der Gefahr gewarnt, dass sich ein Opfer in seinen Retter verlieben könnte. Ich war immer davon ausgegangen, dass ich als Polizeibeamtin in einer solchen Situation die Retterin sein würde und hatte mir überlegt, wie ich mich verhalten würde. Ich würde mich von dem Opfer distanzieren und darauf achten, keine verwirrenden Signale auszusenden oder Geschenke anzunehmen.

Ich hätte nie erwartet, das Opfer zu sein.

Es war nicht mal die Tatsache, gerettet worden zu sein, was mich zu ihm hinzog. Auch nicht sein herrlicher Körper oder sein Lächeln, dass mein Höschen zum Schmelzen brachte. Es waren die Momente, in denen er ehrlich zu mir war. In denen er den Vorhang fallen ließ und mir den Mann darunter zeigte. Und es waren diese einfachen, liebevollen und witzigen Gespräche, die mich dazu brachten, die Möglichkeit einer Zukunft mit ihm auszuloten.

Eines Tages.

Nachdem die Bösen erledigt und die Mädchen befreit worden waren. Ich hatte meine Prioritäten.

Wir lächelten beide, als wir um die Ecke bogen und sich der Wohnbereich offenbarte; eine Küche mit hohen Decken, ein angrenzendes Esszimmer sowie ein Wohnzimmer. Die Farben waren neutral, die Geräte schick und die Möbel in hervorragendem Zustand. Tap und seine Familie hatten offensichtlich keine Geldsorgen. Ich hätte gern einen grenzwertig unpassenden Witz darüber gemacht, wie lukrativ das Striptease-Geschäft sein musste, aber Doris stand mitten in der Küche und beobachtete uns, als wir uns näherten.

»Ich wollte schon nach euch beiden sehen«, sagte sie, und mir wurde klar, dass sie uns eingehend betrachtete. Dass ihr auffiel, dass ich mich an Tap lehnte.

Ich konnte inzwischen gut ohne seine Hilfe gehen, aber wir schienen beide voneinander angezogen. Ich fühlte mich ertappt, als hätte ich etwas falsch gemacht, löste meine Hand von seinem Unterarm und richtete mich auf. »Entschuldigen Sie, ich habe versucht, meine Verletzungen abzudecken, um Hailey nicht zu erschrecken.« Ich atmete tief ein. »Irgendetwas riecht köstlich.«

Doris lächelte über das Kompliment und winkte mir zu. »Es ist nichts Besonderes. Ich habe nur Hühnersuppe und gegrillte Käsesandwiches gemacht, weil unsere Kleine krank ist.«

»Hailey ist krank?«, fragte ich. Tap hatte davon nichts erwähnt.

»Sie ist heute Morgen gegen drei Uhr mit Bauchschmerzen und Fieber aufgewacht. Es hat schon etwas nachgelassen, aber sie liegt auf der Couch und genießt die Situation. Ich habe ihr nicht gesagt, dass wir Besuch haben, ihr könnt sie überraschen.«

Hailey war ein entzückendes kleines Ding, mit einem Kopf voller dunkler Locken und einer Haut, die ein paar Nuancen heller war als die von Tap. Sie hatte auch seine Augen, seine Lippen und seinen Kiefer.

»Sie ist wie eine jüngere, weibliche Version von dir«, flüsterte ich. »Sie ist bezaubernd.«

Er strahlte mich voller Stolz an. »Ich habe viele Fehler gemacht. Sie ist das einzig Gute und Richtige in meinem Leben. Sie bedeutet mir die Welt.«

Und er wollte sie mir vorstellen.

Ich wusste, wie schwer das für einen so verschlossenen und geheimnisvollen Mann wie Tap sein musste, daher blieb ich zurück, als er sich zu ihr beugte und ihr eine Locke von der Wange strich, um sie auf ihn aufmerksam zu machen.

»Hey, Prinzessin, wir haben Besuch.« Er fühlte ihre Stirn. »Du fühlst dich noch ein bisschen warm an.« Er schaute auf die Uhr. »Es ist fast Zeit für deine Medizin.«

Hailey sah ihren Vater nicht an. Ihr Blick blieb an mir kleben. »Du hast die Sachen von meinem Dad an«, sagte sie schließlich. Bevor Tap oder ich antworten konnten, weiteten sich ihre Augen und ihr Gesicht leuchtete auf. »Bist du meine Mom?«

14. KAPITEL

Tap

Unter all den bizarren Fragen, die ich von Hailey an Sasha erwartet hatte, war diese nicht einmal auf meinem Radar gewesen. Doch jetzt, wo sie im Raum stand, ergab sie durchaus Sinn, denn ich hatte meiner Tochter versprochen, ihr nach ihrer Rückkehr von ihrer Mom zu erzählen. Natürlich tauchte die Frage wieder auf, sobald sie die einzige Frau sah, die ich je mit nach Hause gebracht hatte und die auch noch Kleidung von mir trug.

Sasha stand ein paar Meter entfernt, mit weit aufgerissenen Augen und offenem Mund. Sie war genauso verblüfft wie ich, nur dass sie eine unschuldige Zuschauerin war, und es war meine Aufgabe, dieses Chaos zu beseitigen.

Eine peinliche Stille lag in der Luft, während Hailey mit hoffnungsvollem Gesicht zu Sasha aufschaute und auf eine Antwort wartete. Ich wollte meine Tochter nicht enttäuschen, aber ich wollte sie auch nicht verwirren. Es war an der Zeit, die Sache im Keim zu ersticken, bevor sie aufblühen konnte. Um die richtigen Worte ringend, tätschelte ich Haileys Arm. »Nein, kleines Mädchen. Das ist meine Freundin Sasha. Sie ist nur für eine Weile zu Besuch.«

»Aber du hast mir versprochen, du würdest mir von meiner Mom erzählen.«

Ich nickte. »Das habe ich, und das werde ich auch, aber nicht heute. Heute haben wir Besuch, und wir wollen nicht unhöflich sein.«

Mama schnaubte aus der Küche und murmelte so etwas wie: »Nein, das wollen wir nicht, dein Vater war schon unhöflich genug.« Ich ignorierte sie.

»Ich will meine Mom.«

Das war eine neue und interessante Bitte, auf die ich nicht vorbereitet war. Verdammt, ich konnte im Augenblick nicht einmal mit meiner Mutter umgehen. Während ich nach einer akzeptablen Antwort suchte, kniete sich Sasha neben mich und legte ihre Hand auf meinen Arm.

»Hallo, Hailey. Ich bin nicht deine Mom, aber ich spiele gern mit Puppen, Ponys und Eisstielen. Wenn du mich deine Freundin sein lässt, können wir viel Spaß zusammen haben.«

Hailey schien einen Moment über die Idee nachzudenken, bevor sie fragte: »Magst du die *Ungwaublichen*?« Sie schaute auf den Fernseher.

Sasha folgte ihrem Blick. »Die Unglaublichen? Was für eine Frage! Ich liebe sie. Wie könnte ich das nicht? Sie sind unglaublich.«

Hailey kicherte. »Willst du sie dir mit mir ansehen?«

»Das würde ich liebend gern, Kleines«, antwortete Sasha.

»Nach dem Mittagessen«, schaltete ich mich ein. »Mama hat Suppe gemacht, damit es dir besser geht.« Ich streckte die Arme nach Hailey aus. »Komm.«

Sie ignorierte mich. »Ich will, dass Sasha mich trägt.«

Sasha bat mich mit ihrem Blick um Erlaubnis. Ihre Augen strahlten und ihr Lächeln war ansteckend. Ich wusste, dass ich einer Frau, die ich erst seit so kurzer Zeit kannte, nicht erlauben sollte, sich meiner Tochter zu nähern, aber ich wusste nicht, wie ich es vermeiden sollte.

Also zuckte ich mit den Schultern und wich zurück.

Hailey sprang Sasha praktisch in die Arme, was ihr ein schmerzhaftes Knurren entlockte.

»Sei vorsichtig, kleines Mädchen. Sasha hat ein paar *Auas* auf dem Bauch.«

»Wirklich?«, fragte Hailey und runzelte die Stirn in einem fast komischen Anflug von Besorgnis.

»Ja, aber ich fühle mich gleich besser, wenn ich dich im Arm halte.«

Hailey lächelte und kuschelte sich an sie.

Als wir uns dem Tisch näherten, beobachtete Mama uns ein wenig zu aufmerksam für meinen Geschmack. Ich versuchte, ihre Aufmerksamkeit zu ignorieren, während ich Sashas Stuhl wegzog und versuchte, ihr Hailey abzunehmen. Meine Verräterin von einer Tochter wollte immer noch nicht zu mir kommen. »Es tut mir leid. So hat sie sich noch nie verhalten.« Wir hatten auch noch nie Besuch gehabt, aber normalerweise war ich Haileys liebster Mensch auf der Welt. Sie hatte sich nie geweigert, sich von mir in den Arm nehmen zu lassen, nicht einmal, wenn sie wütend auf mich war, nachdem ich sie gezwungen hatte, ihr Spielzeug wegzuräumen und ins Bett zu gehen.

»Kinder lieben mich«, sagte Sasha und klopfte Hailey liebevoll auf den Rücken. »Ich will ja nicht angeben, aber ich war in meiner Jugend wahrscheinlich die coolste Babysitterin in ganz Vegas. Ich war buchstäblich an jedem Wochenende der Highschool ausgebucht.«

»Du hast in Vegas gelebt?«, fragte ich, neugierig, mehr über sie zu erfahren.

»Ich bin dort aufgewachsen. Ich habe meinen Bachelor in Strafjustiz an der *UNLV* gemacht.«

»Und du hast an den Wochenenden auf Kinder aufgepasst?«, erkundigte sich Mom, während sie das Essen an den Tisch brachte.

Ich stand auf, um ihr zu helfen.

»Ja. Ich mag Kinder. Sie sind viel ehrlicher als Erwachsene.«

Mom lächelte. »Das sind sie wirklich. Wie lange bist du schon in Seattle?«

»Vier Jahre. Ich wurde auf der Polizeiakademie angenommen und bekam einen Job bei der Polizei von Seattle. Seitdem bin ich hier.«

»Du bist Polizistin?«, fragte Mama.

Sasha sah mich an, als würde sie um Erlaubnis bitten, antworten zu dürfen. Ich nickte. »Ja, Ma'am. Und was ist mit Ihnen, Mrs …?« Sie sah mich an, um eine Antwort zu bekommen.

»Watson«, sagte ich, während Mom bereits mit einem »Doris passt für mich«, einsprang.

Mama sah mich an, die Überraschung stand ihr ins Gesicht geschrieben. Ich konnte es ihr nicht verübeln. Watson war nicht unser aktueller Nachname, sondern der von Alex, und solche Details teilte ich mit niemandem. Aber Sasha war anders.

»Bitte nenn mich Doris, Kindchen«, wiederholte Mama und tätschelte Sashas Arm.

»Okay, Doris«, sagte Sasha. »Ich kann immer noch nicht glauben, wie anders Tap vorgestern Abend ausgesehen hat. Ich dachte immer, ich wäre gut im Schminken, aber das ist schon Kunst und auf dem Niveau einer Dragqueen. Wie lange machst du das schon?«

Die beiden fingen an, sich über Konturen und Highlighter zu unterhalten, während ich mich zurücklehnte und das Geschehen beobachtete. Hailey saß zufrieden auf Sashas Schoß, und obwohl Sasha Hailey ein paar Mal von ihren Rippen weghalten musste, murmelte sie kein einziges Wort der Beschwerde. Hailey nahm ein paar Löffel von ihrer Suppe, bevor sie Sasha bat, sie zu füttern. Ich wollte Einspruch erheben, da meine Tochter seit einem Jahr selbst aß, aber Haileys Augen waren glasig und sie bewegte sich wie in Trance. Außerdem schien es Sasha nicht im Geringsten zu stören. Sie fütterte Hailey, während sie sich mit Mama unterhielt, und machte hin und wieder eine Pause, um selbst einen Bissen zu nehmen.

Nach dem Mittagessen machten es sich Sasha und Hailey auf der Couch bequem, während ich *Die Unglaublichen* einschaltete. Ich überließ den beiden den Film und ging in die Küche zurück, um Mama zu helfen.

»Ich mag sie«, sagte Mama und warf mir einen bedeutungsvollen Blick zu.

Ich lachte leise. »Du hast sie gerade erst kennengelernt.«

Ihre Augen wurden weicher. »Sie bringt dich zum Lachen, Alex. So habe ich dich schon lange nicht mehr lächeln sehen.«

»Hailey bringt mich immer zum Lächeln.«

»Es ist eine andere Art zu lächeln.«

Ich dachte darüber nach, während ich das restliche Geschirr vom Tisch holte und es in die Spüle stellte. »Ich mag sie auch.«

Mama sah schrecklich selbstzufrieden aus. »Ich weiß.«

»Und Sasha hält mich für eingebildet? Sie sollte dich mal in Aktion erleben.«

»Wie lange wird sie hier sein?«

»Das weiß ich nicht. Sie ist eine gute Polizistin. Sie versucht, das Richtige zu tun, und das hat ihr ein paar gefährliche Feinde eingebracht. Der Club will ihr helfen und arbeitet an einem Plan, aber die Zeit läuft gegen uns. Sasha befürchtet, dass den vermissten Mädchen etwas Schlimmes zustoßen könnte, wenn sie nicht bald handelt. Aber sie kann nicht allein losziehen. Ich habe Angst, dass sie ungeduldig wird. Ihr erster Alleingang hat sie sehr mitgenommen. Ich weiß nicht, ob sie eine weitere Runde überlebt.« Normalerweise involvierte ich meine Mutter in solche Überlegungen nicht, aber der Gedanke, dass Sasha ohne Hilfe losziehen könnte, zerriss mich innerlich. Ich musste sie hier in Sicherheit wissen und brauchte den Rat meiner Mutter, wie ich das anstellen sollte.

Mama öffnete den Geschirrspüler und begann, ihn zu befüllen. »Wenn du nicht willst, dass sie geht, gib ihr einen Grund zu bleiben.«

Ich wusste nicht, wie ich das anstellen sollte. Verdammt, ich wusste nicht einmal, wo ich anfangen sollte. »Bei dir klingt das so verdammt einfach.«

Sie lächelte mich traurig an. »Nichts im Leben ist einfach, mein Junge. Es gibt viel Schmerz und Leid auf dieser Welt; wenn du also etwas findest, das dich glücklich macht, musst du es mit beiden Händen festhalten. Lass es nicht los.«

»Ich habe sie vor weniger als achtundvierzig Stunden kennengelernt«, stellte ich klar.

»Ach ja? Du hast sie in dein Leben gelassen, Alex. Das hast du noch nie gemacht. Wenn du Interesse hast, dann mach den ersten Schritt. Du wirst nicht jünger, und ich hätte nichts dagegen, noch ein oder zwei Enkelkinder zu haben. Oder drei.«

Mamas Gründe waren egoistisch, aber wenigstens hatte ich ihre Unterstützung. »Sasha ist verletzt. Sie hat viel durchgemacht. Ich kenne nicht einmal alle Details. Ich befürchte, dass sie es nicht gut aufnehmen würde, würde ich sie jetzt anfassen.«

Sie starrte mich an. »Junge, bitte. Ihr könnt kaum die Hände voneinander lassen. Wenn du dir allerdings solche Sorgen machst, zeig Interesse und überlasse ihr die Führung.«

Mama und ich standen uns nah, wir konnten offen miteinander reden, aber dieses Gespräch war mir nicht ganz geheuer. »Ich werde darüber nachdenken«, sagte ich und half ihr, die Küche aufzuräumen.

Als wir fertig waren, zog sich Mama für ein Nickerchen in ihr Zimmer zurück, während ich zu Sasha und Hailey ins Wohnzimmer ging. Sasha lag auf der Seite auf dem Sofa, Hailey dösend an sie gekuschelt. Während sie mit den Fingern geistesabwesend Haileys Haare aus dem Gesicht strich, sahen sie den Film an. Es wirkte friedlich und behaglich, und ich wollte mich nicht reindrängen. Ich lehnte mich an die Wand und beobachtete die beiden, mich wundernd, wie schnell sie sich aneinander gewöhnt hatten.

Sasha schien in meine Welt zu passen. Sie war wie ein Puzzleteil, von dem ich gar nicht wusste, dass es fehlte, bis es das Bild vervollständigte und alles veränderte.

»Gib ihr einen Grund zu bleiben.«

Oh, das hatte ich vor.

Ich brauchte nur einen Plan. Während ich versuchte, mir einen auszudenken, stieß ich mich von der Wand ab und ging auf die beiden zu. Sashas Blick hob sich und sie strahlte mich mit einem Lächeln an, das so rein und schön war, dass ich mich am liebsten zu ihnen auf die Couch gesetzt hätte.

»Ich glaube, sie mag mich«, flüsterte Sasha.

Ich erwiderte ihr Lächeln. »Wie sollte sie nicht? Du bist ein toller Mensch. Verdammt, *ich* mag dich, und ich mag nicht einmal Menschen.«

Plötzlich wirkte sie verlegen. »Danke.«

»Ich bringe sie jetzt ins Bett, damit sie ein bisschen schlafen kann. Sie braucht ihre Ruhe.«

Ich spürte, dass Sasha widersprechen wollte, aber sie schwieg, als ich Hailey hochhob und in ihr Zimmer trug. Als ich ins Wohnzimmer zurückkam, war Sasha verschwunden. Ich suchte in der Küche und im Bad, bis ich sie schließlich im Keller fand. Die Decke, die ich ihr gestern Abend mitgebracht hatte, lag zusammengefaltet auf der Sofakante, und sie hatte ihre Handtasche über die Schulter gehängt, während sie vor dem Sofa auf und ab ging.

»Was machst du da?«, fragte ich, weil ich die Antwort schon kannte.

Sie sah zu mir auf. »Nachdenken.«

»Worüber?«

Sie bewegte sich nicht mehr und begegnete schließlich meinem

Blick. »Bist du sicher, dass euch meine Anwesenheit nicht in Gefahr bringt?«

Es war nicht das, was ich von ihr erwartet hatte, aber ihre Besorgnis ergab Sinn. »Ja.«

»Wie kannst du so sicher sein?«

»Weil ich sehr gut bin in dem, was ich tue. Ich bin nicht überheblich, ich bin nur ehrlich. Ich weiß, was ich tue. Als ich dich gefunden habe, habe ich Wanzen in Buzz' Büro angebracht. Wir überwachen seine Gespräche.«

»Wer gehört zu *wir*?«

»Morse. Buddha hilft ihm, zusammen mit Bull und Specks. Ich hüpfe manchmal rein und höre mir die Streams an. Meistens, wenn du schläfst.«

»Und du vertraust diesen Leuten?«

Das war eine schwierige Frage. Ich beschloss, sie so ehrlich wie möglich zu beantworten. »Das sind gute Jungs. Ich vertraue darauf, dass sie das Richtige tun und den Club beschützen. Ich bin ein Teil des Clubs. Außerdem würde Morse es als persönliches Versagen ansehen, wenn etwas in die falschen Hände gelangen würde, und dieser Mistkerl ist zu verdammt stolz, um jemals zu versagen. Er würde sich bis zur Erschöpfung abrackern.«

»Du traust nicht vielen Leuten, oder?«, fragte sie.

Ihre Augen waren so verdammt schön, dass ich mich nur darauf konzentrieren konnte. Hellgrün, glasig, als wäre sie den Tränen nahe, wirkten sie wie flüssige Smaragde. »Ich vertraue dir.«

Ich war überrascht, als ich mich das sagen hörte, aber ich wusste sofort, dass es stimmte. Ich vertraute Sasha. Ich vertraute ihrem Charakter und ihrem Mitgefühl. Ich vertraute ihrer Ehrlichkeit und ihrem moralischen Kompass. Und vor allem: Ich vertraute ihr bei Hailey.

»Wenn Hailey oder deiner Mutter oder dir etwas passiert ... Vielleicht sollte ich einfach gehen.«

Das war ihr Beweggrund. Sie machte sich Sorgen um uns. So sehr, dass sie bereit war, die Sicherheit meines Hauses zu verlassen und vielleicht direkt in die Arme dieses gefährlichen Arschlochs zu laufen, das sie unter Drogen gesetzt und missbraucht hatte. Sie war so verdammt selbstlos und mutig, dass ich sie auf keinen Fall gehen lassen wollte. Sie machte mich glücklich, und ich wollte sie mit beiden Händen festhalten. Ohne Zögern schloss ich die Lücke zwischen uns.

Meine Absicht stand mir wohl ins Gesicht geschrieben, denn Sashas Augen weiteten sich. »Was machst du da?«, fragte sie.

Ich konnte nicht sagen, ob sie erschrocken oder erregt war, also musste ich vorsichtig sein. Ich war nicht einfach ein weiteres Arschloch, das sie benutzte, um sein Ego zu pushen, und ich musste sicherstellen, dass sie das verstand. Ich senkte meinen Kopf, bis unsere Lippen weniger als einen Zentimeter voneinander entfernt waren, und wartete, um ihr die Möglichkeit zu geben, sich zurückzuziehen, wenn sie es wollte.

Stattdessen begegnete Sasha meinem Blick. Jedes Gefühl, das ich empfand, wurde auf mich zurückgeworfen, und mir wurde bewusst, wie tief wir miteinander verbunden waren.

»Du hast Angst, also willst du weglaufen«, sagte ich und hatte Mühe, mich zurückzuhalten, obwohl ich sie am liebsten umarmt und besinnungslos geküsst hätte. »Ich verstehe dich. Ich bin schon mein ganzes Leben auf der Flucht. Aber was ist, wenn wir etwas finden, wofür es sich zu kämpfen lohnt?«

Ihr Atem ging stoßweise und ihre Augen verdunkelten sich vor Sehnsucht.

Ich küsste sie.

Unsere Lippen trafen sich und sie schmolz in mich hinein. Ich fuhr mit der Zunge über ihre Unterlippe und bat leise um Einlass. Mit einem Seufzer öffnete sie ihren Mund und meine Zunge glitt in sie. Sie schmeckte nach Geborgenheit und Heimat, was mich erregte und ermutigte. Mir war, als könnte ich nicht genug von ihr bekommen. Meine Hände glitten wie selbstverständlich in ihren Nacken, während etwas immer stärker zwischen uns zu pulsieren begann. Etwas, das mich zu ihr zog, bis ich nicht mehr sagen konnte, wo ich aufhörte und sie anfing.

Dennoch waren wir uns nicht nahe genug.

Ich musste ihre Haut an meiner spüren, und das bedeutete, dass ich mich ausziehen musste. Ich griff nach dem Saum meines T-Shirts und unterbrach den Kuss lange genug, um es mir über den Kopf zu ziehen und beiseitezuwerfen. Als wir wieder zusammen waren, griff ich nach Sashas Shirt und wiederholte den Vorgang, wobei ich auf ihre Schulter achtete. Wieder verschmolzen unsere Lippen, unsere Hände tasteten zugleich nach den Bändern unserer Hosen.

Endlich nackt standen wir voreinander. Sashas Augen glänzten, ihre Lippen waren geschwollen und ihr Atem ging unregelmäßig. Ich senkte den Blick und betrachtete ihren Körper. Die blauen Flecken verblassten, aber sie waren nicht das, was mich interessierte. Ihre Form war unglaublich. Sie hatte weiche Kurven und harte Linien, perfekte runde Titten mit dunkelrosa Brustwarzen, eine sich verjüngende Taille, die zu breiten Hüften und festen Schenkeln führte. Ich saugte jeden sexy Zentimeter ihres Anblickes in mich auf, griff nach ihrer Hand und drehte sie um, um ihren fantastischen Hintern zu genießen.

Sie war perfekt. Jeder blaue Fleck, jede Narbe zeugte von ihrer Stärke und Entschlossenheit. Ich wollte jedes Grübchen kennenlernen, jede Sommersprosse küssen, mit der Zunge über jedes Muttermal fahren. »Du bist verdammt hübsch«, sagte ich und drehte sie zu mir zurück.

Ihr Ausdruck wurde weicher. »Du bist auch nicht übel anzusehen. Ich meine, wenn man auf diesen perfekten Stripper-Body steht, der den ganzen Tag im Gym geschunden wird und verdammt heiß ist. Was ich definitiv tue.«

»Gut.« Ich lachte und zog sie wieder in meine Arme. »Ist das okay für dich? Ich will dir nicht wehtun.«

Sie schluckte. »Das will ich auch nicht.« Die Sehnsucht in ihren Augen verriet ihren Wunsch, mir näherzukommen, aber das Kauen auf ihrer Lippe und das leichte Zittern in ihren Armen verrieten mir, dass sie Angst hatte.

»Was kann ich tun?«, fragte ich. »Was brauchst du von mir?«

Sie sah auf unsere verstreuten Kleider und griff nach meinem T-Shirt. Dann ging sie um mich und fesselte meine Hände auf dem Rücken.

Ich straffte mich und merkte, wie locker ihre Fesseln mich hielten. »Ich kann mich befreien«, sagte ich ehrlich.

Ihre grünen Augen blickten mich flehend an, sobald sie wieder vor mir stand. »Ich weiß. Tu es nicht.«

Ich hatte schon immer die Kontrolle im Schlafzimmer gehabt. Seit Elaine bestand Sex für mich im Wesentlichen darin, mich auszuziehen, geil zu werden und wieder zu verschwinden. Ich habe Frauen gefickt, aber weiter bin ich nicht gegangen. Sasha wusste, dass ich Vertrauensprobleme hatte, und sie versuchte nicht, mich bewegungsunfähig zu machen. Breaker hatte ihr etwas angetan, das ihr die Macht im Schlafzimmer genommen hatte, und sie brauchte jemanden, der ihr diese Macht zurückgeben konnte. Das konnte ich. Ich nickte.

Sie tippte auf das Sofa. »Setz dich.«

Mit den Armen hinter dem Rücken setzte ich mich.

»Kondom?«, fragte sie.

»Im Badezimmerschrank.«

Sie schlüpfte ins Bad und kam mit der Schachtel zurück. Ich sah sie an und sie zuckte mit den Schultern. »Man kann nie wissen. Ich bin gerne vorbereitet.«

»Das bewundere ich an dir.«

Sie stellte die Schachtel auf die Armlehne des Sofas und sank auf die Knie. Unter ihren Wimpern sah sie mich an. »Versuch, dich nicht zu bewegen.«

Bevor ich fragen konnte, warum, beugte sie sich vor und saugte meinen Schwanz in ihren Mund. Heißer Druck umfasste die Spitze und glitt den Schaft hinunter, während sie ihre Wangen anspannte und ihr Bestes gab, mich in sich aufzunehmen. Es fühlte sich so verdammt gut an, dass ein Zischen meine Lippen verließ, und ich den Kopf zurückwarf. »Heilige Scheiße!«

Die Vibration ihres Lachens machte mich verrückt. Sie konnte mich nicht ganz aufnehmen, versuchte es aber. »Das fühlt sich verdammt geil an.«

Ihr Blick traf meinen, und in ihren hellgrünen Augen blitzte Anerkennung auf. Allein für diesen Anblick würde ich mich eine Million Mal von ihr fesseln lassen, wenn es sein müsste. Langsam glitt sie mit ihren Lippen meinen Schaft hinauf und ließ die Spitze geräuschvoll los, bevor sie wieder abtauchte. Es war schwer, still dazusitzen und mich von ihr bearbeiten zu lassen, obwohl ich nichts lieber wollte, als ihren Kopf zu packen und in ihren Mund einzutauchen.

Aber es ging nicht um mich.

Es ging darum, ihr zu geben, was sie brauchte. Sie saugte an mir, bis ich kurz davor war, zu kommen. Dann zog sie sich zurück, stand auf und wischte sich über die Lippen. Verdammt, sie machte mich verrückt.

»Darf ich deine Pussy lecken?«, fragte ich und starrte zwischen ihre Beine. Sie war rasiert und ich konnte ihre Schamlippen erkennen, deren Anblick mir das Wasser im Mund zusammenlaufen ließen. »Bitte?«

»Willst du das wirklich?«, fragte sie überrascht.

»Fuck, yeah. Hier, ich mache es dir sogar leicht.« Ich rutschte vom Sofa und landete vor ihr auf den Knien, die Hände immer noch auf dem Rücken gefesselt. »Du hast immer noch die Kontrolle.«

Ihre Augen waren dunkel vor Lust, und sie beobachtete mich, darauf wartend, was ich tun würde. Ich konnte ihre Erregung riechen. Alles in mir verlangte danach, sie zu Boden zu werfen und die Erinnerung an jeden Mann, der vor mir gewesen war, auszulöschen. Auf den Knien zu bleiben und mich ihr zu unterwerfen, erforderte so viel Beherrschung, dass mein Körper zitterte, aber ich blieb, wo ich war und wartete.

Schließlich kam sie nach vorne und hielt mir ihre Muschi direkt ins Gesicht.

Gott sei Dank!

Mit der Zungenspitze liebkoste ich ihren Kitzler. Sie stöhnte auf und der süße, sexy Klang fuhr direkt in meinen Schwanz. Ich wirbelte mit meiner Zunge um ihren kleinen Nervenknoten und sah zu, wie die Lust über ihr Gesicht tanzte. Ich streichelte weiter und brachte sie in einen Rausch. Als sie keuchte und sich gegen mich stemmte, tauchte ich tiefer in sie ein und leckte ihre Pussy.

Sasha war überall süß und frech. Ihr Nektar rollte über meine Zunge, und sie packte meinen Hinterkopf und positionierte mich dort, wo sie mich brauchte. Sie benutzte mich hemmungslos und ließ ihre Lust auf die schmutzigste Art und Weise heraus. Es war das Schärfste, was ich je gesehen hatte. Fasziniert von diesem Anblick fuhr ich mit meiner Zunge durch ihre Nässe, bis sie über mir Erlösung fand.

Als ich schließlich meine Hände befreite, tat ich es nur aus Angst, sie würde in Ohnmacht fallen. Stolz auf mich selbst, hielt ich sie fest und half ihr auf das Sofa.

Mit halb geöffneten Augen und sichtlich berauscht vor Lust, ließ sie sich mit einem breiten Grinsen in die Kissen fallen. »Okay, das war nicht von dieser Welt.«

»Hat dich noch nie jemand auf diese Art verschlungen?«

»So nicht.«

Nun, das machte mich noch etwas stolzer. Ich setzte mich neben sie und streichelte ein paar Mal über meinen Schwanz, um ihre Aufmerksamkeit zu erregen. »Bist du bereit für einen weiteren Orgasmus?«

Ihre Augen weiteten sich ein wenig. »Du wirst übermütig.«

»Bring deinen süßen Arsch hier rüber und ich zeige dir, wie übermütig ich sein kann.«

»Du hast deine Hände befreit.«

»Nur, weil du mich gebraucht hast. Ich werde sie hinter meinem Rücken halten.«

Sie musterte mich. »Versprochen?«

»Babe, ich hätte mich jederzeit befreien können.« Ich brachte die Hände hinter meinen Rücken.

»Das weiß ich.« Grinsend rutschte sie rüber und holte ein Folienbündel aus der Schachtel. Ohne den Blickkontakt zu unterbrechen, riss sie es auf und wickelte den Gummi langsam über meinen Schwanz; einen Millimeter nach dem anderen. Ich konnte nicht sagen, ob sie mich quälen oder Zeit gewinnen wollte, um sich zu sammeln, aber sie stellte meine Entschlossenheit ein weiteres Mal auf eine harte Probe.

Als das Kondom endlich übergestreift war, setzte sie sich auf meinen Schoß und hielt mir ihre üppigen Titten direkt ins Gesicht. Ich konnte sie zwar nicht mit den Händen berühren, aber sie hatte meinem Mund keine solchen Beschränkungen auferlegt. Ich saugte an einer perfekten rosa Brustwarze und ließ meine Zunge um sie kreisen.

Während ich ihre Brüste liebkoste, positionierte sie sich über meinem Schwanz, wobei sie die Spitze gegen ihre Schamlippen rieb. Ich hätte nur meine Hüften bewegen müssen, um mich nach Hause zu bringen, aber ich hielt mich zurück. Sie vertraute mir, und ich würde eher meinen eigenen Schwanz abschneiden, als dieses Vertrauen zu missbrauchen. Ich saß da und ließ sie mit mir spielen, bis sie bereit war. Langsam bewegte sie sich auf meinem Schaft nach unten, und ich hielt still, während ihr Körper mich aufnahm. Als sie das Ende erreichte, entrang sich ein Keuchen ihrer Kehle. Sie drückte mich an sich und glitt wieder nach oben.

Sie musste einen schwarzen Gürtel in Beckenbodengymnastik haben, denn ihre Muschi rang mich nieder. Ihr zuzusehen, wie sie langsam meinen Schwanz ritt, war die süßeste Form der Folter, die ich je erlebt hatte. Sie erinnerte mich an eine Tänzerin, wie sich ihr Körper bewegte, sich wölbte und mich genau dorthin brachte, wo sie mich brauchte, bevor sie die Bewegung änderte. Sie teaste und reizte mich, und ich gab mich ihr bereitwillig hin. Genoss jede intensive, quälende Sekunde. Ich war standhaft, kannte das Geheimnis, stundenlang zu ficken, ohne zu kommen – dann, wenn ich das Sagen hatte. Ich hatte noch nie erlebt, wie schön Hingabe sein konnte, bis ich Sasha beobachtete, wie sie meinen Schwanz ritt, als wäre es der purste, reinste Genuss, den sie voll auskosten wollte.

»Du fühlst dich so verdammt gut an«, sagte sie und lehnte sich an mich.

Ich küsste ihr Schlüsselbein, ihren Hals, ihren Kiefer, jeden Zentimeter, den sie mir zugänglich machte.

»Ich komme«, sagte sie. »Fick mich, Tap.«

Es war nicht richtig. Der Moment schien zu intim, zu persönlich für meinen Straßennamen. Ich wollte ihr etwas Besonderes geben. Etwas, das keine andere Frau je besessen hatte.

»D'Vonte«, sagte ich.

Ihre Augen weiteten sich, als sich unsere Blicke trafen, und sie verstand. »Fick mich, D'Vonte.«

Ich drehte ihren Hintern um und tat, wie mir geheißen.

15. KAPITEL

Sasha

D'Vonte. Tap hatte mir seinen richtigen Namen genannt oder zumindest den ersten Teil davon, und drei unglaubliche Orgasmen geschenkt. Mein Körper vibrierte noch immer vor Energie, als wir uns in einem Gewirr von Armen und Beinen auf dem Sofa entspannten. Er wusste genau, was ich brauchte und gab es mir auf die süßeste Art und Weise. Nie hätte ich gedacht, dass ein Mann wie Tap die Kontrolle über seinen Körper aufgeben würde. Der Sex mit ihm war unglaublich.

Ich lag neben ihm, mein Körper satt und zufrieden, mein Herz erfüllt. Sex verändert die Dinge zwischen Menschen, und obwohl ich nicht wusste, wie es nun zwischen uns stand, vertraute ich ihm genug, um mir darüber keine Sorgen zu machen.

Tap drückte meine Schulter. »Wie geht es dir?«

»Ich bin ... ähm ... bewegungsunfähig. Denke ich.«

Er lachte leise und gab mir einen Kuss auf den Kopf. Diese Geste war so innig, dass mir der Atem stockte. Er rollte sich auf den Rücken und zog mich mit sich, bis wir uns ansehen konnten. »Du weißt, dass ich mehr von dir will, oder?«

Hätten sich meine Augen weiten können, sie hätten es getan. Es war unmöglich, dass sich ein Mensch so schnell sammeln und eine neue Runde einlegen konnte. »Jetzt gleich?«

Wieder lachte er und berührte meine Brust. »Nein. Ich muss nach Hailey sehen. Aber ich will, dass du weißt, dass das keine einmalige Sache ist.«

Das gefiel mir. Sehr sogar.

Um ehrlich zu sein, ich liebte es, hier bei ihm zu sein. Einfach nackt auf ihm zu liegen, Brust an Brust, während wir uns unterhielten, das war schön. Ich könnte das den ganzen Tag machen. Aber ich musste sicher sein, dass wir von ein und derselben Sache sprachen. »Wie oft wird diese Keine-einmalige-Sache vorkommen?«, fragte ich und hoffte, nicht zu verzweifelt oder anhänglich zu klingen.

»So oft du möchtest und so lange du bleiben willst. Ich mag keine Menschen, aber ich mag dich. Ich mag es, dich hier in meinem Zuhause zu haben.«

Hätte er mich nicht festgehalten, wäre ich vermutlich von seinem Sofa geschmolzen. Ich lächelte in seine dunkelbraunen Augen. »Ich mag Menschen, aber du gehörst zu meinen Favoriten. Es gefällt mir, hier bei dir zu sein.«

»Weil ich dich mit meiner Zunge zum Orgasmus gebracht habe, nicht wahr? Deshalb bin ich dein Favorit.«

Ich kicherte. »Das hat sicher auch damit zu tun. Mit Sicherheit kann ich es nicht sagen. Wahrscheinlich musst du es noch einmal machen, um sicher zu sein.«

Seine Augenbrauen hoben sich. »Also doch jetzt gleich?«

»Ich glaube nicht, dass ich mich schon wieder bewegen kann.«

»Ich will mich gar nicht bewegen. Es ist zu bequem.«

»Das ist es, aber du hast recht. Wir sollten aufstehen und nach Hailey sehen.«

»Hm, ja.«

Keiner von uns rührte sich.

»Ich stehe auf.« Ich wackelte mit meinem kleinen Finger, in der Hoffnung, eine Art Kettenreaktion auszulösen, die meinen ganzen Körper in Bewegung setzte, aber ohne Erfolg.

»Ja, ich auch.«

Aber es passierte nichts.

»Vielleicht noch fünf Minuten.«

Tap gluckste, die Vibration, die er dabei an meinen Brustwarzen auslöste, rauschte direkt weiter zwischen meine Beine. Ich hatte vielleicht nicht die Motivation aufzustehen, aber wenn er so weitermachte, würde sich meine Motivation wieder auf seinen Schwanz konzentrieren.

»Oder nach der vierten Runde«, schlug ich vor.

Seine Augen verdunkelten sich und er senkte seine Lippen, um mich zu küssen, da klingelte plötzlich sein Handy. Er erstarrte und ich stöhnte auf.

»Lass es läuten«, sagte ich.

»Ich kann nicht. Es ist der Club.« Er griff in die Tasche seines ausrangierten Pullovers, holte sein Handy heraus und überprüfte das Display, bevor er abnahm. »Du hast hoffentlich verdammt gute Neuigkeiten, Morse.« Während er zuhörte, konnte ich beobachten, wie der verspielte, lustige Tap verschwand und der fokussierte Geheimdienst-Agent zum Vorschein kam. »Scheiße.« Er tippte mir auf die Schulter, damit ich mich bewegte, und so ungern ich auch wollte, setzte ich mich auf. Er gesellte sich zu mir und begann, sich anzuziehen, wobei sein Verhalten von Sekunde zu Sekunde angespannter wurde.

Es stimmte definitiv etwas nicht. In der Hoffnung, dass den Mädchen nichts passiert war, während ich egoistisch Taps Körper genossen hatte, stand ich auf und zog mich an.

»Ja, sie ist hier bei mir.« Tap warf mir einen Blick zu, bevor er sich das Shirt über den Kopf zog. »Ich gebe ihr Bescheid.« Er hörte noch eine Minute zu, atmete aus und starrte an die Decke.

»Scheiße. Es wird ja immer besser. Haben sie gesagt, wann? Na gut. Danke für die Warnung, Bruder. Melde dich, wenn du noch etwas hörst.« Tap legte auf und steckte sein Handy in die Hosentasche.

»Was...?«, fragte ich und schlich mich an ihn heran. »Was ist los?«

Er legte mir einen Arm über die Schulter. »Wir bekommen

Besuch.«

Ich hielt inne und fragte mich, wie er so ruhig bleiben konnte, wenn die Serpents unterwegs waren. »Wie kann das sein? Du warst so sicher, dass sie mich hier nicht finden können.« Wir mussten Hailey und Doris von hier wegbringen. Wir mussten ...

»Beruhige dich, Babe. Nicht die Serpents. Die *Dead Presidents*. Wir können nicht zu ihnen, also kommt Link zu uns.«

»Was? Er kommt zu uns? Warum?«

»Die Serpents haben herausgefunden, wer du bist. Sie wissen, dass du eine Polizistin bist.«

Ich hatte damit gerechnet, dass das irgendwann passieren würde, aber als ich Tap diese Worte sagen hörte, wurden meine Knie schwach und meine Sicht verschwamm. Ich ließ mich zurück auf die Couch fallen. »Wie ...?« Mein Kopf hörte nicht auf, sich zu drehen. »Morse. Du hast gesagt, er würde an den Wanzen dranbleiben. Hat er etwas gehört?«

Tap schnaubte. »Das kannst du laut sagen.«

Da war noch mehr. Das merkte ich daran, wie sich mein Magen zusammenzog. »Was noch? Ich weiß, dass du mir etwas verschweigst.«

»Buzz hat mit jemandem namens Romero telefoniert.«

Ich erstarrte. »Jose Romero? Wie der Polizeichef?«

Tap nickte. »Davon gehen wir aus.«

Mir war, als hätte man mir den Boden unter den Füßen weggezogen. Ich beugte mich vor, steckte den Kopf zwischen die Knie und atmete tief durch, während ich versuchte, mir einen Reim darauf zu machen. Ich hatte Sergeant Wilkens verdächtigt; nie hätte ich gedacht, dass dieses Netz so weit nach oben reichte, bis zu Romero. »Das ist ...« Verheerend. Erschütternd. Desaströs.

»Nicht sehr gut.«

»Kein bisschen. Vor allem, da nun auch noch ein Haftbefehl gegen dich vorliegt.«

Der nächste Schlag. »Weswegen?«

Tap holte seinen Laptop, öffnete einen Browser und tippte auf den Tasten herum, bis er gefunden hatte, was er suchte. Dann richtete er den Bildschirm auf mich.

Mein Gesicht, mein Name und meine Daten waren unter der Überschrift *Gesucht* zu sehen. Sie hatten das Foto von meinem Dienstausweis benutzt. Darauf waren meine Haare länger und mittelbraun, meine Augen voller Hoffnung und mein Lächeln echt und stolz. Damals war ich so naiv und dachte, ich würde die Welt verändern oder zumindest die Stadt. Der dummen Kuh auf dem Foto hätte ich am liebsten eine verpasst.

In der Anklageschrift hieß es: *Die Polizei von Seattle hat einen Haftbefehl gegen Petrov wegen schwerer Körperverletzung und bewaffnetem Raubüberfall auf ein Wohnhaus an der Ecke 36th Ave und SW Warsaw St. erlassen.*

»Buzz' Adresse«, murmelte ich. »Mir wird vorgeworfen, Buzz' Haus ausgeraubt zu haben. Ich frage mich, wen zum Teufel ich schwer verletzt haben soll.«

»Das spielt keine Rolle, denn wir werden das wieder in Ordnung bringen.«

Ich war bei weitem nicht so optimistisch, nickte aber trotzdem.

»Ich meine es ernst, Sasha. Komm, wir bereiten uns auf die Ankunft des Clubs vor.« Er streckte mir seine Hand entgegen.

Ich hatte mich so auf die neuen Informationen fokussiert, dass ich die Wirkung auf Tap vergessen hatte. Ich legte meine Hand in seine und ließ mich von ihm hochziehen. »Bist du damit einverstanden, dass sie hierherkommen?«, fragte ich.

»Nein. Aber wir haben keine andere Wahl. Sie arbeiten eine Strategie aus und brauchen Informationen von dir. Da du ein gesuchter Flüchtling bist, können wir es nicht riskieren, dich zu ihnen zu bringen.«

Ich hatte mir den Arsch aufgerissen, um Polizistin zu werden und Menschen zu helfen. Mit einem einzigen Anruf nahmen mir die Serpents nicht nur meine Marke, sondern auch meine Freiheit. »Ich hasse alles an diesem letzten Satz.«

»Ja, ich auch.«

Doris und Hailey waren noch oben und schliefen, als die Kavallerie anrückte. Das Dröhnen der Harleys erschütterte das ganze Haus. Tap öffnete die Garage und ließ sie hineinfahren. Ich blieb im Haus und wartete – weil ich gesucht wurde. Wir konnten nicht riskieren, dass die Nachbarn mich sahen und die Polizei riefen.

Julia kam als Erste ins Haus und begrüßte mich. Sie umarmte mich sanft und schenkte mir ein ehrliches Lächeln. »Dein Auge ist offen! Es sieht schon viel besser aus. Wie fühlst du dich?«

»Tatsächlich besser.«

»Das freut mich. Und wie geht es deinem Bein?«

»Gut. Ich habe den Verband heute Morgen nach dem Duschen gewechselt und es scheint gut zu heilen.«

»Schön. Na, dann ... stelle ich dich den anderen vor.«

Da bemerkte ich die Leute, die sich hinter ihr versammelt hatten. Emily, die hiesige Strafverteidigerin, über die alle meine Kollegen schimpften, und die ein dunkles knielanges Kleid und dazu passende Pumps trug. Naomi, eine große Blondine, die zerrissene Jeans und ein Tanktop anhatte und Jayson, ein schlanker Mann mit perfekt frisiertem Haar in dunklen Röhrenjeans und einem engen silbernen Button-down-Hemd. Sie alle begrüßten mich.

Jayson schien nicht sonderlich beeindruckt. Mit einer Hand in der Hüfte beäugte er mich kritisch und so frech, dass es fast schon komisch war. »Du bist also die Konkurrenz.«

»Äh ... In Bezug auf was?«, fragte ich völlig verwirrt.

»In Bezug auf mein großes, dunkles, heißes Männerfleisch natürlich.«

»Tap?«, fragte ich, unsicher, worauf er hinauswollte. »Fragst du, ob Tap und ich zusammen sind?«

Emily mischte sich ein. »Lasst euch von Jay nicht verwirren. Er versucht schon seit Monaten, sich einen Biker zu angeln. Inzwischen hat er alle Singles insgeheim für sich beansprucht. Zum hundertsten Mal, Jay, Tap ist hetero.«

Jaysons Kiefer schob sich widerspenstig vor. »Ich hätte ihn umdrehen können.«

»Nein, hättest du nicht.« Emily wandte sich an mich. »Würdest du es ihm bitte sagen?«

»Tut mir leid, mein Freund, aber er interessiert sich nur für den Taco-Dienstag. Für den Würstchen-Mittwoch musst du dir ein anderes männliches Spielzeug suchen.«

Jayson schnappte nach Luft. »Kannst du das persönlich bestätigen? Bist du seiner einäugigen Hosenforelle begegnet?«

Ich biss mir auf die Lippe, um mich vom Lachen abzuhalten. Oder die Infos zu teilen. Taps bestes Stück war mit einer Forelle nicht vergleichbar. Eher mit einem riesigen Seebarsch, aber das behielt ich für mich. »Meine Lippen sind versiegelt.«

»Heteros sind so was von langweilig«, beschwerte er sich.

Naomi lachte und legte einen Arm um meine Schulter. »Gute Entscheidung. Wirf dem Mann niemals einen Köder zu, sonst lässt er dich nicht mehr in Ruhe und will jedes noch so pikante Detail wissen. Er ist ein verdammter Perverser. Hat Tap in dem Laden was zu essen? Ich bin am Verhungern.«

»Ich auch«, schloss sich Emily an.

»Jaja, die Damen«, sagte Jayson. »Wenn ihr beide fett werdet, nehme ich euch eure Männer weg. Tragt das in euren Herzen.«

Naomi grinste. »Ich würde Geld dafür bezahlen, dabei zuzusehen, wie du dich an Eagle ranmachst.«

»Ich auch«, fügte Julia hinzu.

Taps Clubbrüder hatten ziemlich coole Mädels an ihrer Seite, und Jayson war echt der Knaller. Froh, dass sie alle da waren und dankbar für die gute Stimmung, die sie mitbrachten, wandte ich meine Aufmerksamkeit der Speisekammer zu. Es war nicht meine Aufgabe, die Gastgeberin zu spielen, aber Tap war noch in der Garage und ich wollte Doris nicht wecken. Ich beschloss, dass ich die beste Kandidatin war, um in ihrer Küche herumzuschnüffeln. Ich fand Fisch, Käse, Oliven, Gurken und Möhrensticks. Julia half mir, alles auf ein Tablett zu packen, und als die Jungs dazukamen, hatten wir den Tisch gedeckt und ein leckeres Essen zubereitet.

Tap zog fragend eine Augenbraue hoch.

»Die beiden schwangeren Frauen hatten Hunger«, erklärte ich.

Er lachte. »Ich danke dir.«

Havoc begrüßte mich, bevor er sich zu seiner Frau gesellte. Dann stellte mir Tap den bärtigen Biker mit den tätowierten Armen als Link vor, der mit Emily verheiratet war. Der Biker mit den langen dunklen Haaren und den tätowierten Armen war Eagle, verheiratet mit Naomi. Der blonde, hübsche Junge mit dem verschmitzten Grinsen war Wasp und gehörte offenbar zu einer Frau namens Carly, die nicht kommen konnte, weil sie keinen Babysitter für ihr sechsjähriges Kind finden konnte.

Die beiden Biker-Gangs, mit denen ich bisher zu tun hatte, waren Mörder und Drogendealer, die Dead Presidents hingegen waren Familienväter, die hier waren, um entführte Mädchen zu retten. Vor einer Woche hätte ich nie gedacht, dass ich von Bikern Hilfe bekommen würde, aber jetzt war ich so dankbar, dass mir fast die Tränen kamen.

Tap zog mir einen Stuhl an den Tisch. Als ich mich setzte, rückte er seinen Stuhl näher an meinen und hielt meine Hand unter dem Tisch.

»Was ist das?«, fragte Wasp mit einem Grinsen und gestikulierte zwischen uns.

»Was zum Teufel denkst du denn, was es ist?«, fragte Tap.

»Verdammt interessant, das denke ich«, antwortete Wasp und lehnte sich in seinem Stuhl zurück.

Link ignorierte die beiden und begann, mich mit Fragen über das Gelände der Serpents zu löchern. Dann zückte er sein Handy, zeigte mir die Pläne des Gebäudes und bat mich, die Dinge zu markieren, an die ich mich erinnerte.

Morse hatte ein Gespräch von Buzz belauscht, wo es darum ging, was mit den Mädchen geschehen sollte. Wenn wir eine Chance haben wollten, sie rechtzeitig zu retten, mussten wir einen Gang zulegen.

Doris und Hailey gesellten sich schließlich zu uns, und Tap stellte sie am Tisch vor.

»Das ist sie also, die kleine Räubertochter«, sagte Havoc und kraulte Haileys Fuß. »Wenn du jemals etwas brauchst, komm zu Onkel Havoc, ich mache es möglich.«

Sie schenkte ihm ein breites Lächeln, und ich konnte förmlich sehen, wie der große Mann dahinschmolz.

Wasp betrachtete Hailey. »Sie ist nur ein paar Jahre jünger als Trent.«

»Was willst du damit sagen?«, fragte Tap unbeeindruckt.

»Dass es möglich ist, dass du und ich eines Tages verwandt sein werden. Man weiß nie, wann und wie eine junge Liebe erblüht.«

Tap starrte ihn an. »Verschwinde aus meinem Haus.«

Wasp warf beide Hände in die Luft. »Was? Ich sage ja nicht, dass ich es befürworte, nur dass es passieren könnte. Man kann nie wissen.«

»Ich weiß, dass es niemals passieren wird. Und jetzt halt die Klappe, bevor ich vergesse, dass meine Tochter auf meiner Hüfte sitzt, und ich sie für dich schließe.«

Wasp lachte, ließ es aber auf sich beruhen.

»Was ist das zwischen den beiden?«, fragte ich Julia.

Sie schaute die Jungs an. »Wasp wirbelt gerne Staub auf. Er ist harmlos. Eigentlich ein ganz lieber Kerl. Er stachelt nur gerne die Bären an. Alle Bären, um genau zu sein.«

»Scheiße, ich wünschte, es wären Bären«, mischte sich Jayson ein. »Dann würde ich vielleicht auch mal flachgelegt.«

Sogar ich verstand die Anspielung, denn *The Bears* waren schwule Biker.

»Wir werden einen für dich finden, Jay«, sagte Naomi und tätschelte seinen Arm.

Wir bestellten Pizza und planten den bevorstehenden Einsatz weiter, wobei es einen wichtigen Faktor gab, mit dem ich ein Problem hatte: Ich war nicht an der Operation beteiligt.

»Was soll ich denn machen?«, fragte ich Link.

»Hierbleiben.«

Diese Antwort gefiel mir gar nicht. »Aber ich kenne das Gelände. Ich kenne den Grundriss, ich kenne die Jungs und ich kann mit den Mädchen helfen.« Ich begegnete Links Blick und hoffte, es nicht mit einem Chauvinisten zu tun zu haben. »Ich wurde dafür ausgebildet, und wenn etwas schiefgeht ...«

»Nach dir wird gefahndet«, sagte er.

Ich zuckte zusammen, denn obwohl es stimmte, schmerzte es wie die Hölle.

»Wenn du mit uns gesehen wirst, gefährdest du die ganze Operation. Ich weiß, dass du dabei sein willst, aber das ist das verdammte Risiko nicht wert.«

Ich wusste, dass er recht hatte, aber es fiel mir schwer, es zu akzeptieren. »Ich könnte auch getrennt von euch fahren.«

»Wir brauchen Tap bei uns und er ist keinen Pfifferling wert, wenn er sich Sorgen um dich macht.«

Ich wollte weiter streiten, aber es würde zu nichts führen. Und ich weigerte mich, meinen Stolz der Rettung der Mädchen in den Weg zu stellen.

Tap nahm meine Hand und drückte sie. »Vertrau uns, Babe. Wir haben das im Griff.«

»Ich vertraue euch, es ist nur ... Die Gesetzeshüter werden dafür bezahlt, diesen Job zu machen, und wir haben den Ball fallen lassen. Ihr habt euch alle in den Dienst des Landes gestellt und bereits genug dafür getan. Es ist nicht okay, dass ihr jetzt auch noch so eine Art freiwillige Polizeitruppe sein müsst. Das ist zu viel verlangt.«

»Niemand hat von uns irgendetwas verlangt«, antwortete Link. »Das war auch nicht nötig. Das ist unsere Stadt, und wir stehen nicht mit dem Daumen im Arsch herum, während Mädchen aus ihren Häusern gezerrt und zur Prostitution gezwungen werden. Wir haben nicht für die Freiheit unseres Landes gekämpft, nur um es von innen heraus von ein paar verrückten Wichsern zerstören zu lassen.«

»Was glaubst du, welche Rolle Texas dabei spielt?«, fragte Havoc.

Ich hatte mich auch über den Präsidenten der Serpents gewundert. In der Woche, in der ich meine Nächte im Club verbracht hatte, hatte ich ihn nie gesehen.

»Schwer zu sagen. Ich würde gerne glauben, dass er nichts damit zu tun hat, aber diese Scheiße passiert direkt vor seiner Nase. Entweder ist er zu blind, um es zu sehen, zu feige, es zu verhindern, oder er unterstützt es. Jedenfalls ist er nicht der Mann, für den ich ihn gehalten habe.«

Tap zog an meiner Hand, um meine Aufmerksamkeit zu erregen. »Wir werden dafür sorgen, dass die Mädchen in Sicherheit sind.«

Ich wusste, dass diese Männer das tun würden, aber die Sorge nagte trotzdem an mir. »Sei vorsichtig.«

Er küsste meine Fingerknöchel. »Immer.«

Als wir uns zum Abendessen setzten, hatte Link bereits einen Angriffsplan auf das Gelände der Serpents ausgearbeitet. Er ging ins Nebenzimmer und führte einige Telefongespräche, während wir anderen aßen. Ich wusste nicht, was der Präsident vorhatte, und ich war nicht glücklich darüber, ausgeschlossen zu sein, und doch hatte ich zum ersten Mal seit Monaten wieder Hoffnung.

»Die anderen sollten bereits in der Feuerwache sein«, sagte Link und trat an unseren Tisch. »Wir müssen morgen früh raus, und es wird Zeit, dass wir uns alle dorthin bewegen.«

Während der Planung hatte Tap mir einige Dinge über den Club erzählt. Er erzählte mir, dass Link jedes Mal, wenn sie eine Operation planten, alle Familien der Mitglieder einbezogen. Die *alte Garde*, bestehend aus Links Vater und den Bikern, die an seiner Seite gedient hatten, blieb mit einer Handvoll Prospects zurück, um sich um die Familien zu kümmern, bis die Männer zurückkehrten. Würden die Männer nicht zurückkehren, würden die *alte Garde* und die Prospects sicherstellen, dass für alle gesorgt war.

Ich fand es bewundernswert, wie sich der Schutz und die Fürsorge des Clubs auf die Familien der Mitglieder erstreckten. Das war nicht nur wichtig, sondern förderte auch die Loyalität und gab allen ein Gefühl der Zugehörigkeit. Ich verstand, warum sich selbst ein introvertierter Mensch wie Tap zu diesem Club hingezogen fühlte.

»Tap, ich rate dir, deine Mutter und deine Tochter mit uns zu schicken«, sagte Link. »Ich weiß, dass euer Haus sicher ist, aber da Sasha gesucht wird, muss sie hierbleiben. Deine Familie ist bei uns sicherer, falls etwas passiert.«

Tap schien ein paar Minuten darüber nachzudenken, bevor er seine Mutter beiseitenahm, mit ihr sprach und ihr dann aufmerksam zuhörte. Es war offensichtlich, dass er ihre Meinung schätzte, und das gefiel mir. Wenn ich die beiden zusammen sah, wurde mir ganz warm ums Herz.

Wenig später stand fest, dass Doris und Hailey mit in den Club kommen würden, sobald seine Mutter die Taschen gepackt hatte.

»Ich bin mit dem Auto hergefahren«, sagte Emily. »Sie können sich Jay und mir anschließen, damit du Sasha nicht allein lassen musst.«

»Danke«, sagte Tap und ging mit Emily nach draußen, um Haileys Autositz in ihr Auto zu bringen.

Doris kam mit den Taschen runter und wir verabschiedeten uns. Dann machten sich alle auf den Weg. Tap schloss die Tür hinter der Gruppe und wir hörten das Dröhnen der Harleys auf der Straße.

»Ist dein Motorrad in der Garage?«, fragte ich und stellte fest, dass ich bisher nur wenige Zimmer seines Hauses gesehen hatte.

»Nein. Ich bewahre sie nicht hier auf.«

»Sie?«, fragte ich.

»Babe, wenn ich ein Bike fahre, ist sie weiblich.«

»Jayson wird enttäuscht sein.«

Tap gluckste. »Er wird darüber hinwegkommen.«

»Hat die andere Frau, die du reitest, einen Namen?«

»*Valkyrie.*«

Damit überraschte er mich. »Weil sie entscheidet, wer im Kampf fällt?«

Er schüttelte den Kopf. »Ich bin bereits gestorben. Sie trägt mich durch das Leben nach dem Tod.«

Da war ich anderer Meinung. Tap war nicht gestorben. Er hatte sich nur betäubt, um zu überleben. Jetzt wachte er auf, und ich war froh, Teil dieses Prozesses zu sein. »Dann ist das hier dein Walhalla?«, fragte ich.

Er zog die Augenbrauen hoch. »Ich hatte keine Ahnung, dass du so ein Nerd bist. Du wirst immer heißer.«

»Warte, bis du meine Star Wars-Sammlung gesehen hast.« Ich besaß ein Lichtschwert und ein Yoda-Plüschtier, das ich als Kind gewonnen hatte. Es war keine beträchtliche Sammlung, aber ich würde sie vergrößern, wenn es ihn anmachte.

»Hör auf damit oder ich springe dich hier im Wohnzimmer an.«

»Vielleicht ist das mein Plan. Vielleicht bin ich eifersüchtig auf diese andere Frau und will sichergehen, dass du mich lieber reitest als sie.«

»Ach?« Er legte einen Arm um meine Taille und zog mich an sich. »Wenn wir alles geklärt und deinen Namen reingewaschen haben, werde ich deinen hübschen Hintern auf mein Motorrad setzen, und du kannst sie mit mir reiten.«

»*Kinky.*« Ich berührte seine Brust und genoss das Gefühl der harten Muskeln unter seinem Shirt. »Ich reite gern auf großen, kräftigen Dingern.«

»Komm. In meinem Schlafzimmer ist etwas Großes, das ich dir zeigen möchte.« Er nahm meine Hand und führte mich die Treppe hinauf.

Ich folgte ihm nur zu gern.

16. KAPITEL

Tap

Seit der Armee hatte ich Probleme mit dem Schlafen. Als ich nach Seattle zog, gab ich fast zwei Riesen für eine Luxus-Kingsize-Matratze aus, die Mama in der *The Ellen Show* gesehen hatte. Sie schwor darauf, dass sie mir beim Schlafen helfen würde. Ich erklärte Mama, dass das Problem in meinem Kopf lag, allerdings gab ich die Diskussion schnell auf. Es war weniger zermürbend, das Geld auszugeben, als mit ihr zu streiten. Außerdem war das Bett bequem. Ich schlief immer noch nicht gut, aber wenigstens hatte ich nun das Gefühl, auf einer gottverdammten Wolke zu schweben, während ich die ganze Nacht auf mein Tablet starrte und versuchte, meinen Verstand davon zu überzeugen, die Klappe zu halten und einzuschlafen.

Schlaflosigkeit ist eine verdammt blöde Sache. Egal, was ich alles erreicht hatte, ich fühlte mich wie ein Versager, weil ich diese eine normale, überlebenswichtige Körperfunktion nicht beherrschte. Egal, was ich ausprobierte, wie oft ich meditierte, wie viele Stunden ich entspannende Schlafmusik hörte: jede Nacht fand ein Ringkampf in meinem Gehirn statt. Deshalb war mein Schlafzimmer auch mein unbeliebtester Raum im Haus.

Zumindest bis sich Sasha nackt auf mein Bett fallen ließ – ihr Körper und ihre Haare noch feucht vom Duschen –, ihre Beine und Arme ausbreitete wie ein Schnee-Engel. »Ich beanspruche diesen Platz«, sagte sie mit einem Seufzer.

»Das ganze Bett?«, fragte ich und genoss den Anblick. Ihre blasse Haut sah auf meinem marineblauen Laken verdammt sexy aus. Ihre dunkelrosa Brustwarzen waren noch gerötet von der Aufmerksamkeit, die ich ihnen unter der Dusche geschenkt hatte. Der Gedanke, uneingeschränkten Zugang zu ihrem Körper zu haben, machte mich schmerzhaft hart.

Sie schloss die Augen. »Ja. Du wirst an mich gekuschelt schlafen müssen.«

»Ich dachte eher an *in dir.*«

»Hm, das könnte funktionieren. Ich meine, wenn du darauf bestehst.« Sie lächelte.

Das war die Aufforderung, die ich brauchte. Ich bewegte mich langsam ihren Körper hinauf und küsste jeden Zentimeter von ihrem Knöchel bis zu ihrem Knie. Als ich mich an ihrem Oberschenkel hocharbeitete, kicherte sie und versuchte sich unter mir zu befreien.

»Deine Bartstoppeln kitzeln mich.«

Ich setzte mich auf. »Das reicht. Ich werde mich rasieren.«

»Nein!« Sie packte mich am Arm. »Das gefällt mir. Lässt du dir auch mal einen längeren Bart wachsen?«

»Ich hatte einen, bevor Mama ihn abrasiert hat, um mich für den Auftritt bei Buzz vorzubereiten.«

Ihre Augen wurden weicher. »Das war eine gute Nacht.«

»Eine gute Nacht? Die haben dir die Scheiße aus dem Leib geprügelt.«

»Ja, und ich bin dir begegnet.«

Ich hatte nicht mit so liebevollen Worten gerechnet. Es zog mir den Boden weg. Ihr Gesichtsausdruck war ernst, während wir uns ansahen. Sie lag nackt da, die Beine gespreizt, verletzlich, und wartete auf meine Reaktion. Ich wollte sie auf keinen Fall enttäuschen. »Es war eine tolle Nacht, heute Nacht wird besser. Du siehst verdammt gut aus in meinem Bett, Baby. Sieht fast so aus, als würdest du hierhin gehören.«

Sie zog eine Augenbraue hoch. »Fast?«

»Ja. Es braucht noch etwas, um das zu besiegeln, aber ich kann nicht genau sagen, was.«

Ihre Augen verdunkelten sich. »Vielleicht solltest du es mit deiner Zunge versuchen.«

Das war ein verdammt guter Vorschlag, also beugte ich mich vor und machte mich an ihrer Pussy zu schaffen. Ich liebte es, wie sie schmeckte, wie sie mir mit ihren Hüften entgegenkam und den Rücken krümmte, die stöhnenden Laute, die sie von sich gab, während ich sie in den Wahnsinn trieb. Vor allem aber liebte ich den Anblick von purer Glückseligkeit in ihrem Gesicht, als sie sich fallen ließ.

Ich küsste ihren Bauch, wobei ich darauf achtete, mein Gewicht von ihren Rippen zu nehmen, und spielte mit ihren Brüsten, während sie sich erholte. Dann rollte ich ein Kondom über und positionierte mich vor ihrem Eingang, bevor ich mich nach Hause brachte. Tief in Sasha hielt ich inne, um sie zu betrachten.

»Jetzt gehörst du in mein Bett.«

»Gut, denn mir gefällt es hier.« Ihre unglaublich grünen Augen blickten mich mit einem mir bis dahin unbekannten Maß an Verständnis und Respekt an.

»Du bist verdammt schön, Sasha.«

»Du auch, D'Vonte.«

Meinen Geburtsnamen aus ihrem Mund zu hören, entfachte ein heftiges Feuer in mir. Ich musste sie nehmen. Sie für mich beanspruchen. Sie wissen lassen, dass sie mir gehörte. Mit meinem Körper über ihrem ließ ich meinen Blick auf die Stelle fallen, an der wir uns vereinten. Der Kontrast unserer Hauttöne war verdammt sexy und trieb mich an, während ich immer wieder in ihre süße, enge Pussy eintauchte.

Sasha warf den Kopf zurück, als wir uns gemeinsam dem Höhepunkt näherten. Ihre Pussy umschloss mich immer enger, bis ich mich nicht länger zurückhalten konnte und kam. Ausgelaugt streifte ich das Kondom ab und ließ mich neben sie auf das Bett fallen. Sie kuschelte sich an meine Seite.

Vollkommen zufrieden lag ich da und war glücklich, sie zu halten. Die Minuten vergingen, während ich darüber nachdachte, was uns hierhergeführt hatte. In Gedanken versunken, ging ich noch einmal durch, was ich morgen Früh zu erledigen hatte. Ich hatte zwei Wecker gestellt und überlegte, einen dritten zu aktivieren, nur für den Fall.

»Machst du dir Sorgen wegen morgen?«, fragte Sasha nach einer Weile und sah mich an.

»Nein. Ich denke darüber nach, aber ich mache mir keine Sorgen. Wir haben einen soliden Angriffsplan und ich bin zuversichtlich, dass er funktionieren wird.«

»Gut.« Ein oder zwei weitere Minuten verstrichen, während sie mich weiter beobachtete. Etwas ging ihr durch den Kopf, und ich gab ihr Zeit, es zu verarbeiten. »Darf ich dich etwas fragen?« Ihr Ton hatte sich verändert, war unsicherer geworden.

»Ja. Natürlich.«

»Eigentlich geht es mich nichts an und du brauchst nicht zu antworten ...«

Jetzt war ich neugierig. »Spuck's aus, Baby.«

»Wo ist Haileys Mutter?«

Die Frage überraschte mich, und ich musste überlegen, wie ich antworten sollte. Offensichtlich deutete sie mein Schweigen falsch. »Du musst es mir nicht sagen. Ich hatte es nur schon eine Weile im Kopf und ...«

»Ich bin mir ziemlich sicher, dass sie tot ist.«

Das brachte Sasha augenblicklich zum Schweigen. Sie rollte sich auf den Bauch, stützte das Kinn auf die Hände und sah mich an.

»Sie hieß Elaine und war meine Rekrutiererin.«

»Deine Anwerberin beim Militär?«

Ich schüttelte den Kopf. Ich hatte nie jemandem außer Mama

erzählt, was ich nach dem Militärdienst gemacht hatte, aber offenbar wollte ich, dass Sasha all meine Geheimnisse erfuhr. Ich wollte, dass sie die Wahrheit kannte. »Nein. Bei der *CIA*.«

Ihre Augen weiteten sich. »Wow. Das erklärt ... eine ganze Menge. Die *CIA*. Das ist verrückt.«

»Als sie auf mich aufmerksam wurde, war ich bloß ein junger, introvertierter Nerd, der verdammt gut darin war, Informationen zu sammeln.« Die große, langbeinige Rothaarige mit den Schlafzimmeraugen und dem Hüftschwung, der einen Mann um den Verstand bringen konnte, wusste, was sie tat. Ich war jung und dumm und glaubte, dass ihr Interesse an mir echt war. Selbst nachdem ich in die *Agency* eingetreten war, spielte sie weiter mit mir und brachte mich dazu, Jobs anzunehmen, die sonst niemand machen würde. Ich tat viel, um Elaines Gunst zu gewinnen, und musste auf die harte Tour lernen, dass ich für sie nur ein weiterer Job war. »Wir hatten eine Affäre, und sie verließ meine Abteilung ein paar Monate, bevor ich der *CIA* den Rücken kehrte. Ich dachte, ich würde sie nie wiedersehen, bis sie vor zwei Jahren mit Hailey vor meiner Tür stand.«

Mein Verstand driftete zurück zu der Verzweiflung, die ich in Elaines Augen gesehen hatte:

»Ich weiß, es ist viel verlangt, aber das könnte mein großer Durchbruch sein, und den darf ich nicht verpassen. Wir sind seit Monaten hinter dieser Terrorgruppe her, und endlich haben wir sie im Visier. Ich werde nicht lange weg sein, höchstens drei Wochen. Es ist nur vorübergehend. Ich komme zurück und hole sie wieder ab.«

Viel verlangt? *Sie übergab mir ein Kind, von dem sie sagte, es wäre meins, und redete ununterbrochen über einen Job. Die CIA war mir scheißegal, ich wollte wissen, welches Spiel Elaine plötzlich spielte.*

»Woher weiß ich, dass sie meine Tochter ist? Du hast mir gesagt, du wärst clean und würdest verhüten. Nachdem du verschwunden bist, habe ich herausgefunden, dass du die halbe Abteilung gevögelt hast.« Elaine verkörperte alles, was bei der CIA falsch lief – jedes schmutzige kleine Geheimnis und jede verdammte Sünde. »Es wirkt, als hättest du es darauf angelegt, schwanger zu werden, und jetzt versuchst du, mich da mit reinzuziehen. Warum?«

»Ich muss mich nicht rechtfertigen.«

»Doch, diesmal schon.«

»Sieh sie dir an. Sie ist eindeutig von dir.«

Das Baby in der Trage zu Elaines Füßen betrachtend, konnte ich die Ähnlichkeit nicht leugnen, aber das änderte nichts. »Wenn sie von mir ist, warum erfahre ich davon erst jetzt? Jetzt, wo du mich während eines Jobs zum Babysitter machen willst?«

»Das ist kein Babysitten. Sie ist dein Kind! Ich dachte, du würdest Zeit mit ihr verbringen wollen. Warum bist du deswegen so ein Arschloch?«

Schockiert starrte ich das Miststück an. Sie musste verrückt sein, wenn sie erwartete, dass ich diese Situation anders handhaben würde. »Ich werde einen Vaterschaftstest machen.«

»Gut. Ich muss trotzdem los, also überleg dir das, während ich weg bin.«

Dann sprintete sie zu ihrem Auto und ließ das Baby bei mir zurück.

Zu überrumpelt, um ihr zu folgen, starrte ich das kleine Mädchen an, mit Augen und Lippen, die meinen so ähnlich waren. Ich wusste nicht mit Sicherheit, dass es mein Kind war, aber ich konnte es nicht allein auf der Veranda zurücklassen. Ich nahm die Trage und brachte sie ins Haus. Dann rief ich Mama an.

»Sie hat Hailey einfach vor deiner Tür abgestellt?«, fragte Sasha.

»Ja. Sie wollte in drei Wochen wiederkommen, aber das war das letzte Mal, dass ich sie gesehen habe.«

Sashas Augenbrauen hoben sich. »Aber kann sie dich finden? Du hast mir selbst erzählt, dass du dich gut verstecken kannst.«

»Babe, sie ist diejenige, die mich ausgebildet hat. Das ist nun zwei Jahre her. Sie hat sich kein einziges Mal gemeldet oder sich blicken lassen, um nach Hailey zu sehen. Sie ist entweder tot, eine Kriegsgefangene oder hat einen verdammt schweren Fall von Amnesie. Für mich und Hailey ist sie jedenfalls tot. Hailey ist definitiv mein Kind, was der Vaterschaftstest beweist. Wenn Elaine jemals wieder auftaucht, um die Kleine zu holen, werde ich ihr das alles andere als leicht machen.«

Sasha klopfte mir lächelnd auf die Brust. »Gut. Du hättest meinen Vater gemocht. Er war beschützend und lustig. Wenn er in der Nähe war, war alles besser. Er hat ... einfach alles geregelt und starb, als ich in der Mittelschule war. Ich hasste es, dass er nicht mehr da war, um mir Ratschläge über Jungs zu geben. Er wäre wie diese beschützenden Väter aus dem Fernsehen gewesen, hätte auf der Veranda gesessen und seine Schrotflinte geputzt, wenn meine Verabredungen gekommen wären, um mich abzuholen. Das war es, was ich wollte; jemanden, der sich genug um mich sorgt, um vielleicht sogar ins Gefängnis zu gehen, um meine Ehre zu schützen. Ich wette, du wirst so ein Vater sein.«

»Verdammt, meine Tochter geht erst aus, wenn sie dreißig ist und die Schule abgeschlossen hat«, sagte ich.

Sasha lachte. »Du bist ein guter Vater, Tap. Hailey kann sich glücklich schätzen.«

Ihr Lob bedeutete mir mehr, als es hätte tun sollen. »Danke.«

Sie küsste mich auf die Schulter. »Jetzt mach die Augen zu und versuch zu schlafen. Du musst in ein paar Stunden aufstehen, um ein paar Mädchen zu retten, die nicht annähernd so großartige Väter haben, wie du einer bist. Du musst gut ausgeruht sein.«

Sie kuschelte sich an meine Seite, ich schlang die Arme um sie und schloss die Augen. Und erstaunlicherweise schlief ich, bis am nächsten Morgen der Wecker klingelte.

17. KAPITEL

Tap

Mein erster Alarm ging um 2:15 Uhr morgens. Mit Sasha, die an mich gekuschelt dalag, war es so verdammt bequem, dass ich mich nicht bewegen wollte. Ich schaffte es dennoch, mich umzudrehen und den Wecker auszuschalten. Der Versuch, mich unter ihr rauszuschieben, ohne sie zu wecken, scheiterte kläglich, denn als meine Füße den Boden berührten, schlug sie die Augen auf.

»Ist es schon so weit?«, fragte sie.

»Ja, Babe. Entspanne dich und versuch, noch etwas Schlaf zu bekommen.«

Sie starrte mich an. »Du machst Witze, oder?«

»Eher Wunschdenken.«

Der zweite und dritte Alarm ging nacheinander los, also schaltete ich beide aus.

»Du riskierst dein Leben, um meinen Job zu machen. Das Mindeste, was ich tun kann, ist, eine Kanne Kaffee zu schlürfen und auf deinem Wohnzimmerboden herumzutrampeln, während du weg bist.« Sie rutschte vom Bett, und ich versuchte, mich nicht darauf zu konzentrieren, wie ihre Brüste bei der Bewegung wippten. Wir hatten keine Zeit für Morgensex, und ich brauchte meinen Fokus.

Ich zog sie für einen kurzen Kuss an mich. »Wenn du dich dann besser fühlst.«

»Bestimmt nicht. Wenn ich dich begleiten würde, ginge es mir besser, aber ich verstehe, warum das nicht möglich ist. Ich hasse es und würde am liebsten einen Anfall bekommen wie ein Kleinkind, aber ich verstehe es.« Ich griff nach den schwarzen Sachen, die ich gestern Abend zur Seite gelegt hatte, und begann mich anzuziehen.

»Ich werde das so an Link weitergeben. Er wird erleichtert sein. Er macht sich Sorgen, dass du ihn hasst.«

Sie schnaubte. »Gar nicht wahr. Dem Mann ist es scheißegal, was andere von ihm denken.«

Ich zog meine Socken an und schmunzelte. »Das mag ich an ihm.«

»Ja, ich auch, aber sag's ihm nicht.«

»Dein Geheimnis ist bei mir sicher.« Ich sah auf die Uhr. »Scheiße. Ich muss los.«

»Jetzt schon? Aber ... ich brauche mehr Zeit mit dir.« Sie folgte mir in den begehbaren Schrank und sah zu, wie ich meine schwarzen Turnschuhe anzog.

»Je eher ich gehe, desto schneller kann ich wieder hier sein.« Ich ging die Treppe hinunter und spürte Sasha hinter mir.

»Du kommst doch zurück, oder? Das ist nicht nur ein genialer Plan, um mich loszuwerden, oder?«

Sie brauchte mehr Zusicherung, als ich ihr geben konnte, ich blieb dennoch vor dem Garagentor stehen und versuchte es. »Natürlich werde ich das. Ich würde niemals mein Bett zurücklassen. Hast du das Ding nicht gespürt? Es ist, als ob man auf Wolken schläft. Verdammte Wolken, Sash.«

Sie schlug mir auf den Arm. »Klugscheißer.«

»Wenigstens bin ich kein Namenloser mehr.«

Ihr Gesicht hellte sich auf. »Also gut, D'Vonte. Bring deinen schlauen Arsch heil nach Hause, und wir werden alles aus der Garantie für dieses Bett herausholen.«

»Abgemacht.« Ich küsste sie und gab mir Mühe, jedes Quäntchen Zuneigung, das ich fühlte, in diese Geste zu legen. Es musste funktioniert haben, denn als ich sie losließ, war sie außer Atem und ihre Augen leuchteten.

Um 2:43 Uhr war ich auf dem Weg zur Feuerwache. Ich war früh dran, aber wir hatten noch in letzter Minute ein paar Pläne zu besprechen. Zudem wollte ich nach Mama und Hailey sehen und mich mit Morse treffen, um sicherzugehen, dass ich genau verstand, was er von mir wollte. Als die Brüder abfahrbereit waren, hatte ich meine persönlichen Dinge erledigt und wusste, was ich zu tun hatte.

Da die Operation eine Tarnung erforderte, kamen unsere Bikes nicht infrage. Die Fünfzehn von uns, die für die Mission ausgewählt worden waren, stiegen in ein Mietfahrzeug mit fünfzehn Sitzen. Wir waren alle schwarz gekleidet, hatten unser Pokerface aufgesetzt, und die Anspannung war so verdammt groß, dass ich kaum atmen konnte. Als wir uns auf den Weg machten, riss Wasp einen Witz darüber, dass wir wie eine Gruppe umweltfreundlicher Fahrgemeinschafts-Ninjas aussahen. Das war genau das, was wir brauchten, um die Anspannung aufzulockern und die Situation zu entspannen. Die Atmosphäre wurde klarer und der Rest der Fahrt verlief ruhig, während wir uns alle mental auf die bevorstehende Aufgabe vorbereiteten.

Es war ein guter Plan, der zum Erfolg führen würde, wenn jeder seinen Teil dazu beitrug.

Teamarbeit war ein neues und beunruhigendes Konzept für mich, und jedes Mal, wenn ich über die Kompetenz unserer Gruppe nachdachte, zog sich mein Arsch zusammen. Für mich hing viel vom Erfolg dieser Mission ab und ich musste hoffen, dass meine Teamkollegen genauso engagiert waren wie ich. Im Stillen betete ich, dass niemand versagen würde.

Wie erwartet war es noch dunkel auf dem Gelände der Serpents, als wir auf der anderen Straßenseite parkten. Link hatte einige Fäden gezogen und ein paar Gefallen eingefordert, um uns die Ausrüstung zu besorgen, die wir brauchten. Jeder von uns trug eine kugelsichere Weste und hatte Kopfhörer, eine Gasmaske, eine Taschenlampe, einen Elektroschocker und Handschellen bei sich. Einige Brüder waren zusätzlich mit Rauchbomben, Schlafgaskanister, Drahtschneider und Blendgranaten ausgerüstet. Um es vorsichtig auszudrücken: Wir hatten mehr Möglichkeiten, den Feind außer Gefecht zu setzen, als die meisten Länder der Dritten Welt in ihrer gesamten Polizeiausstattung besaßen. Für meine Rolle hatte ich einen tragbaren Handy-Störsender, einen Satz Schraubenzieher, einen Schraubenschlüssel, einen Drahtschneider und eine Schlafgaskanone dabei.

In drei Viererteams stiegen alle aus dem Auto und ließen Eagle, Stocks und mich zurück. Eagle und sein Scharfschützengewehr waren unser Plan B, während Stocks mit seinem Nachtsichtfernglas als Beobachtungsposten fungierte. Ich war wie immer der Mann für die unüblichen Arbeiten.

Die drei Teams gingen schweigend die Straße entlang. Wasp und Rabbit machten sich an dem dünnen Drahtzaun zu schaffen, der das Gelände umgab, und schnitten eine ausreichend große Türöffnung heraus, durch die alle schlüpfen konnten. Während sie damit beschäftigt waren, öffnete ich die Kiste, die Morse mir gegeben hatte, und schaltete die drei kleinen Stealth-Drohnen ein.

»Morse. Du bist dran«, sagte ich in mein Mikrofon.

»Verstanden«, antwortete er. »Alpha, Bravo und Charlie sind online und auf dem Weg.«

Morse war nicht nur der nerdigste Mistkerl, den ich je getroffen hatte, sondern auch ein verdammt guter Drohnenprogrammierer und -pilot. Er hatte zehn Jahre bei der Air Force verbracht, um alles über Drohnen zu lernen, und die Stationierung verlassen, als sie ihm nichts mehr beibringen konnten. Er hätte bleiben und sein Wissen an andere weitergeben können, aber er entschied sich stattdessen, sich Link und den Dead Presidents anzuschließen. Er war ein verrücktes Arschloch, und die Jungs hatten Glück, ihn im Team zu haben.

Als die Männer durch den Zaun schlüpften und sich aufteilten, stiegen alle drei Drohnen in die Luft und flogen los, jede über dem Team, dem sie zugeteilt war. Das Gelände hatte drei Türen, die in den Gemeinschaftsbereich führten, und wir wollten sie alle gleichzeitig angreifen.

»Ich bin auf dem Weg nach drinnen«, sagte ich in mein Headset, während ich mir ein Paar schwarze Handschuhe überstreifte. Sobald ich das Tor passiert hatte, schlich ich mich zur Rückseite des Gebäudes und schaltete meine Taschenlampe ein. Dann fand ich den Stromzähler und schraubte die Glasskala ab, die die Kilowattleistung anzeigte. Unter der Skala war ein Schalter. Ich benutzte meinen Schraubenschlüssel, um den Schalter in die *Aus*-Position zu bringen.

»Die Lichter sind aus«, sagte ich in mein Mikrofon und gab den anderen damit grünes Licht.

»Verstanden. Wir öffnen jetzt die Türen«, antwortete Link. Ein paar Sekunden später fügte er hinzu: »Südtür ist offen.«

»Verstanden«, sagte Morse. »Alpha geht rein.«

»Nordtür ist offen«, sagte Havoc.

»Westtor auch«, fügte Wasp hinzu.

»Verstanden«, antwortete Morse. »Bravo und Charlie durchkämmen das Gebiet.«

Die Drohnen flogen den Teams voraus, um Überraschungen zu vermeiden.

»Ich sehe zwei *fucking* Serpents rechts vom Westeingang. Vier weitere sitzen auf den Sofas im Aufenthaltsraum.«

»Verstanden. Masken auf, Gas rein«, sagte Link. Ein paar Minuten vergingen, dann fügte er hinzu: »Auf mein Zeichen. Drei.

Zwei. Eins. Los, los, los!«

Ich setzte meine Gasmaske auf und ging um das Gebäude herum zum Westeingang. Die Teams rückten vor und überwältigten die Männer. Die beiden *fucking* Serpents lagen nun dank des Schlafgases von Link ohnmächtig da. Spade und Frog zogen den nackten Mann und die nackte Frau auseinander und schleppten sie zum Geländer, um ihnen Handschellen anzulegen. Wasp fixierte zwei Männer durch die Sitzfläche eines Stuhls aneinander, während Havoc und Specks zwei Serpents in einer ziemlich obszönen Umarmung aneinanderfesselten.

Die Dead Presidents waren schnell, effizient und fast lautlos, als sie der Gerechtigkeit wegen über das Grundstück zogen. Im Gegensatz zu dem, was wir Sasha erzählt hatten, war dies keine Extraaktionsmission. Wir ließen die ganze Operation auffliegen und sorgten dafür, dass diese Wichser nie wieder die Chance bekamen, so etwas zu tun. Und wir wollten sie demütigen. Meine Brüder mochten es nicht, wenn Männer mit kleinen Mädchen handelten.

»Im Keller befinden sich ein schlafender Kandidat sowie zwei Käfige mit Mädchen«, sagte Morse in mein Ohr. »Acht Mädchen in dem einen Käfig, sieben in dem anderen.«

»Ich nehme mir den Prospect vor«, sagte Zombie.

Die Käfige blieben vorerst geschlossen, denn wir hatten andere Pläne. Die Mädchen waren in Sicherheit, und ich hatte mich um eine andere dringende Angelegenheit zu kümmern. Ich eilte mit Team Alpha die Treppe hinauf und machte mich auf die Suche nach Breakers Zimmer – der dritten Tür rechts im zweiten Stock. Ich öffnete sie, rollte einen Kanister mit Schlafgas hinein, schloss die Tür und wartete.

Nachdem ich dem Gas Zeit gegeben hatte zu wirken, schlich ich mich hinein. Mit dem Elektroschocker in der Hand näherte ich mich vorsichtig dem Bett, aber es war leer. Ich schaltete meine

Taschenlampe ein und suchte das Zimmer ab. Niemand war da. Breaker war verschwunden. Ich fand eine der Wasserflaschen mit der blauen Flüssigkeit, die Sasha beschrieben hatte, nahm sie und verließ das Zimmer.

Entschlossen, das Arschloch zu finden, eilte ich zurück in den Flur. Die Teams gingen lautlos von Zimmer zu Zimmer, vergasten die Insassen und legten ihnen Handschellen an, als gäbe es einen Preis dafür. Ich lief die Treppe hinunter, immer noch auf der Suche nach Breaker, der das Gelände vermutlich verlassen hatte. Draußen angekommen, kontaktierte ich Morse.

»Ich bin ein bisschen beschäftigt, Tap«, antwortete er.

»Breaker ist nicht da«, gab ich zurück.

»Scheiße. Gib mir eine Minute. Ich finde ihn.«

Das Beste an Morse war, dass er keine Worte verschwendete und meist schon wusste, was man brauchte, bevor man ihn danach fragte.

Ein, zwei Minuten vergingen, dann lachte Morse mir ins Ohr. »Dieser verdammte Idiot hat seine Social-Media-Seite aktiviert. Ich brauche nicht einmal seine Handynummer, um seinen Standort zu lokalisieren. Ich schicke dir die Adresse.«

»Danke, Bruder.«

Ich hatte die Verbindung gerade unterbrochen, als Morses Nachricht eintraf.

Breaker war genau da, wo ich ihn befürchtet hatte.

18. KAPITEL

Sasha

Ich war ein nervliches Wrack. Tap war gerade mal zweiundvierzig Minuten weg, und schon lief ich Furchen in seinen Wohnzimmerboden, starrte auf mein Handy und war kurz davor, mir die Haare zu raufen. Ich war so angespannt, dass ich fast aus der Haut fuhr, als es an der Tür klingelte. Tief durchatmend, zwang ich mich, mich zu entspannen, als ich durch den Türspion Julia, Emily, Naomi und Jayson auf Taps Veranda stehen sah.

»Hey! Wir dachten, du könntest etwas Gesellschaft gebrauchen«, sagte Julia, die mit dem Rest im Schlepptau an mir vorbei ins Haus kam.

»Zur Hölle, ja, das kann ich.« Ich war so glücklich, die Crew zu sehen, dass ich hätte weinen können. Ich umarmte jeden Einzelnen. »Ich weiß nicht, was ihr hier macht, aber ich bin euch sehr dankbar, dass ihr gekommen seid. Es überrascht mich, dass Link euch aus der Feuerwache rausgelassen hat.«

»Das wärst du nicht, wenn du unsere Emily schon mal in Aktion gesehen hättest«, antwortete Jayson. »Es gibt einen Grund, warum die Staatsanwälte sie fürchten.«

Emily zog ihren Mantel aus. »Ich liebe Link, aber es nervt, dass er mich für hilflos hält. Jetzt, wo ich schwanger bin, ist es noch schlimmer. Es gibt keinen Grund, warum wir nicht hier sein sollten. Es ist ein sicherer Ort, wir haben zwei Prospects bei uns, du bist Polizistin und wir drei haben eine Waffe.«

Ich fragte mich, welche drei von den vier sie meinte.

»Ich habe keine«, sagte Jayson und warf die Hände in die Luft. »Ich bin viel zu süß für Gewalt.«

Ich nahm ihnen die Mäntel ab und bat alle, sich ins Wohnzimmer zu setzen. »Also …«, sagte ich und gesellte mich zu ihnen. »Ich bin neu, was diese ganzen Sachen betrifft. Was macht ihr denn normalerweise, wenn die Männer gerade ihren Hals riskieren und ihr trotz Polizeiausbildung zurückbleiben müsst, weil die Karriere, in die ihr all eure Hoffnungen und Träume gesteckt habt, verdammt korrupt ist und euer Chef euch reingelegt und zu einer gesuchten Verbrecherin gemacht hat?«

»Okay.«

Jayson schlug die Beine übereinander. »Jemand braucht einen Drink.«

»Es ist kurz nach drei Uhr morgens, und ich bezweifle, dass Tap hier Alkohol aufbewahrt, denn er trinkt nicht«, sagte Naomi. Zu mir gewandt, fügte sie hinzu: »So etwas wie dir ist uns noch nie passiert. Ich sitze gerade auf der Ersatzbank, weil ich zwar eine fähige Hubschrauberpilotin bin, die schon Hunderte von verwundeten Soldaten aus Gefechtssituationen gerettet hat, aber meine Gebärmutter gerade besetzt ist. Und anscheinend kann ich durch die Schwangerschaft nichts anderes mehr tun als essen, schlafen, atmen und alle zehn Minuten pinkeln.«

»Gleichfalls«, gab Emily zu. »Na ja, bis auf den Teil mit dem Fliegen.« Sie lächelte. »Aber ich werde bei der heutigen Razzia eine Rolle spielen, und ich bin schon ganz aufgeregt, euch allen davon zu erzählen.«

Naomi starrte sie an. »Hast du uns etwas verschwiegen?«

»Ich habe es erst gestern Abend herausgefunden. Du wirst es noch früh genug erfahren.«

»Interessant«, murmelte Julia. »Diese hinterhältigen Mistkerle haben mir auch eine Aufgabe übertragen.«

»Ach?« Emily horchte auf.

»Wir tratschen«, sagte Jayson und faltete die Hände im Schoß. »Das machen wir, wenn die Jungs weg sind.«

»Wir tratschen nicht.« Emily warf ihm einen bösen Blick zu. »Wir lösen Probleme, für die man mehr braucht als rohe Gewalt und Einbruchskills.«

»Ach, Liebling, für alles braucht man Muskeln und Schwänze«, antwortete Jayson. »Können wir nicht einfach über Leute reden? Sasha, erzähl uns, wie du es geschafft hast, dir deinen eigenen geheimnisvollen Biker zu angeln.«

»Ich will nur wissen, wie du ihn dazu gebracht hast, dir die Wahrheit zu sagen«, brachte sich Naomi ein.

Ich beschloss, ein wenig von unserer Geschichte zu erzählen, ohne Taps Vertrauen zu missbrauchen. »Na ja, das ist eine lustige Geschichte. Ich bin aus Versehen in eine Gang geraten und Tap hat mich dort quasi gegen meinen Willen entführt.«

Naomi warf die Arme in die Luft. »Gott, steh uns bei, sie lügt genauso viel wie er.«

Schockiert starrte ich sie an. »Das ist wahr.«

Jaysons Augenbrauen hoben sich. »Nicht gerade der romantische Anfang, den ich erwartet habe, aber er ist zumindest vielversprechend.« Er beugte sich vor. »Nun zu dieser Entführungsstory. Waren Handschellen im Spiel? Peitschen? Warst du unartig? Erzähl uns alles.«

Emily schlug ihn mit einem Kissen. »Nicht alles steht immer in einem sexuellen Kontext, du Perverser.«

»Doch, das sollte es«, erwiderte er und rieb sich den Arm. »Und hör auf, mich zu misshandeln. Ich bekomme leicht blaue Flecken.«

»Ich nehme an, du meinst die Serpents. Link hat mir davon erzählt«, sagte Emily.

Naomis Augen weiteten sich. »Ernsthaft?«

»Havoc musste sie zusammenflicken«, antwortete Julia und klang stolz.

»Diese Geschichte ist genau die Ablenkung, die wir jetzt brauchen«, sagte Naomi. »Bitte erzähl sie uns und lass uns an deinem Abenteuer teilhaben.«

Eine so verzweifelte Bitte konnte ich nicht ablehnen, also begann ich mit dem Tod meines Vaters und endete damit, dass Tap mir das Gefühl gab, erwünscht und angenommen zu sein. Alle Details über Tap ließ ich weg – seine Geschichte zu erzählen, stand mir nicht zu –, aber ich hatte die ganze Aufregung, die Korruption der Polizei von Seattle und den Missbrauch beschrieben. Als ich fertig war, herrschte eine nachdenkliche Stille.

»Wow, du hast wirklich viel durchgemacht«, sagte Emily.

»Es waren ein paar harte Jahre, aber meine Zukunft sieht rosiger aus«, antwortete ich.

»Was hast du vor?«, fragte Naomi. »Denn ich muss dir sagen, dass der Ruhestand nicht so großartig ist, wie angenommen. Ich bin sicher, dass mich dieses kleine Menschlein im Handumdrehen auf Trab bringen wird, aber ich verliere langsam den Verstand, während ich darauf warte, dass er oder sie zur Welt kommt.«

Ich war so darauf konzentriert, Breaker zu überleben und die Mädchen zu befreien, dass ich nicht einmal darüber nachdachte, was ich danach tun sollte. Selbst wenn mein Name reingewaschen werden sollte und ich wieder zur Polizei gehen konnte, war ich mir nicht sicher, ob ich noch Polizistin sein wollte. Es ging nur um Papierkram und korrekte Verfahrensabläufe, definitiv nicht die erfüllende Karriere, die ich mir erhofft hatte. »Ich weiß es nicht. Ich möchte immer noch Menschen helfen, aber ich bin nicht sehr beeindruckt, wie viel ich mit meiner Dienstmarke wirklich ausrichten kann.«

»Hast du schon mal daran gedacht, in einem Altenheim zu arbeiten?«, fragte Julia.

Ich schüttelte den Kopf. »Nein, aber das wäre eine Option, die ich mir ansehen könnte. Bestimmt brauche ich dafür eine Ausbildung.«

»Wir sollten unsere eigene gemeinnützige Organisation gründen«, schlug Naomi vor und klang erstaunlich ernst.

Ich habe nicht viele Freundinnen. Frauen sind rivalisierende Zicken, die sich gerne gegenseitig in den Rücken fallen. Als hätten wir einen Fehler in unserer DNA, sodass wir uns von den Ideen, den Vibes, dem Humor oder der allgemeinen Existenz anderer Frauen bedroht fühlen. Da wir hier alle Frauen waren, plus Jayson, erwartete ich, dass Naomis Idee auf Gelächter oder Kritik stoßen würde, aber alle überraschten mich, indem sie darüber nachdachten und aufrichtig interessiert schienen.

»Welche Art von gemeinnütziger Arbeit schwebt dir denn vor?«, fragte Emily.

»Ich weiß nicht, aber die Jungs haben ihren MC, und was haben wir? Nichts. Das ist es. Wir brauchen etwas, das Frauen befähigt und unsere Ressourcen bündelt, um etwas Nützliches zu tun. Ich meine, Julia hat einen Abschluss in Psychologie, Emily ist eine tolle Anwältin, ich könnte Frauen Selbstverteidigung beibringen. Sasha, du könntest ihnen Informationen über Frauenhäuser und Beratungsstellen im Fall von häuslicher Gewalt geben. Wir müssten keine Bikes fahren und Kutten tragen. Wir könnten unseren eigenen Verein gründen und den Leuten auf unsere Art helfen.«

Emily sah Naomi aufmerksam an. »Das würde viel Zeit, Planung und Geld kosten.«

Naomi zuckte die Schultern. »Ich habe Zeit im Überfluss. Und Sasha auch, wenn sie nicht wieder zur Polizei geht.«

»Ich könnte herumtelefonieren und ein paar Sponsoren finden, wenn ich im Buchladen bin«, bot Julia an. »Und ich wäre bereit, in die Sache zu investieren. Mit Wesleys Geld eine Organisation zu finanzieren, die Frauen hilft, wäre, als würde ich seinem Sarg noch Dreck hinterherwerfen. Er würde es hassen. Ich bin dabei.«

»Jay?«, fragte Naomi. »Ich weiß, dass du keine weiblichen Geschlechtsteile hast, aber wir könnten jemanden gebrauchen, der sich mit Mode auskennt und bereit ist, Frauen dabei zu helfen, schicke Outfits für Vorstellungsgespräche zu finden.«

Jayson schlug sich mit der Hand aufs Herz. »Es ist, als würdest du direkt zu meiner kalten, toten Seele sprechen und sie in all ihrer Business-casual-Pracht zum Leben erwecken. Weibliche Wesen brauchen Kleidung. Oh, und Ratschläge brauchen sie auch. Ich wäre wie eine klügere, jüngere, dünnere, trendigere und lustigere Version von Dr. Phil. Mit einer schönen, üppigen Lockenpracht natürlich.«

»Da bin ich ja mal gespannt«, sagte Julia. »Was genau würdest du den Frauen denn raten, Jay?«

Jayson stand auf, durchquerte das Wohnzimmer, um seine Haare im Spiegel zu richten, bevor er sich umdrehte und antwortete. »Frauen tendieren dazu, ständig über den Mist zu reden, der in ihrer Vergangenheit passiert ist, und ich würde sagen: Freundin, du musst diesen Unsinn loslassen. Der einzige Grund, warum du jemals hinter dich schauen solltest, ist, um deinen Arsch zu überprüfen.« Er blickte über seine Schulter in den Spiegel. »Meiner ist übrigens hoch, fest und bereit, um geritten zu werden.«

Ich liebte Jayson. Alles, was aus seinem Mund kam, war komödiantisches Gold, und ich fand seine Ratschläge fantastisch. Ich wollte nicht an meiner Vergangenheit festhalten. Wenn ich sie unter den Teppich kehren könnte, würde ich es tun.

»Vielleicht könnten wir die, die wenig Selbstvertrauen haben, zu dir schicken, und du könntest ihnen etwas von deinem Selbstvertrauen einflößen«, schlug Emily vor.

»Sasha?«, fragte Naomi. »Bist du dabei?«

Ich blickte in ihre hoffnungsvollen Gesichter und zuckte mit den Schultern. »Klar. Ich meine, ich muss mich um mein Gehalt kümmern und dafür sorgen, dass ich meine Miete und die Raten für mein Auto bezahlen kann, aber ich würde gerne etwas tun, das den Menschen hilft. Außerdem ist Doris eine professionelle Maskenbildnerin. Ich könnte mit ihr reden und sehen, ob sie auch helfen möchte.«

»Wir könnten das wirklich durchziehen«, sagte Naomi. »Lasst uns rausfinden, wie.«

Emilys Handy piepte. »Auf jeden Fall, aber da muss ich zuerst rangehen.«

»Ich muss auch telefonieren«, sagte Julia.

Dann gingen sie beide durch die Haustür, einer der Prospects direkt hinter ihnen.

19. KAPITEL

Tap

Wir hatten die Chance, die Serpents auszuschalten, und wir durften uns keinen von ihnen durch die Finger gehen lassen. Das Team machte seinen Job und ich musste mich um meine Angelegenheit kümmern. Ich musste Breaker verfolgen.

Bevor ich das Gelände verließ, gab ich Eagle und Stocks mein Headset, meine Gasmaske und mein Werkzeug.

»Was hast du vor?«, fragte Eagle.

»Den Hurensohn schnappen«, antwortete ich.

»Brauchst du Hilfe?«, wollte Stocks wissen. »Die Jungs haben hier alles im Griff.«

»Nein. Danke, Bruder, ich habe einen Plan.« Außerdem wollte ich nicht, dass der Club den Kopf hinhalten musste, wenn die Sache schiefging.

Eagle nickte. Ausgerechnet er verstand meine Situation und gab mir keine dummen Ratschläge wie *Sei vorsichtig*.

»In Ordnung. Melde dich, wenn du fertig bist.«

Ich joggte ein paar Blocks vom Gelände weg und bestellte ein Uber, das mich zu meinem Bürogebäude brachte. Ich hielt lange genug, um ein paar Utensilien in einen Rucksack zu packen, dann fuhr ich in die Garage im vierten Stock, setzte meinen Helm auf und startete *Valkyrie*. Mein Motorrad schien es genauso eilig zu haben wie ich, zu Breaker zu kommen. Ich musste immer wieder vom Gas gehen, um maximal fünf Meilen über dem Tempolimit zu bleiben. Das Letzte, was ich gebrauchen konnte, war, wegen eines blöden Strafzettels angehalten zu werden.

Sashas Wohnung befand sich in einem Gebäudekomplex in der

Highline Neighborhood. Das Büro des Verwalters und der Aufenthaltsraum befanden sich im ersten Gebäude. Die anderen Gebäude befanden sich den gewundenen Hügel hinunter hinter dem Gebäude. Da es kurz nach vier Uhr morgens war und das Brüllen von Breaker den ganzen verdammten Komplex aufwecken würde, parkte ich *Valkyrie* vor dem Büro des Verwalters, zog meine Handschuhe wieder an, hängte mir den Rucksack höher auf die Schultern und joggte den Hügel hinunter.

Ich hatte Sasha gründlich überprüft, daher kannte ich ihre Adresse und wusste, welches Auto sie fuhr. Ich entdeckte ihren kleinen blauen Kia Forte vor dem letzten Gebäude am Fuß des Hügels auf der linken Seite. Sashas Wohnung lag im dritten Stock und war nur über eine Außentreppe zu erreichen. Ich folgte dem Treppenabsatz bis zu ihrer etwas versteckten Tür. Die Einbruchsspuren am Rahmen waren unsauber. Jemand, der nicht darauf achtete, konnte sie nicht sehen, es sei denn, man stand genau dort, wo ich mich befand.

Ich nahm meinen Rucksack ab, um zwei der Dinge herauszuholen, die ich aus meinem Büro mitgenommen hatte. Dann zog ich mir eine Venom-Skimaske über den Kopf, um mein Gesicht zu verbergen, und nahm eine Glock 19 – 9 Millimeter – in die Hand. Ich schulterte meinen Rucksack und öffnete langsam die Tür.

In Sashas Wohnung war es dunkel und still. Es roch nach Müll, der seit vier Tagen nicht weggetragen worden war. Durch die Fenster drang genug Morgenlicht, um den Grundriss zu erkennen. Der Eingang führte in einen Flur. Gleich links stand ein Schrank, rechts befanden sich zwei geschlossene Türen. Hinter dem Schrank führte ein Bogen ins Wohnzimmer und weiter in die Küche.

Mit vorgehaltener Pistole schlich ich mich heran, um Breaker zu finden.

Sasha

Nach etwa zwanzig Minuten kamen Emily und Julia zurück. Beide grinsten von einem Ohr zum anderen wie zwei zufriedene Katzen, die sich gerade an einem verdammt fetten Kanarienvogel gütlich getan hatten.

»Was habt ihr gemacht?«, fragte Naomi. »Raus damit.«

Emily trat vor. »Ich habe ein paar befreundete Lokalreporter angerufen und ihnen erzählt, dass jemand bei den Serpents eingebrochen ist und mehrere vermisste Mädchen und jede Menge Drogen gefunden hat. Oh, und dass Beweise aufgetaucht sind, dass der Polizeichef der Stadt in die ganze Sache verwickelt ist. Alle Polizeireviere der Stadt werden sich auf dem Grundstück der Serpents versammeln, um die Polizei von Seattle ins Visier zu nehmen.«

»Warte, was? Ich dachte, die Jungs wären dort, um die Mädchen zu retten.« Ich war verwirrt. Das klang nicht nach dem Plan, den wir besprochen hatten. »Haben sie die Mädchen rausgeholt?«

»Ja. Entschuldige, den Teil habe ich ausgelassen. Die Mädchen sind in Sicherheit. Die Serpents sitzen dort alle in Handschellen, bereit, um in Gewahrsam genommen zu werden. Link und seine Männer spielen nicht herum, und sie werden niemanden mit Menschenhandel davonkommen lassen. Die Jungs haben den Plan nach ihrem Aufbruch ein wenig geändert. Sie wollten sicherstellen, dass kein Geld, keine Macht und kein Einfluss der Festnahme der Serpents in die Quere kommen kann.«

»Es wird noch besser«, sagte Julia. »Gestern habe ich mich mit Noreen Tomlinson, der Frau des amtierenden Bürgermeisters, getroffen und ihr erzählt, was passiert ist. Sie und meine Mutter waren früher befreundet, und ich wusste, wenn ich die richtigen Knöpfe drücke, wird sie mich empfangen. Sie ist sehr politisch und wünscht sich nichts sehnlicher, als dass ihr Mann bei der nächsten Wahl wiedergewählt wird. Alan Tomlinsons Wahlprogramm dreht sich um Verbrechensbekämpfung, also wird Noreen dafür sorgen, dass er sich persönlich um die Verfolgung aller Serpents kümmert, die irgendetwas mit den entführten Mädchen zu tun hatten.« Julia strahlte. »Ich habe ihr die Daten geschickt, die Morse durch die Wanzen in Buzz' Büro gesammelt hat. Sie sind zwar gerichtlich nicht verwertbar, aber immerhin weiß der Bürgermeister jetzt, gegen wen er vorgehen muss.«

»Das ist unglaublich«, sagte Jayson und fächerte mit der Hand vor seinen Augen, bevor er Emily umarmte. »Das ist genau der Grund, warum ich dich ermutigt habe, dich in diesen sexy, brillanten, tätowierten, pferdeähnlichen Neandertaler zu verlieben. Ich wusste, er würde uns daran erinnern, warum wir als Anwälte angefangen haben, und uns helfen, unseren Glauben an das System zurückzuerobern.«

Lachend umarmte sie Jayson. »Ja, du hattest die ganze Zeit recht, Jay.«

Er schniefte. »Ich meine, ich habe eigentlich immer recht, aber es ist schön, ab und zu an meine Brillanz erinnert zu werden.«

Ich war immer noch zu geschockt, um zu sprechen. Das war mehr, als ich mir je hätte erhoffen können.

»Geht es dir gut?«, fragte Naomi und rieb über meinen Arm.

»Ja. Ich muss nur ... es ist viel zu verarbeiten. Vor allem, dass wir die Polizei von Seattle in ihren Grundfesten erschüttern. Ich bin gespannt, welche Äste in diesem Gestrüpp noch fallen werden. Ich kann immer noch nicht glauben, dass ein Motorradclub sein Leben riskiert hat, um diese Mistkerle zu verfolgen, und dass ihr alle mitgeholfen habt. Ich ... Ich brauche Tap hier in Sicherheit, damit ich mir beweisen kann, dass das alles nicht nur ein unglaublicher Traum ist. Sind die Jungs auf dem Weg?«

»Sie sind auf dem Weg zurück zur Feuerwache«, erwiderte Julia und tippte auf ihrem Handy herum. Sie hielt inne und sah zu mir auf, ihr Gesichtsausdruck wurde mitfühlend. »Tap ist nicht bei ihnen. Er ist hinter Breaker her.«

Die Zeit blieb stehen. Mein Herz fühlte sich an, als würde es aufhören zu schlagen. All die *Was-wäre-wenn*-Gedanken, die ich den ganzen Morgen versucht hatte zu ignorieren, kamen mir wieder in den Sinn und ertränkten mich in Albtraumbilder.

»Er hat das im Griff«, sagte Naomi und umarmte mich. »Tap ist einer der klügsten Menschen, die ich je getroffen habe. Er ist berechnend. Er wird sich nicht unnötig in Gefahr begeben. Wenn er hinter Breaker her ist, hat er einen Plan und weiß, was er tut.«

Mein Verstand wusste, dass sie recht hatte, aber mein Herz schmerzte so sehr, dass ich kaum atmen konnte. Nach allem, was ich verloren hatte, hatte ich endlich etwas gefunden, das es wert war, daran festzuhalten. Ich wollte ihn nicht auch noch verlieren.

Tap

Sashas Wohnzimmer, Küche und Bad waren sauber, sodass ich nur noch das letzte Zimmer auf der rechten Seite überprüfen musste. Mit angehaltenem Atem griff ich nach dem Knauf, drehte ihn langsam und öffnete die Tür.

Ein weiterer Gaskanister wäre jetzt verdammt nett.

Leider hatte ich nur einen bekommen, und den hatte ich in Breakers Zimmer auf dem Gelände benutzt. Also tat ich, was man mir beigebracht hatte, und lauschte. Das leise Schnarchen ermutigte mich, weiter vorzudringen. Ich öffnete die Tür gerade weit genug, schlüpfte hinein und sah mich um.

In der Ecke neben der Tür stand eine Kommode, rechts von mir ein Schrank und unter dem Fenster an der anderen Wand ein Doppelbett mit einem einfachen Bettgestell. Breaker lag mitten auf der Matratze, eine Hand in der Hose, die andere auf der leeren *Jack Daniel's*-Flasche neben ihm.

Das war genau der Grund, warum ich nicht trank. Nie im Leben würde mich jemand dabei erwischen, ohnmächtig im Bett einer Frau zu liegen, die mich nicht wollte, mit der Hand in der Hose, wie ein erbärmlicher Widerling.

Breaker ekelte mich an. Ihn in Sashas Bett zu sehen, legte einen zusätzlichen Schalter um, der meine Adern mit Wut füllte. Dieses Arschloch hatte sie nicht nur unter Drogen gesetzt und gefickt; er war auch in ihr Zimmer eingedrungen, hatte ihre Sachen angefasst und in ihrem Bett geschlafen. Er war in ihr Reich eingedrungen, bevor sie die Chance hatte, es mir zu zeigen. Wir würden niemals in diesem Bett übernachten.

Nicht nach dieser Szene.

Sasha gehörte mir.

Breaker hatte sie nicht finden können, hatte aber auch nicht aufgegeben. Die Pizzaschachteln und Fast-Food-Verpackungen neben dem Bett verrieten mir, dass es sich nicht um seine erste Nacht hier handelte. Er hatte nicht vor, sie aufzugeben. Verdammt, er hatte keinen Kontakt zu ihr herstellen können. Stattdessen hatte er beschlossen, ihr auf diese Weise nahezukommen.

Verdammter Amateur.

Der Idiot hatte keine Ahnung, mit wem er sich angelegt hatte, aber das würde er noch erfahren.

Ich nahm meinen Rucksack von der Schulter und machte mich an die Arbeit. Als ich fertig war, schlich ich mich aus Sashas Wohnung und holte ein Wegwerfhandy aus meinem Rucksack. Ich verstellte meine Stimme, rief *911* an und meldete das Verbrechen.

Sasha

Eine Stunde war vergangen, seit der Rest der Truppe zur Feuerwache zurückgekehrt war. Ich wusste das, weil Link Emily angerufen hatte, und seitdem zählte ich jede Minute. Ich hatte noch nie ein Magengeschwür gehabt, aber die Zeit des Wartens und darüber Nachdenkens, wo Tap war, hatten mir den Magen verdorben.

Ich wollte nicht, dass er hinter Breaker her war. Ich wollte ihn hier haben, in Sicherheit, in meinen Armen.

Wenn ihm etwas zustoßen würde, wäre Hailey eine Waise.

Dieser Gedanke war nur einer von vielen, die mich immer wieder überfielen. Tap hatte zu viel zu verlieren und zu viel, wofür es sich lohnte zu leben. Es war verrückt, und ich hätte ihm am liebsten in den Arsch getreten. Wie oft hatte er mich verrückt genannt, weil ich mich in Gefahr gebracht hatte?

»Hörst du das?«, fragte Naomi und drehte sich auf dem Sofa, um durch die Vorhänge zu spähen.

»Was soll ich hören?«

Dann registrierte ich es. Das Dröhnen eines Motorrads. Ich wusste nichts über Motorräder, aber es klang verdammt laut, je näher es kam. Ich sprintete durch das Zimmer und starrte mit Naomi aus dem Fenster. Die Sekunden vergingen, dann tauchte das schönste Motorrad auf, das ich je gesehen hatte. Es war mattschwarz, schnittig und es wirkte, als würde ein dunkler Ritter es fahren.

»Was ist das?«, fragte ich.

»Das ist dein Mann auf seiner *Fat Boy*, die er bis zum Anschlag aufgemotzt hat. Was für eine schöne Maschine.«

Ja, das war sie, ich kam dennoch nicht über den ersten Teil des Satzes hinaus. Tap war hier. Er war okay.

Es war mir scheißegal, dass es einen Haftbefehl gegen mich gab. Ich rannte aus dem Haus, als stünde mein Arsch in Flammen, um mich zu vergewissern, dass es ihm tatsächlich gut ging.

Das Garagentor öffnete sich, und ich änderte meinen Kurs. Er parkte, klappte den Ständer runter und das Garagentor schloss sich hinter uns. Kaum war er vom Motorrad gestiegen, sprang ich in seine Arme und drückte meine wunden Rippen zwischen uns. Ich war viel zu erleichtert, um den Schmerz zu spüren. An seinem Helm zerrend, hielt er mich auf und nahm ihn mir ab, wobei er von einem Ohr zum anderen grinste.

»Freust du dich, mich zu sehen?«, fragte er.

Ich küsste ihn auf die Wange, dann auf die andere, auf die Lippen und auf die Nase. »Ja. Ich habe mir solche Sorgen gemacht. Geht es dir gut? Du bist doch nicht verletzt, oder?«

Er lachte. »Babe, mir geht es gut. Allen geht es gut. Es ist alles in Ordnung.«

»Wo bist du gewesen? Link hat gesagt, du wärst hinter Breaker her. Was ist passiert?«

»Weißt du noch, wie du sagtest, du wünschst dir jemanden, der sich so sehr um dich sorgt, dass er ins Gefängnis gehen würde, um deine Ehre zu schützen?«

Meine Augen weiteten sich. »Scheiße. Ich nehme das zurück. Ich wollte nicht …«

»Entspann dich.« Er lachte. »Ich bin zu schlau, um im Knast zu landen, aber ich würde einiges für dich tun.«

»Was hast du getan?«, wollte ich wissen, kaum dem Drang

widerstehend, ihn zu schütteln.

Immer noch lachend schlang er meine Beine um sich und trug mich wie einen Rucksack ins Haus. »Komm. Ich erzähle dir alles.«

EPILOG

Sasha

Zwei Wochen später …

»Größer«, sagte Link und beugte sich über den Tisch, um Taps Arm zu studieren.

»Was zum Teufel meinst du mit *größer*? Es nimmt bereits die Hälfte meines verdammten Arms ein«, antwortete Tap.

Wir waren in dem Tattoostudio, in dem sich alle Dead Presidents ihr Logo stechen ließen. Anscheinend war es Tradition, dass die Prospects an dem Tag tätowiert wurden, an dem sie offiziell Mitglied wurden. Tap war seit einem Jahr dabei, ohne sich unter die Nadel zu legen, und Link wollte ihn dafür bezahlen lassen.

Ich saß auf dem Stuhl gegenüber von Tap und beobachtete das Kräftemessen der beiden. Normalerweise würde ich auf Tap setzen, aber die heutige Auseinandersetzung schien sich zu Links Gunsten zu entwickeln.

»Mach es so groß wie sein Bizeps«, sagte Link zu Kacey, der Tätowiererin.

Kacey lächelte ihn an. »Du bist der Boss.«

»Das ist lächerlich. Niemand sonst hat ein so großes Tattoo«, beschwerte sich Tap.

»Niemand sonst hat es ein Jahr vor sich hergeschoben. Das ist der Preis, auf den wir uns geeinigt haben. Hör auf, so ein Weichei zu sein.«

Tap war kein Fan von Nadeln, Blut oder Tätowierungen, aber er saß sechs Stunden lang auf dem Stuhl, während Kacey seinen gesamten rechten Bizeps in eine Werbetafel für den Club verwandelte.

Link war nur so lange geblieben, bis der Entwurf fertig war. Dann drehte er sich zu mir um. »Wenn er früher von diesem Stuhl aufsteht, erschieß ihn.«

Ich würde Tap auf keinen Fall erschießen, aber Link war niemand, zu dem man Nein sagen konnte, also nickte ich.

»Verräterin«, knurrte Tap mich an, nachdem Link gegangen war.

»Er ist angsteinflößend«, antwortete ich. »Außerdem sind Tattoos irgendwie heiß.«

»Amen, Schwester«, sagte Kacey.

»Stimmt, ich mache das also, weil du Tattoos sexy findest, nicht für den Club.«

Ich war nicht sicher, wie ich mit Tap und einem Tattoo umgehen sollte. Wenn der Typ noch heißer wäre, würde mein Höschen jedes Mal schmelzen, wenn er in den Raum kam.

Ich meine ... könnte er noch perfekter sein?

Er hatte mich vor einer Biker-Gang gerettet, mich mit nach Hause genommen und wieder gesund gepflegt, mit seinem Club einen Haufen entführter Mädchen befreit und die bösen Jungs zur Strecke gebracht und meinen persönlichen Erzfeind vernichtet.

Nun wollte er sich auch noch tätowieren lassen? Ich könnte genauso gut nie wieder einen Schlüpfer tragen.

Vielleicht war es etwas voreilig, mit ihm zusammenzuziehen, aber das hatten wir zu viert in einer Familienabstimmung beschlossen. Ich liebte es, mit Tap zusammen zu sein, und obwohl unsere Beziehung noch frisch war, war sie stabil und beständig. Davon abgesehen konnte ich mir ohne Arbeit die astronomische Miete in Seattle nicht mehr leisten, um meine winzige Wohnung zu behalten. Selbst wenn ich es könnte, würde ich mich dort nie wieder sicher fühlen. Nicht, nachdem ich gesehen hatte, wie leicht dort eingebrochen werden konnte.

Natürlich war der Albtraum, in dem Breaker Menschen und Wohnungstüren zerstörte, vorbei. Dank Tap war die Polizei in Seattle einem anonymen Hinweis nachgegangen und hatte Breaker ohnmächtig auf meinem Bett gefunden, mit einer großen Sammlung von Kinderpornos auf seinem Handy. Neben ihm lag eine mit *Liquid X* gefüllte Wasserflasche, und in den Satteltaschen seines Bikes wurden zwanzig Gramm Kokain gefunden.

Wenn Tap jemanden fertigmachte, dann richtig.

Breaker würde endlich den Platz im Gefängnis bekommen, den er verdiente.

Dem Rest der Serpents erging es nicht besser. Es stellte sich heraus, dass die Reporter vor nichts Angst hatten. Als sie am Tatort ankamen und die Zufahrt sowie die Türen weit offenstanden, nahmen sie das als Einladung, das Anwesen zu betreten. Mit ihren Kameras filmten sie jede schmutzige Sünde der Serpents, von den in Handschellen gefesselten Bikern in kompromittierenden Positionen über die Mädchenkäfige im Keller bis zum Drogenlabor, in dem Breaker und seine Männer ihre Sexdrogen mischten, um sie ahnungslosen jungen Frauen zu verabreichen.

Die Serpents waren ruiniert, und die Polizei von Seattle stand vor einem Scherbenhaufen.

Julia hatte recht, was die politischen Ambitionen des amtierenden Bürgermeisters betraf. Bürgermeister Tomlinson behandelte die Polizei wie seine persönliche Hure. Zuletzt hatte ich gehört, dass er den Polizeichef, Sergeant Wilkens, drei Detectives und acht Polizisten gefeuert hatte. Er hatte sich auch um die lästige Sache mit dem Haftbefehl gegen mich gekümmert.

Seine Wahlchancen sahen sehr vielversprechend aus.

Mein Handy kündigte eine eingehende SMS an und lenkte meine Aufmerksamkeit von dem köstlichen Mann ab, der sich vor mir tätowieren ließ.

Naomi: *Biker-Moms?*

Ich musste lachen. Seit zwei Wochen hatten wir diesen Gruppen-Chat am Laufen und versuchten, einen Namen für unsere Organisation zu finden. Alles andere schien sich in Wohlgefallen aufzulösen: Wir hatten einen möglichen Standort gefunden, wir bekamen Hilfe von Wasps Verlobter Carly, und wir hatten ein paar große Sponsoren an der Angel, nur der perfekte Name blieb uns verwehrt. Und damit wollten wir uns nicht zufriedengeben.

Emily: *Du versuchst es jetzt nicht mal mehr.*

Naomi: *Ich hasse all diese Namen. Vielleicht sollten wir einfach keine Namen verwenden? Wir könnten wie* Prince *sein und ein Symbol benutzen. Vielleicht das Symbol einer Frau im Kleid? Wie auf der Toilette.*

Julia: *Wie würden uns die Leute dann im Internet finden?*

Naomi: *Scheiße. Daran habe ich gar nicht gedacht.*

Jayson: *Vier hübsche Schlampen und ihr sexy* Boy Toy*?*

Carly: *Ihr bringt mich zum Lachen! Ich komme gerade von einer Eltern-Lehrer-Konferenz und habe das wirklich gebraucht. Weiter so.*

Ich liebte meinen neuen kleinen *Tribe*. Es war erfrischend, Teil einer Gruppe zu sein, die sich dafür einsetzte, Frauen zu stärken und die Stadt zu einem besseren Ort zu machen. Wir hatten viele Pläne für unsere Organisation und ich konnte es kaum erwarten, sie alle in die Tat umzusetzen.

Nachdem Taps Tattoo fertig war, schwangen wir uns auf sein Bike und machten eine Spritztour. Es war ein schöner Abend, und so fuhr er mit mir die *Lakeside Avenue* entlang, vom *Seward Park* bis hinauf zum *Volunteer Park*. Die Abendluft war kühl, aber wir hatten beide unsere Mäntel an, und ich kuschelte mich an ihn, um mich warmzuhalten. Es war mir egal, dass es draußen eiskalt war; ich liebte diese Momente auf seinem Bike. Ich fühlte mich so frei, so lebendig und konnte nicht genug davon bekommen, mit ihm über den Asphalt zu sausen.

Doris und Hailey waren immer noch unterwegs, als wir nach Hause kamen. Doris hatte während ihres Clubaufenthalts Links Stiefmutter Margo kennengelernt und die beiden hatten sich schnell angefreundet. Das war ihr zweites wöchentliches Abendessen auf der Feuerwache, und ich war froh, dass Doris sich amüsierte. Sie hatte so viel für ihre Familie getan, dass es an der Zeit war, etwas für sich selbst zu tun. Sie und Margo hatten auch vor, uns bei der gemeinnützigen Organisation zu unterstützen, wenn alles erst einmal angelaufen war.

Tap parkte *Valkyrie* in der Garage und wir gingen hinein.

»Soll ich uns etwas zu Essen machen?«, fragte ich.

»Wir sind allein«, antwortete Tap und legte seine Arme um mich. »Uns fällt bestimmt etwas Besseres ein, als zu kochen.«

Zeit allein war ein Fremdwort. Hailey hatte meine Rolle in ihrem Leben mit offenen Armen und einem breiten Grinsen angenommen und wollte mich mit niemandem teilen, nicht einmal mit ihrem Daddy. Sie verstand immer noch nicht, dass ich nicht ihre *richtige* Mom war, aber ich war mehr als glücklich, sie zu lieben, als wäre sie von mir.

»Du willst nicht, dass ich koche? Hast du keinen Hunger?«,

fragte ich.

Er knabberte an meinem Ohr. »Oh, ich habe vor, zu essen.« Er küsste mich am Hals und kitzelte mich mit seinem wachsenden Bart.

Lachend wich ich zurück und sprintete zur Treppe. Auf halber Höhe fing er mich auf, warf mich über seine Schulter und trug mich den Rest nach oben. Dann warf er meinen Hintern auf sein großes, bequemes Bett und knöpfte meine Hose auf. Ich wand mich, um ihm zu helfen, und er zog an dem Kleidungsstück, bis ich schließlich von der Taille abwärts nackt war.

»Du hattest keine Unterwäsche an«, bemerkte er.

»Das hat keinen Sinn. Die schmelzen, wenn ich in deiner Nähe bin.«

»Bin ich so heiß?«

»Ultraheiß.«

»Und hungrig.« Er kniete sich zwischen meine Beine und begann mich mit seiner Zunge und Lippen zu liebkosen. Meine Klit zu umkreisen und mich zu necken, bis ich vor Lust zitterte. Dann glitt er meinen Körper hinauf, und ich konnte seinen Schwanz an meinem Eingang spüren. Langsam in mich eindringend, hielt er meinen Blick fest und raubte mir den Atem.

Jedes Mal fühlte es sich großartig an.

Jedes Mal.

Sex mit Tap war mehr als nur ein körperlicher Akt. Es war, als würde jedes Gefühl zwischen uns offenbart, all unsere Gedanken miteinander verwoben. Ich gehörte ihm, mit Körper, Herz und Seele, und jedes Mal, wenn wir miteinander schliefen, nahm er mehr von mir in Besitz. Jeder Orgasmus, den er mir schenkte, war besser als der letzte, jeder Kuss leidenschaftlicher, jede Berührung bedeutungsvoller.

Mit jedem Tag verliebte ich mich mehr in ihn.

»Ich liebe dich, Sasha«, flüsterte er mir zu, als er mich nach dem

Sex in seine Arme nahm.

Ich schmiegte mich an ihn und genoss die Wärme und Kraft seines Körpers. »Ich liebe dich auch.«

Wir waren nicht perfekt. Er hatte Vertrauensprobleme und eine Vergangenheit, von der er immer noch Angst hatte, dass sie ihn einholen könnte. Er überwachte alles, hatte immer einen Plan B und Verstecke zur Hand, falls wir sie brauchten. Ich hatte einen Superheldenkomplex und einen fragwürdigen Selbsterhaltungstrieb.

Irgendwie passten wir dennoch perfekt zusammen.

DANKSAGUNG

Dieses Buch wäre ohne die Hilfe und Unterstützung vieler Menschen nicht möglich gewesen. Besonderer Dank gilt meinem Mann Meltarrus, unseren Jungs und all meinen Freunden und meiner Familie, die mich vom Haken gelassen haben, wenn ich während unserer Gespräche von der Handlung und den Dialogen geträumt habe.

Ein großes Dankeschön an die unglaubliche Gail Goldie, die sich dieser Geschichte als Erste angenommen und den Rest der Welt davor bewahrt hat, die meisten meiner Fehler lesen zu müssen. Danke auch an meine fabelhafte Freundin KA Ware für ihre inhaltlichen Korrekturen, Vorschläge und Ermutigungen.

Danke an alle Beta-Leserinnen für eure Korrekturen, eure Unterstützung und eure Liebe.

Und natürlich auch ein Danke an meine lieben Leserinnen und Leser, dass ihr euch mit mir auf diese Reise begeben habt!

Breaking Spade

von Harley Stone

ISBN-Taschenbuch: 978-3-903519-26-8

ISBN-EPUB: 978-3-903519-25-1

Die Dead Presidents sind die Guten ... meistens.

Zwei Jobs, familiäre Verpflichtungen und die Verantwortung im Club der *Dead Presidents* bestimmen den Alltag von Antonio „Spade" Fernandez und halten sein Bett leer. Als eine Geiselsituation ihn mit der faszinierenden Jessica Munroe zusammenbringt – und ins Bett – hat er eine Nacht, um all ihre Fantasien wahr werden zu lassen.

Nach einem Leben voller Vorsicht ist Jessica bereit, ein Risiko einzugehen. Dass sie dabei ins Visier einer Waffe gerät, hätte sie nicht erwartet, doch es motiviert sie, mit ihrem sexy Retter anzubandeln.

Eine leidenschaftliche Nacht ist alles, was sich Jessica erhofft hat. Ihre Unsicherheiten hindern sie daran, sich Spade ganz hinzugeben. Nun liegt es an ihm, ihr zu zeigen, dass er mehr ist als nur ein flüchtiger Traum – und dass ihre Verbindung auch im echten Leben Bestand hat.

Der Dead Presidents MC ist eine Bruderschaft, die sich für die Wiedereingliederung von Kriegsveteranen einsetzt. Jede Liebesgeschichte ist für sich lesbar, auch wenn die richtige Reihenfolge für mehr Lesevergnügen sorgt. Mit Happy End. Kein Betrug, keine Cliffhanger.

Until Us: Amy

von Jessica Ames

ISBN-Taschenbuch: 978-3-903519-32-9

ISBN-EPUB: 978-3-903519-31-2

Ein Biker mit Prinzipien.
Eine gewissenhafte Krankenschwester.
Zwei Welten, die mit einem Boom kollidieren.

Als Mitglied des *Untamed Sons MC London* hat Shane „Whizz" nur eine Aufgabe: seinem Club gegenüber loyal zu sein. Da im Chapter in Tennessee ein Verräter vermutet wird, wird er nach Übersee geschickt, um ihn zur Strecke zu bringen. Nicht erwartet hatte er, Amy zu begegnen – eine Frau, die er mit all den Dämonen aus seiner Zeit in der Armee in keinster Weise verdient. Dennoch will er sie.

Es war nie Teil ihres Plans, sich in einen gefährlichen Biker zu verlieben, doch Amy schlägt alle Warnungen in den Wind. Gesetzlos hin oder her, Shane gehört zu ihr. Sie wird ihn nicht verlassen, doch vielleicht liegt diese Entscheidung nicht in ihrer Macht. Als ihr Leben bedroht wird, sind Shane und die *Untamed Sons* die einzigen, die sie retten können.

Until Us: Amy ist Teil des Until-Universums von Aurora Rose Reynolds. Wenn du Until You: Harmony gelesen hast, ist Until Us: Amy ein Must-Read. Die Geschichte von Amy und Shane ist zudem ein Spin-off von Jessica Ames' Untamed Sons MC-Reihe.

Until Us: Lydia

von E.M. Shue

ISBN-Taschenbuch: 978-3-903519-28-2

ISBN-EPUB: 978-3-903519-27-5

Ein ordnungsliebender Polizist.
Eine leidenschaftliche Tierkuratorin.
Zwei Welten, die mit einem Boom kollidieren.

Lydia Roark führt ein Doppelleben: Tagsüber ist sie eine engagierte Tierschützerin, die sich leidenschaftlich für den Schutz von Bären einsetzt. Zu Hause ist sie eine pflichtbewusste Mutter von Zwillingen, die ihre Tattoos versteckt, um ihren Ehemann nicht in Verlegenheit zu bringen. Als jedoch eine schockierende Enthüllung ihr Leben aus den Fugen reißt, kommt ihre feurige Seite zum Vorschein, und sie sagt ihrem betrügerischen Ehemann den Kampf an.

Maverick Whitlock, ein gewissenhafter State Trooper mit einem Bärenproblem, ist sofort fasziniert von der temperamentvollen, alleinerziehenden Mutter. Obwohl er Ordnung in seinem Leben bevorzugt, ist er bereit, das Chaos anzunehmen, das Lydia und ihre Kinder mitbringen. Als Lydias Ex-Mann zur Gefahr wird, zögert Maverick keine Sekunde, alles zu riskieren, um die Frau, die er liebt, und ihre Kinder zu beschützen.

Until Us: Lydia ist Teil des Until-Universums von Aurora Rose Reynolds. Wenn du Until You: Tucker gelesen hast, ist Until Us: Lydia ein Must-Read.